「ありがとうございます、ウルスさま！」
ティグルからの
手紙を受けとったティッタは、
さっそく目を通そうとした。

魔弾の王と凍漣の雪姫《ミーチェリア》 5

川口士　イラスト／美弥月いつか

Lord Marksman and Michelia　*Presented by Tsukasa Kawaguchi / Illust. = Itsuka Miyatsuki*

「これは神殿……なのか？」
「よくもまあ、こんなところにつくったわね」
巨大な空洞の中に、古びた建物がそびえたっている。

「ええ。いつまでも並んで同じ星を見上げていたい、大切なひと」
「あなたには好きなひとがいるのか？」

ダッシュエックス文庫

魔弾の王と凍漣の雪姫《ミーチェリア》5

川口 士

ルヴーシュ
オステローデ
レグニーツァ
●王都シレジア
ブレスト
ライトメリッツ
ジスタート
アルサス
オルミュッツ
ボリーシャ
城砦
ムオジネル
エレシュキルト
王都パルティア●
黄金の海

アスヴァール島
王都コルチェスター
王都アスカニア
ブリューヌ
アスヴァール
王都ニース
アニエス
ザクスタン

Character / Lord Marksman and Michelia

リュドミラ＝ルリエ

ジスタート王国のオルミュッツを治める戦姫で『凍漣の雪姫』の異名を持つ。17歳。愛称はミラ。ティグルとは相思相愛の仲。

ティグルヴルムド＝ヴォルン

ブリューヌ王国のアルサスを治めるヴォルン家の嫡男。17歳。『魔弾の王』の手がかりを求めて、ザクスタン王国を訪れる。

オルガ＝タム

ジスタート王国の戦姫で『羅轟の月姫』の異名を持つ。14歳。自分は戦姫にふさわしくないと思いつめ、各地を放浪している。

ミリッツァ＝グリンカ

ジスタート王国のオステローデを治める戦姫で『虚影の幻姫』の異名を持つ。15歳。ミラのことを「リュドミラ姉様」と慕っている。

ソフィーヤ＝オベルタス

ジスタート王国のポリーシャを治める戦姫で『光華の耀姫』の異名を持つ。21歳。愛称はソフィー。現在はアスヴァール王国に滞在中。

ロラン

ブリューヌ王国西方国境を守るナヴァール騎士団の団長で『黒騎士』の異名を持つ。28歳。国王から宝剣デュランダルを貸与されている。

ヴァルトラウテ

ザクスタン王国の有力な土豪レーヴェンス家の女当主にして優れた戦士。王家と対立しており、半年前に父を失っている。

ティッタ

ヴォルン家に仕える侍女。16歳。主人である幼馴染みでもあるティグルのことを慕っている。洗濯、料理に掃除とそつなくこなす。

プロローグ

息子からの手紙がウルス＝ヴォルンのもとに届いたのは、冬のはじまりを感じさせる冷たい風がアルサスの地にも吹くようになってきたころだった。

軽めの昼食をすませたあと、屋敷の二階にある己《おのれ》の部屋で、ウルスは手紙に目を通す。

「ティグルは元気にやっているようだな」

彼の息子であるティグルヴルムド＝ヴォルンは、生まれ育ったアルサスを離れて、オルミュッツ公国に滞在している。生活は充実しているようで、公国の主である戦姫リュドミラ＝ルリエや、その母のスヴェトラーナにもよくしてもらっているらしい。こういったことがあった、こういう話を聞いたという文章を読んでいると、息子の笑顔がまぶたの裏に浮かんだ。

「それにしても今回は長いな。まあ、書くことが多いのはよいことか」

手紙には、ライトメリッツ公国を治める戦姫エレオノーラ＝ヴィルターリアと知りあったことも綴《つづ》られていた。

――そのことは、もう知っているぞ。

口元に苦笑がにじむ。秋のはじめごろ、エレオノーラの部下だという男女がこの屋敷を訪ねてきたのだ。オルミュッツと同様に、ライトメリッツもアルサスと友好を深めたいと彼らは伝えてきた。ティグルヴルムド＝ヴォルンは、エレオノーラの窮地を救った恩人だとも。

ウルスは戸惑《とまど》いつつも、「歓迎します」と彼らに答えた。

実際、ライトメリッツと交流を持てるのはありがたいことだった。彼の治めるアルサスを発展させるためには、この公国の協力が不可欠だからだ。友好のためという名目で無茶な要求をされるのではないかという不安はあるが、いまのところそのような気配はない。

息子の手紙を読み進めていったウルスは、ふと眉をひそめた。ポリーシャ公国を治める戦姫ソフィーヤ＝オベルタスの名が出てきたからだ。

この女性については、以前にティグルから聞いたことがある。彼女はリュドミラの友人で、はじめて会ったときから気さくに話しかけてくれたという。今回は約三年ぶりの再会だったが、以前と変わらない態度で接してくれたそうだ。

「リュドミラ殿、エレオノーラ殿、ソフィーヤ殿……」

まだ半ばまでしか読んでいなかったが、ウルスは手紙から顔をあげた。

——夏の半ばだったか、ミリッツァ殿がここに来たのは。

ミリッツァ＝グリンカは、オステローデ公国を治める戦姫だ。ティグルとはムオジネルで知りあい、リュドミラの仲立ちもあって親しくなったということだった。

ジスタート王国において、戦姫の地位は国王に次《つ》ぐものといわれている。

彼女たちと対等であるといえるブリューヌ王国の貴族は、大貴族と呼ばれるテナルディエ公爵家やガヌロン公爵家ぐらいだろう。小貴族のヴォルン伯爵家など、顔どころか名すら覚えてもらえないに違いない。交流を持つなど、まずありえないことだ。

そのありえないことが起きている。ティグルによって。

複雑な表情で、ウルスは窓に視線を向けた。遠くの山々は土色の肌の上に白い雪で化粧をしはじめ、なだらかな丘は枯草色の衣をまとっている。アルサスの初冬の景色だ。

この季節になるとティグルは弓矢を持ち、馬を駆って領内の視察に出かけていた。本格的な冬に備えて領民から話を聞いたり、人里に現れた獣を仕留めたりしていたのだ。

「自分の世界を広げている。そう思っていいのか、ティグル」

ここにいない息子へ、父親は穏やかな声で呼びかける。

かつてウルスは、ティグルに言ったことがあった。

このアルサスにとどまらず、もっと広い世界を見る必要があると。

自分が生まれ育ち、父祖から受け継いだアルサスの地を、ウルスは愛している。

しかし、この地だけで学び、身につけられることは多くないと、彼は知っていた。

息子には、領地のことしか知らない人間になってほしくない。アルサスの外にも目を向け、かなうことならばアルサスにもヴォルン家にもとらわれず、自分の世界を広げてほしい。ウルスはそう願っていた。

その一方で、ティグルにアルサスを継いでほしいと思っているのも本心だ。ティグルは領民に慕《した》われている。彼らのために身体を張る勇気もある。きっと、よい領主になるだろう。

この二つは、必ずしも相反するわけではない。外の世界で充分な経験を積んだのち、アルサスに帰ってきて爵位と領地を継げばよいのだ。

だが、もしもティグルがジスタートで生きることに希望を見出したのならば。

その才能と為人《ひととなり》が異国の地でこそ認められ、輝かせられるのならば。

「……先走りすぎだな」

頭を振って、己の考えを振り払う。先のことはわからない。ティグルも、思いのすべてをこの手紙に書き綴ったわけではないだろう。いま決めつけるべきではなかった。

気を取り直して、手紙に視線を戻す。

いまはアスヴァール王国のデュリスという港町にいるという一文が目に飛びこんできて、ウルスはぽかんとした。

——オルミュッツにいるのではないのか……？

アスヴァールについて、ウルスが知っていることは少ない。国王が病床にあり、王子たちが次代の玉座を巡って争っていること、その内乱にブリューヌが介入したことぐらいだ。

手紙には、アスヴァールにいる理由について、とくに書かれていない。しかし、それゆえに推測するのは容易だった。

——ジスタートも内乱に介入したのだな。そして、オルミュッツに出兵を命じた。

その軍勢に、ティグルは加わったのだろう。息子が武勲をたてる機会を求めていたことを、ウルスはいまさらのように思いだす。

ティグルの行動を、間違っているとは言えない。ウルスの推測が正しければ、アルサスはオルミュッツに協力する必要があるからだ。ヴォルン家の嫡男《ちゃくなん》であるティグルが戦に参加したとなれば、友好を結んだ者としての責任は果たしたことになる。

――ラフィナックもアスヴァールにいるのか。春の戦に続けてすまないことになったな。

ラフィナックは、ティグルの従者を務めている若者だ。何かと軽口を叩くものの、己の役目はしっかり果たす男で、ウルスは彼を信頼していた。いずれ帰ってきたら、存分に報いてやらなければならないだろう。

目を閉じて、ウルスは神々に祈る。

――偉大なるペルクナスよ、天上にすまう神々よ、ティグルたちにご加護を。

ブリューヌと、そしてジスタートでは、天上神ペルクナスをはじめとする十柱の神々がとくに信仰されている。他の九柱は家畜の神ヴォーロス、大地母神モーシア、富の神ダージ、風と嵐の女神エリス、竈《かまど》の神スヴァルカス、戦神トリグラフ、名誉の神ラジガスト、豊穣と愛欲の女神ヤリーロ、夜と闇と死の女神ティル＝ナ＝ファだ。

この中でティル＝ナ＝ファだけは、人々から忌み嫌われている。司っているものの不吉さもさることながら、この女神は神話において、ペルクナスの妻であり、姉であり、妹であり、生涯の宿敵であると語られているからだ。

ティル＝ナ＝ファを十柱の神々の列から外すべきではないかという意見は、ブリューヌが地上に誕生した約三百年前から幾度となく出ているのだが、実現したことはない。

ウルスは他の神々に対するのと同じように、ティル＝ナ＝ファにも息子の無事を祈る。

ペルクナスの妻だから蔑《ないがし》ろにしないというのではない。好きか嫌いかでいえば、好きではない女神だが、夜も、闇も、死も、人間が生きていく上で必要なものだとわかっているからだ。

そのことを彼に教えてくれたのは、亡き妻ディアーナだった。

「そういえば、アスヴァールにはあの王女がいらっしゃったか」

三年前、ウルスは幸運にも、アスヴァールの第一王女ギネヴィアと言葉をかわす機会を得たことがある。偶然だった。親友の屋敷を訪ねたとき、アスヴァールからの使者団が数日後に来るから、土産話として見ていけと誘われたのだ。

率直なもの言いをする姫君というのがウルスの感想だが、悪い印象は抱かなかった。

——私のことなど覚えているはずもないだろうが。

少し考えて、ギネヴィアの無事を神々に祈る。王族に対する敬意というものを、彼はごくまっとうに持ちあわせており、それは他国の王族に対しても変わらなかった。

なお、アスヴァールの内乱は秋の終わりごろ、ギネヴィア王女の勝利によって幕を下ろしている。ティグルもジスタート軍の客将として活躍した。だが、その話がブリューヌの北東部にあるこの地に伝わるのは、だいぶ先のことになるだろう。


祈りを終えて、何とはなしに手紙を読み直していると、外から扉が叩かれた。

「ウルスさま、飲みものをお持ちしました」

「ティッタか。入りなさい」

呼びかけると、扉が開いてひとりの少女が入ってきた。長い栗色の髪を頭の左右で結び、可愛らしい顔には明るい微笑が浮かんでいる。黒い長袖と足下まであるスカート、白いエプロンという服装で、手には銀杯を載せた盆を持っていた。

彼女──ティッタはこの屋敷で働いている侍女だ。十六歳で、洗濯、料理に掃除はもちろん子供の世話までそつなくこなす。ウルスは実の娘のように可愛がっていた。

ティッタが銀杯をテーブルに置く。温めた葡萄酒《ヴィノー》を湯で薄めたものだ。一礼して下がろうとする彼女を呼びとめて、ウルスは持っていた手紙を差しだす。

「ティグルからだ。おまえへの言伝もある」

「ありがとうございます、ウルスさま！」

ティグルからの手紙を受けとったティッタは目を輝かせて、その場ですぐに読みはじめようとする。普段の彼女ならば絶対にしない行為だが、よほど嬉しかったに違いない。小さなころから彼女はティグルを想い、慕っていた。

苦笑まじりにウルスが声をかけると、彼女は我に返って顔を真っ赤にした。

「ところでティッタ、バートランはどこにいるか知らないか」

「少し前に、坊っちゃんを背負って散歩に行きました。そろそろ帰ってくると思います」

坊っちゃんというのは、ウルスの息子のディアンのことだ。ティグルにとっては腹違いの弟になる。父や兄だけでなくティッタやバートランにも愛されて、すくすくと育っていた。

「そうか。帰ってきたら、この部屋に来るよう伝えてくれ」

「かしこまりました」

ティッタが退出する。早く手紙を読みたいのだろう、廊下を駆けていく足音が聞こえた。

ウルスは銀杯に口をつける。香りはかすかだが、これを飲むと身体が内側から温められていく。湯で薄めているので酔うこともない。この季節には欠かせない飲みものだ。

温かさを味わうようにゆっくり飲む。ちょうど飲み終わったところで扉が叩かれた。

部屋に入ってきたのは、幼子を抱いた、小柄でかくしゃくとした老人だ。側仕《そばづか》えのバートランである。主と同い年の五十一歳で、若いころからウルスの従者を務めていた。

「ウルスさま、お呼びと聞きましたが」

二歳の息子を受けとって、頭を撫《な》でてやりながら、ウルスは簡潔に告げる。

「明日、王都へ発つことにしたので支度を頼む。供の者も二、三人選んでおいてくれ」

「それはまた急な話ですな。何があったんですか？」

「うむ。陛下にご報告しなければならないことがあってな」

ディアンをあやしながら、ウルスはティグルからの手紙について話した。

「若は大活躍ですな。わしも同行したかった。ラフィナックがうらやましい」

本気で残念がるバートランにウルスは苦笑したが、すぐに真面目な顔に戻る。

「アルサスとオルミュッツの交流については陛下もご存じだ。だが、こうも次々に戦姫たちと関わりを持っては、余計な疑いを招きかねん」

放っておけば、ヴォルン伯爵家がジスタートに通じているなどと邪推《じゃすい》する者が現れるかもしれない。そのようなことが起きる前に手を打っておくべきだった。

「なるほど、わかりました。ところで、王都へはわしもお供《とも》してよろしいですか」

「いや、おまえには私の名代《みょうだい》として留守を預かってもらいたい。ことによると、数日の滞在ではすまなくなるかもしれないからな。おまえになら安心してここを任せられる」

ウルスは首を横に振る。バートランを信頼しての言葉だが、最近、無理がきかなくなってきたという彼に対する気遣いもあった。

「それに、ティッタにばかりディアンの世話をさせるわけにもいくまい？　最近はずいぶんと手を焼かせるようになった」

左手でディアンを抱え直し、息子の腰に巻きつけられている縄の端を空いた手で持ちあげながら、ウルスは同い年の側仕えに笑いかける。この縄をつけたのはバートランだった。

「歩くようになった子供というのは恐ろしいものですな。何が怖いかをわかっていないから、どんなところにでも行こうとする」

そう言いながらディアンを見つめるバートランの目には、優しさがあふれている。彼はウルスに視線を戻すと、姿勢を正し、表情を引き締めた。

「この屋敷とディアンさまの御身《おんみ》、お引き受けいたしました。人選については、日が暮れるころに報告にまいります。それまでディアンさまのことをお願いしてもよろしいですか」

最後の台詞は、しばらく子供の顔を見られなくなるウルスへの配慮だった。

バートランが退出すると、ウルスは優しげな笑顔で息子に呼びかける。

「おまえは兄に似て、元気がよすぎるようだな。あまりティッタやバートランを困らせるものじゃないぞ」

きゃっきゃっと笑う息子を抱いて立ちあがると、ウルスは部屋を出た。今日のうちに、屋敷の裏手にある妻の墓に話をしにいこうと考えたのだ。

階段を下りかけたところで、ふとウルスは視線を転じる。自分の部屋に戻るまで待ちきれなかったのか、廊下の隅でティッタが手紙を読んでいるのが見えた。

微笑ましさを感じつつ、見なかったふりをする。それから、かつて家宝の黒弓を飾っていた奥の部屋を見つめた。いま、そこに黒弓はない。ティグルに持たせたからだ。

歴代の当主に息子の無事を祈ると、ウルスは静かに階段を下りていった。

1　因縁

くすんだ灰色に染まっている冬の空から、花弁のような白い雪が舞い落ちてきた。

ティグルは手袋をしている右手を持ちあげて、てのひらで雪を受けとめる。触れたと思ったら雪は溶けて、爪の先ほどの水だけが残った。

「降ってきたか……」

もの憂《う》げな顔で空を見上げる。太陽は見えないが、だいたい昼過ぎというところだろう。

ここは『山と森の王国』ザクスタンの北部にある山の中だ。乱立する木々の間を貫く薄暗い山道を、ティグルは三人の仲間とともに歩いていた。

仲間の顔ぶれは、ティグルと相思相愛の仲であり、『凍漣の雪姫《ミーチェリア》』の異名を持つ戦姫リュドミラ＝ルリエ、その腹心であるガルイーニン、ティグルの側近を務めるラフィナックだ。

全員が厚地の外套《がいとう》に身を包み、フードを目深《まぶか》にかぶっている。履いている靴は脛《すね》を覆う長さで、手袋も兎《うさぎ》の毛皮を使ったあたたかいものだ。また、ラフィナックとガルイーニンがそれぞれ背負っている荷袋には、火酒《ウオトカ》を入れた皮袋なども入っていた。

「どうする、ミラ。引き返してふもとまで下りようか」

リュドミラを愛称で呼んで、ティグルは相談する。

ふもとの村で聞いた話によれば、この山の中腹に小さな集落があるらしい。

あとどれぐらい歩けばよいのかはわからないが、とにかくそこまで行けば、雪と風を避けて夜を明かすことができるだろう。

「私はもう少し先を進んでみたいわ。そうね、あと半刻ぐらい。雪と寒さについては気にしなくてもだいじょうぶよ。ラヴィアスが守ってくれるから」

ミラは、肩に担いでいる槍に微笑を向けた。『破邪《はじゃ》の穿角《せんかく》』の異名を持つ彼女の竜具《ヴィラルト》には、冷気を操る力がある。いざというときの備えとしてこれほど心強いものはないだろう。

ちなみにラヴィアスは、幾重《いくえ》にも布を巻きつけられていた。芸術品と見まがうばかりの見事な装飾をほどこされているこの武器が、人目を引かないようにするための処置だ。

「ラフィナックとガルイーニン卿は？」

二人の年長者に尋ねると、まずラフィナックがからかうような口調で答えた。

「若の魂胆はわかってますとも。ふもとの村で一晩泊めてもらい、日が沈むまでのわずかな時間を使って狩りをするつもりでしょう？」

突きでた前歯を覗かせて笑う彼に、ティグルは肩をすくめる。余裕があればそうしたいと思っていたのはたしかだ。小さなころから狩りの技術と作法を学び、故郷の山野を駆けまわってきたので、未知の山に入ると、つい狩人として動きまわりたくなる。

「ついでに申しあげるなら、私は戦姫さまに賛成です。引き返すにしても、もう少し歩いて何かしら目印になりそうなものを見つけておきたいですね」

次いで、初老のガルイーニンは考え深げな表情をティグルに向けた。

「ティグルヴルムド卿、ふもとの村でも聞きましたが、この国の状況はよくありません」

「王家と土豪《レンツヘル》の対立が激しさを増しているという話ですね」

土豪とは、ブリューヌやジスタートにおける地方領主のようなものだ。だが、彼らは昔から自尊心と独立心が強く、王家に反発して従属しようとしない。争いと小競り合い、そして睨《にら》みあいを繰り返して、今日まで存在してきた。

その両者の小競り合いが、半年ほど前から各地で頻発《ひんぱつ》するようになった。それにともなって野盗や山賊の動きも活発化し、国内はかなり荒れているのだという。

ティグルの表情が、無意識のうちに苦いものになった。

今日までにザクスタンの人間から何度か話を聞いたのだが、現在、王家と土豪の争いが激しくなっている原因のひとつに、アスヴァールの内乱があるらしい。

アスヴァール王ザカリアスが病床に伏したとき、戦を仕掛けるかどうかで王家と土豪は激しく議論をかわした。内乱に突入してからも、どのような対応をとるかで争った。

最終的にはジャーメイン王子に協力したのだが、王子がギネヴィアに敗れたことで、責任の所在を巡って双方ともついに兵を動かすようにまでなった。

さらに、ジャーメインに従っていた兵たちや、アスヴァール島から追い払われた海賊までザクスタンに入ってきて、混乱は広がる一方だという。

　ティグルはジスタート軍の客将としてギネヴィアに味方した身であり、ザクスタンの現在に責任を感じなければならない立場ではない。だが、自分が参加した戦がこのような影響をもたらしたとわかると、気分が重くなるのを自覚せずにはいられなかった。

「ええ。この国はよほど混沌としているらしく、奇妙な噂まで流れる始末です」

　ガルイーニンの言葉が、ティグルを現実に引き戻す。

　何の噂だったろうか。首をかしげると、初老の騎士は真面目くさった顔で続けた。

「人狼が出る……。私は三度、この話を聞きました」

　ラフィナックが思いだしたというふうに手を打つ。

「私も聞きましたが、人狼などおとぎ話でしょう。子供は怖がってましたが、大人はため息まじりという風情でしたよ」

「むろん、私も実在については半信半疑です。ただ、そういう話が人々の口の端にのぼるのは由々しき事態です。人狼の正体が何であれ、それだけこの国は危険ということですから。この先にあるという集落も、無事かどうかはわかりません」

「ふもとの村のひとたちも、最後に集落の人間に会ったのはひと月前だと言っていたわね」

　ミラが薄ら寒そうに顔をしかめた。

「では、ガルイーニン卿は安全のために山を下りるべきだと？」

ティグルが聞くと、ガルイーニンは首を横に振った。

「私はティグルヴルムド卿の判断に従います。山を下りるのもひとつの手でしょうが、先を急いで、一日も早く山を越えるという考え方もありますから」

なるほどと、内心で納得する。無責任な言いように聞こえるが、ガルイーニンはティグルの決断力に期待してくれているのだろう。

灰色の空を見上げて、考える。

——この先、日ごとに寒さは厳しくなっていくのだろうな。

引き返せば、それだけ長くこの国にいることになる。それは望ましくない。ティグルにも、そしてミラにも立場というものがあるからだ。できれば冬が終わるまでに、この国を去りたいところだった。

「わかった。じゃあ、もう少し進むとしよう」

ティグルは背負っていた黒弓を、左手に持つ。雪のために、ほんのわずかだが視界が悪くなっている。獣や野盗が姿を見せたとき、すぐ対応できるようにしておきたかった。

雪がちらつく中、四人は再び山道を歩きだす。

一千を数えるほども歩いたころ、山道の右手が、下へと続く傾斜になった。

視界が開ける。

遠くに、黒々とした山が幾重にも連なってそびえていた。奥の山は霞《かす》んでおぼろげだ。いくつかの山は頂を白く染めて、ひとを拒むように雪化粧をはじめている。雪が描く山の輪郭を見ていると、ティグルは気分が高まってくるのを感じた。

　地上に目を向ければ、地面を覆い尽くすかのように広大な森がある。点在する町や村は、森を切り開いたというよりも、どうにか隙間を見つけてそこに押しこんだように見えた。

——山と森の王国と呼ばれるわけだな。

　感嘆の思いで山と森を見つめる。生まれ育ったアルサスや、ミラの治めるオルミュッツで見てきた山や森と、この国のそれはどこか違う。荒々しさが色濃く残っているように思えた。

「かつて、ザクスタン人は、あの山々に巨人や妖精が棲んでいると考えていたそうです」

　ガルイーニンの言葉に、ラフィナックが不思議そうな顔をする。

「山に妖精が棲んでいるという話はブリューヌでも聞きますが……。巨人というと、熊を見間違えたんですかね。あるいはよほど体格のいい山賊がいたとか」

「他に鉱夫も考えられますな。多くの場合、巨人は黄金を持っていたそうなので。ただ、あれほど雄大な山々ともなると、本当に巨人が棲んでいそうな気もしてきませんか」

　ラフィナックはあらためて山を眺めやり、わざとらしく肩をすくめた。

「ただで黄金をくれる巨人にならば、会ってみたいですねえ。しかし、巨人がそういうものだとしたら、妖精は何ものなんでしょう」

「私の知っている話では、妖精は巨人のもとへ人間を連れていく役どころですな。人間が巨人をだまして黄金を手に入れたら、そのおこぼれにあずかるという……」

二人の会話を聞きながら、ティグルは何気なく空を見上げる。大きな鷲が、滑るように上空を飛んでいくのが見えた。反射的に家宝の黒弓を握りしめる。

だが、腰に下げている矢筒へ右手を伸ばしたところで、考え直して首を横に振った。

首尾よく仕留めたとしても、鷲が落ちるのはこの斜面のはるか下だろう。拾いに行くことはできない。無益な殺生《せっしょう》は慎むべきだった。

「ティグルはフレスベルグを知っているかしら？」

隣に立っているミラが、微笑を浮かべて聞いてくる。

「たしか、このザクスタンで信仰されている白い大鷲だろう？　死者の魂に安らぎを与えて、天上へ送ると聞いたことがある。軍旗にも描かれているんだったな」

「そうよ。だから、むやみに鷲を狙わない方がいいと思うわ。もしかしたらフレスベルグの眷《けん》属《ぞく》として扱われているかもしれないもの」

「たしかにそうだな。気をつけるよ」

アスヴァールで多少の知識は仕入れてきたものの、実際に訪れてみなければわからないことは多い。不用意な行動でミラたちを危険にさらしてはならなかった。

雪片を含んだ風が吹いて、二人のかぶっているフードが揺れる。ミラの前髪に小さな雪がついた。ティグルは彼女に身体を寄せると、指先でそれを払う。

間近で二人の視線がまじわり、ミラがそっと目を閉じた。彼女が何を求めているのか、ティグルにわからないはずがない。

幸いにもラフィナックとガルイーニンは、遠くの山々を眺めながら何か話している。自分が視線を向けた瞬間に二人が顔を背けたようにも見えたが、気のせいだろう。とにかくこちらを見ていないのはありがたい。

ミラのフードのずれを直すふりをして、ティグルはすばやく彼女に口づけをする。

大気が冷たいせいだろうか、ミラの唇はやわらかく、温かかった。甘い匂いに頬をすり寄せたくなったが、自重する。名残惜しさを感じながら、唇を離した。

ミラの青い瞳がいたずらっぽい輝きを放ったのは、そのときだ。彼女はすばやく身を乗りだして、唇を押しつける。不意打ちに固まったティグルの唇を、舌がちろりと舐めた。

ミラが離れる。赤くなった顔を隠すようにフードを引っ張りながら、彼女は笑った。

「油断しすぎよ」

「精進するよ」

空に舞う雪に感謝しながら、ティグルは平静を装《よそお》って応じた。


ティグルたちがザクスタンの地を踏んだのは、七日前のことである。

それまではアスヴァール王国にいた。先に述べた通り、ティグルはジスタート軍の客将として、ミラは指揮官のひとりとして、ギネヴィア王女に協力していたのだ。

ジスタートとブリューヌを味方につけたギネヴィア王女は、アスヴァール島を平定し、兄であるジャーメイン王子の軍勢に海戦と野戦でそれぞれ勝利した。彼女はザカリアス王の承認を得て正式に次代の後継者となり、さらに宝剣カリバーンを継承する儀式を行った。

こうして内乱は終結したのである。アスヴァールは近隣諸国と異なり、女王の存在を認めている。いずれ彼女は、女王ギネヴィアとして玉座につくこととなるだろう。

冬の間、北の海域は波が荒れて、船を出せなくなる。

ブリューヌ軍は一日で帰還できるため、晴れるのを待って次々に出航していたが、ジスタート軍は春が訪れるまでアスヴァール島に留まることになった。

ティグルがザクスタン王国へ向かうことを決めたのは、内乱の終結が発表されるよりも前のことだ。ジャーメイン王子の死を聞かされたとき、事態の急変に驚きつつも、客将としての役目は終えたと判断した。そして、ザクスタンに行かなければならないと思った。

『魔弾の王』の手がかりがあるかもしれないからだ。

話を聞いたミラは、当然のように同行を申しでた。

ティグルは彼女の厚意を喜んで受け、側近たちをともなって、アスヴァールの王都コルチェスターを去ったのである。ジスタート軍の管理は、ミラと並ぶもうひとりの指揮官であるソフィーことソフィーヤ＝オベルタスが引き受けてくれた。

アスヴァール島からザクスタンに向かうのなら、デュリスの港町で船に乗るのが一般的だ。この町には諸国の商船が集まっており、ザクスタンへ行く船も、もちろんある。よく晴れた日に船を出せば、ブリューヌへ行くのと同様に一日でたどりつくことができた。

ところが、ティグルたちはこの町で思った以上に足止めをくうことになった。

理由のひとつは、天候に恵まれなかったことだ。

ティグルたちがデュリスに着いてから空は曇り続きで、海もおおいに荒れていた。町の住人たちでさえ、「初冬とはいえ、これだけ晴れないのは珍しい」と言うぐらいで、ティグルたちは神々に祈りながら、天候が回復するのを待つしかなかった。

もうひとつは、ザクスタンに向かってくれる船をなかなか見つけられなかったことだ。

アスヴァールとザクスタンはきわめて険悪な仲で知られている。

アスヴァール王ザカリアスは、ザクスタンについて側近にこう語ったといわれる。

「田舎や辺境という言葉を使うとき、私はあの国の名を用いることにしている」

ザクスタン王アウグストも、アスヴァールについて重臣にこう言ったと噂されている。

「あれは地上のありとあらゆる汚物を放りこんだ肥溜《こえだ》めだ。霧で隠しているがな」

国王がこの調子である。こうした意識は貴族諸侯や平民にも強く根づいており、ザクスタン人とアスヴァール人が顔を合わせたら、二回に一回は罵りあいになり、二回に一回は取っ組みあいになると言われるほどだ。

そのため、ザクスタンに行きたい旨を告げると、アスヴァール人の船乗りたちはそろって渋い顔になった。ティグルたちには町を救ってもらった恩があるので、冬の荒海に乗りだすのはかまわない。だが、ザクスタンに行くのはいやだというのである。

「あんたたちをあの土臭い国に届けたとしよう。そのあと、いま以上に海が荒れたら、あの国で冬を過ごす羽目になっちまう。それだけはごめんだ。悪いが他をあたってくれ」

それではと、ブリューヌ人やジスタート人、ザクスタン人の船乗りをあたってみたが、彼らの大半は春までデュリスに滞在すると決めており、動きたがらなかった。「晴れたら船を出してもいい」と言ってくれた者はいたが、天気は一向によくならない。

ジスタート軍に頼ることはできなかった。まさか軍船でザクスタンに向かうわけにはいかないからだ。目立ってしまうので、戦姫としてのミラの名も使えない。

むなしく日を送っていたティグルたちを助けたのは、驚くことにギネヴィアだった。

ある日の昼過ぎ、何の前触れもなく、彼女は四人の泊まっている宿に現れた。そして、唖然とするティグルたちに正面から不満をぶつけてきたのだ。

「私とあなたたちとは、ともに死線をくぐり抜けた戦友だと思っています。それなのに、お別れの言葉もなしに去ってしまうのは、あまりにひどいではありませんか」

もっともな言い分なので、ティグルとしてはひたすら恐縮しつつ、謝るしかない。

「申し訳ありません。決して蔑《ないがし》ろにしたつもりはなく、殿下はお忙しいと思いまして……。それに、本格的な冬になる前に海をわたっておきたかったのです。間に合いませんでしたが」

申し訳なさそうに笑うティグルに、ようやくギネヴィアも微笑を返した。彼女はソフィーから話を聞いて、急いでデュリスに来たのだという。

「はじめから私に相談してくれればよかったんです。船乗りを紹介してあげましょう。私を何度も大陸に運んでくれた者ですから、技量はたしかですよ」

話によると、彼女が円卓の騎士のゆかりの地をまわっていたころから従っていた船乗りだという。得意そうに胸を張る王女に微笑ましさを覚えながら、ティグルは礼を述べた。

そして、その船乗りに会ってみたら、よほど天気が荒れないかぎり、翌日に船を出すという話がまとまってしまったのである。さらに、一夜明けてみると空は晴れ渡り、風も穏やかになって、見事なまでの出航日和《しゅっこうびより》となった。

ひさしぶりの快晴ににぎわう港で、ギネヴィアは四人の手を順番に握って、励ましの言葉をかける。ティグルの手をとったとき、彼女は声を潜めて聞いてきた。

「ザクスタンへ行くのは、魔弾の王について調べるためですか？」

「そうです。どんな些細《ささい》なことでもいいので、何か知ることができればと」

魔弾の王がザクスタンへ行ったと教えてくれたのはギネヴィアだ。隠す理由はない。

「わかったことがあったら、私にも教えていただけますか」

彼女の手に強い力がこもる。その瞳は好奇心と期待で熱っぽく輝いていた。魔弾の王は円卓の騎士ガラハッドの戦友だったらしいのでこうなるのも無理はないが、傍目《はため》には別れを惜しんでいるように見えたかもしれない。

ギネヴィアと握手をかわしたミラは、笑顔で感謝を伝えた。

「ありがとうございます。殿下には大きな借りができてしまいましたね」

「このていどのこと、気にしないでくださいな。私にとってもいい気分転換になりました。それにしても、リュドミラ殿には我が国の紅茶《チャイ》にもっと親しんでいただきたかったのですが」

「恐縮です。こちらこそ、殿下にぜひとも味わっていただきたいジスタートの紅茶がまだまだあったのですが」

「リュドミラ殿、この際だから言わせていただきますが、ジスタートの紅茶はジャムに頼りすぎではないでしょうか。紅茶はジャムの添えものではありません」

「殿下、私もあえて申しあげますが、山羊の乳は紅茶に必須のものでしょうか。得られるはずの幸福を余計なものによって失っていないか、どうかご一考ください」

ティグルとガルイーニンが引き剥がさなかったら、二人はいつまでも譲れない主張をぶつけあっていたかもしれない。

デュリスを出た船は予定通り翌日に、ザクスタンの北端にある小さな漁村に到着した。

王都アスカニアは王国の中央にある。山をいくつか越え、森をいくつか抜けながら南下しなければならない。

王都を目指して、ティグルたちは山の中を歩いているのだった。

†

四半刻ほど歩いたころ、ティグルたちは小さな集落を発見した。

粗末な柵に囲まれており、ぱっと見て家の数は二十もない。人影が見当たらないので用心しながら近づいてみると、やはりというべきか野盗に襲われたあとだった。

いくつかの家は派手に壊され、荒らされている。路上には、ぼろきれに包まれた死体がいくつか転がっていた。獣や鳥に食われたようで、ほとんど骨だけになっている。

四人は手分けして集落を見てまわったが、人っ子ひとりいなかった。

「野盗に襲われて、生き残った者たちは集落を捨てて逃げた、というところだろうな。死体の様子から見ても昨日や一昨日の出来事じゃない。十日以上前だ」

ティグルの言葉に、三人は同意してうなずいた。

平和なときでも、村や集落が野盗に襲われることは珍しくない。だが、道すがらこの国の情勢について話していただけに、これまでに聞いた話を思いださずにはいられなかった。

集落の隅に死体を集めて埋葬する。地面は固く冷えていて、思ったより時間がかかった。

日が傾いてきたので、しっかりした石造りの家を選んで、あがりこむ。

埃っぽいが、すきま風が入ってこなければ充分だ。床の中央が四角く切りとられていて、そこに小さな窪《くぼ》みがある。中には灰が敷き詰めてあった。ここで火を熾《おこ》すらしい。

ガルイーニンに留守番を頼み、ティグルとミラ、ラフィナックは薪《まき》になりそうなものを他の家から集めてまわった。

「さすがに狩りをする余裕はないか」

雪のやまない空を仰いで、ティグルはため息をついた。野兎の一匹、あるいは山鳥の一羽でも狩ることができれば、新鮮な肉が手に入る。まだ食糧に余裕はあるが、固いパンと干し肉、干し野菜ばかりの食事に飽きがきているのもたしかだ。

また、狩人として、せめて山道沿いの地形ぐらいは把握しておかなければ落ち着かないという気持ちもあった。山や森は、決して見た目通りのものではないからだ。それに、もしも近くに野盗がいたら、先に見つけることができるかもしれない。

「だめよ。山の天気が変わりやすいことは、あなたが誰よりもわかっているでしょ」

「この寒さじゃあ、獣も巣にこもって出てきやしませんよ」

ミラとラフィナックに諭されて、「そうだな」とティグルは引き下がった。自分の旅に三人をつきあわせているのだから、わがままは言えない。

大量の木切れを抱えて、三人は家に戻った。

「お帰りなさいませ。寒かったでしょう」

ガルイーニンはすでに火を熾していた。火のそばに銀杯がひとつ置かれているのを見て、ラフィナックが怪訝《けげん》そうに覗きこむ。顔をほころばせた。

「火酒を温めているんですか」

「ええ。水で薄めてあるので、酔う心配はありません」

四人は火を囲むように座ると、火酒を分けあって飲む。酒精を含んだ熱が身体中にじんわりと広がっていき、ため息がこぼれた。強張《こわば》っていた身体がほぐれていく。

パンを適当な大きさに切って、火で炙《あぶ》ってかじる。それから、火酒が入っているのとは別の銀杯に、水と干し肉と干し野菜を入れて、熱しながらゆっくりかき混ぜる。簡単なスープだ。干し肉の塩が溶けこみ、肉がやわらかくなったら食べごろである。

スープも、酒と同じように分けあってすすった。干し肉は丹念に咀嚼《そしやく》する。そのまま食べる干し肉は固い上に塩辛いので、煮込んだ干し肉には味わうだけの価値があった。

時折、誰ともなく口を開いて、他愛のない話をする。雪の話、酒の話、ジスタートやブリューヌの山の話、王都に着いたら何をするかという話など。

食事を終えると、ミラがティグルに青い瞳を向けた。

「確認しておきましょうか。村で聞いた話だと、明日の朝に出発すれば、昼過ぎには山を越えてふもとの街道に着けるはずよ。街道を境界線として、東側が王家の勢力圏、西側が土豪たちの勢力圏という大雑把な解釈でいいみたい」

　空中に指で地図を描きながら、ミラは言葉を続ける。

「東に行けば王家に従っているハノーヴァの町が、西に行けば土豪たちに従っているソルマンニの町がある。どちらも歩いて二日ぐらい。私たちは東に向かうということでいいのね？」

「ああ。この国は思っていた以上に物騒だ。ハノーヴァを通って王都を目指そう」

　ティグルは腰のベルトに結びつけた皮袋から、あるものを取りだす。

　それは、黒い鏃《やじり》だった。

　両手に載せると少しはみ出るぐらいの大きさで、先端は鋭い。漆黒の輝きを帯び、これがもっとも奇妙な点だが、石とも金属ともつかない不思議な感触をしている。

　この鏃は、アスヴァールにある円卓の騎士ガラハッドを奉じる神殿で、ギネヴィア王女から譲り受けたものだ。彼女の話によれば、約三百年前、魔弾の王と名のる旅の狩人がガラハッドにこれを贈ったのだという。

　魔弾の王は、古い伝承に出てくる人物だ。必ず命中するという弓を女神から授かり、あらゆる敵を射倒して、王になったといわれている。

　かつて、戦姫ミリッツァからその話を聞かされたとき、ティグルはたいして気に留めなかった。よくある伝説や英雄譚の類だと思ったからだ。

　だが、ティグルを魔弾の王と呼んだものがいる。ズメイという魔物だ。

それ以来、魔弾の王という言葉は、常に意識の片隅に引っかかっている。この国で、少しでも手がかりを得たいものだった。

——土豪たちの勢力圏も気になるんだが……。

さきほどミラの描いた地図を思い浮かべながら、ティグルは考える。

ザクスタン王国が誕生したのは、約二百五十年前だ。

魔弾の王がこの地を訪れた約三百年前は、小国が乱立していた。険しい山々と広大な森が、村や町の交流を困難なものとし、小さな領地を支配して王を称する者を数多く生んだのだ。王たちの争いは絶えず、彼らがひとつにまとまるのは、ブリューヌやアスヴァールなどの外敵が攻めてきたときだけだった。

その状況を変えたのが、のちに初代ザクスタン王となるグリモワルドだ。彼はもともと王ですらなかったが、多くの王を破って領地を拡大し、己《おのれ》の王国を興《おこ》した。

魔弾の王がこの地で何かをやったとしても、王国が成立する前の出来事が、はたして王都に記録として残っているだろうか。

また、魔弾の王がアスヴァールの大陸側からこの地に向かったとすれば、先に足を踏みいれるのはザクスタンの西部ということになる。西部は、ほとんどが土豪たちの勢力圏だ。

——だが、土豪たちの力関係がわからない以上、下手に接触するのは危険だ。

王家と対立しているのは、ひとりの土豪ではない。有力な土豪たちの連合だ。この点については、ソフィーからも注意するように言われていた。

「わたくしは王家とも土豪たちとも仲良くさせてもらったけれど、どちらかといえば王家の方が肩が凝らずにすんだわ。土豪には、土豪同士での力関係にこだわるひとが多くて、ことあるごとにそれが変わるものだから、打ち解《うとけ》てからも気が抜けなかったの」

外交に長けたソフィーでさえ大変だったというのだ。ティグルでは彼女の半分も上手く交渉できないだろう。会うべき相手を間違えて、多くの土豪たちを敵にまわすようなことにでもなれば、目も当てられない。

――それに、土豪たちを訪ねてまわれるほど安全じゃなさそうだからな。

王家と土豪たちの戦いに巻きこまれるのは避けたい。その点、王都が戦場になることはないはずだ。自分はともかく、ミラの身の安全だけは守りたい。

――いざというときには自分の名を使っていいと、ソフィーは言ってくれたが……。

できれば、本当にどうしようもない事態に陥るまでその手は使いたくない。魔弾の王の件はティグルの私事であって、ジスタートの政策に関わるようなことではないからだ。

もっとも、ミラには、王都に着いたら戦姫であると名のってもらうことになっている。ジスタートやアスヴァールで武勲をたてたとはいえ、いまだティグルは知名度のない小貴族の息子でしかない。王宮に行っても門前払いされるだけだ。その点、ミラならば王宮に入れてもらえるだろうし、身の安全についてもあるていどは保証されるだろう。

——ただ、ミラの名前もどこまで通じるか。

　これもソフィーから聞いたことだが、ザクスタン王アウグストは厳格、酷薄で知られる人物だという。あるとき、王妃が病に伏せたことがあったのだが、国王は彼女が回復するまで寝室に寄りつきもしなかった。

「一度ぐらい、顔をお見せになっては」と、見かねて重臣が言うと、「余の顔を見れば体調がよくなるのか」と、眉ひとつ動かさずに答えたという。

　そのような国王では、やはり閲覧を許可してくれないかもしれない。

「ティグル、この国に来たときにも言ったけれど」

　ミラの声に、顔をあげる。信頼と親愛をこめた微笑が、自分に向けられていた。

「遠慮なく私たちを頼りなさい。そのために、いっしょに来たんだから」

　彼女の言いたいことを、理解する。戦姫の肩書きを存分に使えということだ。国王に断られても、それこそ伝手《つて》をたどって王妃や王子などに会う手もある。

　三人の仲間の顔を見回して、ティグルは頭を下げた。

「ありがとう。だが、俺は皆に遠慮してるわけじゃない。たしかに土豪の勢力圏も気になっているが、だからこそ不用意に近づくべきじゃないと思っている。ハノーヴァでよほどいい話を聞けたらソルマンニを目指してもいいが、そうでなければ王都に行くつもりだ」

「王家と土豪の対立が派手なものになったら、王都がいちばん安全でしょうしね」

ラフィナックが呑気な口調で応じれば、ガルイーニンも穏やかな笑みを浮かべる。

「よい判断だと思います。熊の毛皮を欲するなら、熊に挑まなければなりません。ですが、やみくもに挑めばいいというものではありませんからな」

「まあ、それならいいけど」

ミラはそう言ったが、やや不満そうだった。

わずかに火酒の残っていた銀杯を傾けながら、ティグルは彼女に笑いかける。

「俺はもちろん君を頼りにしているよ。ただ、いいところを見せたい気持ちもある。さすがに町にも着かないうちから助けてもらうようじゃ、格好がつかないからな」

「あまり意地は張らないようにね」

「意地は張らないが、君がそばにいるだけで俺は何倍もがんばれるからな」

「はいはい。明日の予定もたったし、さっさと休みましょう」

そういう言葉は聞き飽きたと言わんばかりのそっけない口調で、ミラは受け流す。ティグルはくすんだ赤い髪をかきまわして、二人の年長者と苦笑をかわした。

見張りの順番を決めるための男たちの会話を聞きながら、ミラは不自然なほどに口をつぐんでいる。頬が赤く染まっているのは、火で温まっているからというだけではない。

ずるいんだから、というつぶやきはゆらめく火に溶けて、想い人の耳には届かなかった。

†

異臭が鼻をついて、ティグルは目を覚ました。

身体を起こし、訝《いぶか》しげに周囲を見回す。顔をしかめた。

薄闇の中に、ティグルはひとりでいたからだ。近くにひとの気配を感じない。

——ここはどこだ？　それに、このいやな臭いは……。

表現しがたい、気分の悪くなる臭いだった。ただ、未知のものではない。何かは思いだせないが、これまでに幾度となく嗅いだことがある。

立ちあがろうとして、自分が何かを持っていることに気づく。

見ると、左の手に黒弓を、右の手に黒い鏃を握りしめていた。

なぜ、こんなものを持っているのだろう。

首をひねっていると、光が射したわけでもないのに、周囲がぼんやりと明るくなる。

呆然とした。はるか昔に朽ち果てたらしい建物の中に、ティグルは立っていたのだ。

まっすぐ延びた廊下の壁には縦横に亀裂が走り、柱のほとんどは半ばで折れ砕けている。床の石畳も割れたり、剥がされたりして、歩くのが困難なほどに歪《ゆが》んでいた。

加えて、壁の一部は氷に覆われ、柱は凍りつき、床の片隅には雪が積もって白い山をつくっている。生きものの気配はなく、大気は静かに沈殿して、物音ひとつしない。

きわめて現実感に欠ける光景だ。自分はどうしてこんなところにいるのだろう。不思議に思ったが、意識に靄がかかったようにぼんやりとして考えがまとまらない。

ティグルは前へと歩きだす。己の意志ではなく、何かに導かれるように。

足音がしない。床を踏んでいる感触すらおぼろげだ。

――寒くない。これだけ雪と氷があるのに。

不意に、前方に黒い影が現れて、こちらへ歩いてくる。背は自分と同じぐらいで、左手に弓を持っていた。男か女かはわからない。

おたがい、相手の存在には気づいているはずなのに、歩みを止めるどころか緩めようとすらしない。そして、どれだけ距離が縮まっても、相手の姿は闇に包まれたままだった。

一言もかわさず、相手の脇を素通りする。ティグルはまっすぐ廊下を進んだ。

廊下は長く、さらにいくつかの影とすれ違う。影の大きさや体格は千差万別だったが、弓を持っていることだけは共通していた。家宝の黒弓と同じ形だった。

やがて、開けた場所に出た。故郷にあるヴォルン家の屋敷がまるごと入ってしまいそうな、広大な空間だ。天井も高い。

ティグルは足を止める。視界に飛びこんできたものを、呆然と見上げた。

それは、二十アルシン（約二十メートル）はある巨大な石像だった。

うずくまる黒い竜と、その背に腰を下ろしている美しい娘の像だ。娘は腰まで届くだろう髪をなびかせ、素肌に長い布のみをまとっていた。この広間も廊下と同様に廃墟同然のありさまだったが、娘と竜の像だけは傷ひとつなく、静かにそびえたっている。

娘の目は、黒い竜の頭部に向けられている。それにもかかわらず、娘に見下ろされているような、奇妙な圧迫感をティグルは覚えた。

いまにも像が自分に語りかけてきそうに思えて、呼吸が苦しくなる。顔を背けようにも目を離すことはできず、足も動かない。黒弓と鏃を強く握りしめて、懸命に耐えた。

黒い竜の像の足下に、七つの黒い影が現れる。そのうちの四つは無言でたたずんでいるだけだが、他の三つの影はゆっくりと上下に伸び縮みしながら、ティグルに呼びかけてきた。

——王……。

——王よ……。

——魔弾の王よ。

ティグルは叫び声をあげた。彼らの声は耳を通さず、意識に直接流れこんできたのだ。意志を持った汚泥が頭の中を這いまわるような感覚に襲われ、嘔吐感を覚える。体勢を崩した。

いますぐこの場から逃げださなければと思うが、変わらず足が動いてくれない。

自分の足を見ると、驚くことに、靴の爪先から膝までが黒く染まっていた。まるで、この広間に来るまでにすれ違ってきた者たちのように。

三つの影がじりじりとこちらへ向かってくる。それに気づいたティグルは、奥歯を噛《か》みしめて彼らを睨みつけた。両脚に力をこめて、背筋を伸ばす。黒弓をかまえた。

そこに矢があるかのように、弓弦《ゆづる》を引き絞る。

だが、そこでティグルの視線は影の群れから外れた。広間の奥にある石像へと移る。

危険なのは影たちではない。その背後にそびえるものだ。

弓弦から指を離そうとしたとき、女の像が首を傾けてこちらを見る。目が合った。

直後、視界が差し替えられたかのように、ティグルの眼前に石の壁が現れる。亀裂など走っていない、古びてはいるものの頑丈そうな壁だ。

「──どうしたの？」

心配するような、ミラのささやき声が聞こえた。

──夢……？

混乱していた意識が徐々に落ち着いてくる。夢だったのだと理解すると、身体中から力が抜けた。ため息を吐きだす。

だが、ティグルはすぐに新たな混乱に襲われた。右手に違和感を覚えて見てみると、黒い鏃を握りこんでいたのだ。左手には黒弓を握りしめている。

──俺は最初に見張りと火の番を担当した。何ごともなく次のミラに交代して……。

そして、横になった。黒弓は手元に置いておいたが、鏃は皮袋にしまったはずだ。眠っている間に黒弓に手を伸ばし、鏃を皮袋から取りだしたとでもいうのか。

「ティグル？　だいじょうぶ？」

再びミラに声をかけられて、ティグルはゆっくりと身体を起こした。額に汗がにじんでいることに気づいて、羽織《はお》ったままの外套の裾で拭《ぬぐ》う。

ミラに向き直ると、焚《た》き火《び》が目にまぶしく感じられた。その向こうでは、焚き火に背を向けて横になっているラフィナックとガルイーニンの姿がある。

鏃を皮袋にしまうと、ティグルは気を取り直してミラに笑いかけた。

「いや、何だかおかしな夢を見てな。変な寝言を言ってなかったか、俺」

冗談めかした口調で聞くと、ミラの顔に安堵《あんど》の色が浮かぶ。

「唸り声のようなものは聞こえたけれど、それぐらいね。どんな夢を見たの？」

「それが……」

説明しようとして、顔をしかめる。夢を見ている間はあれほど鮮明だったのに、まったく思いだせなかった。とてつもなく恐ろしいものを見たという驚きが、こうして胸の奥にわだかまっているにもかかわらず、記憶をさぐっても一場面すら浮かんでこない。

「起きた瞬間に忘れたみたいだ……」

ため息まじりの返答に、ミラは苦笑する。だが、若者の表情から、いい夢ではなかったというのはわかったらしい。何かを考えるような仕草を見せたあと、普段通りの表情を装って、自分の太腿を軽く叩いてみせた。

「どうぞ」

その行動と言葉の意味を理解するのに、一呼吸分の時間が必要だった。軍衣の裾から伸びているしなやかな脚に、おもわず熱い視線を注いでしまう。

しかし、ティグルはすぐに首を左右に振って欲望を払った。

すぐそばでラフィナックたちが眠っているというのを横に置いても、この気遣いは素直に受けるべきものであって、甘えるべきものではない。

「ありがとう」

音をたてないように、四つん這いでミラへとにじり寄る。

そっと彼女の表情をうかがうと、頬がかすかに染まっていた。愛おしさを感じて抱きしめたくなったが、ぐっと堪《こら》えてミラの太腿に頭を乗せる。やわらかく、それでいて弾力がある感触に胸の鼓動が激しくなった。甘やかな匂いが鼻をくすぐり、顔が熱くなる。

想像以上の刺激に焦りを感じていると、ミラがティグルの頭にそっと手を乗せてきた。幼子をあやすように、優しく撫《な》でる。

彼女の想いが流れこんでくるようだった。緊張が解け、安らぎを覚えて、目を閉じる。この心地よさにもっと浸っていたかったが、たちまち睡魔が忍びよってきた。

ふと、ティグルはあることを思いだした。

あの異臭は、死体のそれだ。命が失われたものだけが放つ、独特の臭いだ。

道理で何度も嗅いだことがあるはずだ。だが、どうしてあの空間に死臭が満ちていたのか。

睡魔が、意識を曖昧《あいまい》にしていく。

あの空間とは何のことだったか。死臭をどこで嗅いだのか。意識が遠ざかっていく。

ほどなく、ティグルは寝息をたてはじめた。

†

夜が明けた。四人は簡単な食事をすませて、集落跡を去る。

雪はやんでいたが、風は冷たい。空は昨日と同じく灰色に染まっており、太陽の姿は見えなかった。外套の裾をしっかり合わせて、四人は山道を歩きだす。

「そういえば、昨日見た夢のことなんだが」

周囲に目を配りながら、ティグルは隣を歩くミラに話しかけた。

「巨大な黒い竜の石像を見たことだけは、思いだした」

「黒い竜？」

おうむがえしにつぶやいて、ミラは眉をひそめる。

「あなたがジスタート人だったら、ジルニトラの啓示でも受けたのかしらと言うところね」

黒竜ジルニトラは、ジスタートにおいて神々と同等か、それ以上に敬意を払われている存在

である。初代国王が黒竜の化身だったと伝えられているからだ。

むろん、それが本当のことかどうかはわからない。だが、黒竜の化身を称した男が戦姫という制度を確立し、多くの者を従えて戦に勝ち続け、王国を興したのは事実だ。

ジスタートの民は初代国王の偉業を讃《たた》えて語り継ぎ、兵たちはジルニトラを描いた軍旗を誇らしげに掲げている。初代国王の御世に制定された、『幼い竜と、黒い鱗を持つ竜を殺してはならない』という風変わりな法令も、廃止されることなく法典に記されている。

ジルニトラは、ジスタート人にとって神々とは異なる位置に立つ守護者なのだ。

しかし、ティグルはブリューヌ人だ。ジスタート人の感覚からすれば、他国の人間にジルニトラが啓示を与えるなどありえなかった。

「夢の中のあなたは、その黒い竜の石像を見てどうしたの？」

「それがまったく思いだせないんだ。とても不思議な場所にいて、竜の像の他にもいろいろと見たような気がするんだが……」

「あまり気にしない方がよさそうね。アスヴァールで、あなたは黒い鱗の嵐竜《ヴーリー》と戦ったでしょう。そのときの記憶が、形を変えて出てきただけかもしれないわ」

元気づけるようにミラが笑いかけてくる。「そうだな」と、ティグルはうなずき返した。恐ろしかったという思いが強く残っているせいで、よくない夢だと考えてしまいそうになるが、実際にはたいしたことのないものだったかもしれない。

「竜の石像が出てくる怖い夢、ねえ。若が戦姫さまを派手に怒らせて、石像を投げつけられたとかじゃないんですか？」

とぼけた口調でラフィナックがからかう。「ありそうですな」と、ガルイーニンが笑った。

ティグルは憮然《ぶぜん》として黙りこむ。なにしろ覚えていないのだから反論のしようがない。

──何にせよ、夢だ。いつまでも気にしてはいられない。

現実にこそ注意を払わなければならない。ここは山の中で、町はまだ遠いのだから。

木々に挟まれた山道が、下り坂になる。しばらく進むと川が見えた。川幅は十アルシン（約十メートル）ほどで、水量は多く、流れも速そうだが、粗末なものながら橋が架かっている。

「ありがたい。あの集落にあった井戸は使う気になれませんでしたからね」

ラフィナックが嬉しそうに、荷袋から水の入った皮袋を取りだした。

だが、川に向かって歩きだそうとした彼の外套の裾を、ティグルはとっさにつかむ。乱立する木々の中に、複数の視線を感じたのだ。

「──囲まれているわね。野盗かしら」

ミラが表情を引き締めてラヴィアスをかまえる。ティグルは黒弓に矢をつがえた。

「三十人近くいますな」

ガルイーニンは腰の剣に手をかけ、ラフィナックも腰に下げていた棍棒を握りしめる。樫の木を削ってこしらえ、柄から先を鉄で補強したものだ。

こちらが足を止めたことで、気づかれたと悟ったのだろう。木々の間から、武装した男たちが現れる。いずれも半球形の兜をかぶり、鎖かたびらを着こんで、その上に焦げ茶色の外套を羽織っていた。武器は手斧や鉈《なた》、弓といったところだ。

――野盗ではないな。

武装の統一ぶりから、ティグルはそう判断する。おそらく、このあたりを治めている領主に仕える兵だろう。敵と判断したらすぐに襲いかかってきそうな猛々《たけだけ》しさを感じる。

緊迫した雰囲気の中、ひとりの大柄な男が前に進みでた。

外套の上に、狼の毛皮の襟巻《えりま》きをしている。黒髪と黒い瞳の持ち主で、顔は細長く、肌は日に焼けて浅黒い。どこか馬を思わせる容貌だった。「馬面《シュルヴ》」と、ラフィナックがつぶやいたのが聞こえて、吹きだしそうになるのを懸命に堪える。

「おまえたちは何者だ。そのフードをとれ」

ザクスタン語だ。他の者たちの態度から考えて、この男が隊長なのだろう。

ティグルは腰に下げた矢筒に矢をしまうと、おとなしくフードを脱いだ。黒弓を持った左手を掲げて、敵意がないことを示す。

「俺たちはブリューヌから来ました。王都にいる知人に会うために旅をして――」

「他の三人も顔を見せろ」

こちらの言葉を遮《さえぎ》って、馬面の隊長は居丈高《いたけだか》に言い放った。ティグルはむっとしたが、感情をおさえて穏やかに質問を投げかける。

「その前に、あなたたちは何者なのか教えていただけませんか」

「我々はゴルトベルガー家に仕えている戦士である」

その名前には聞き覚えがあった。ソフィーが教えてくれたのだが、土豪の中でも一、二を争う実力者だという。

「この山はゴルトベルガー家のものだ。おまえたちはいったい誰の許しを得て山に入った。罪人ではなく旅人として山を下りたければ、相応の代価を払ってもらおう」

そういうことか。ティグルは彼らの意図を理解した。

その領地にあるものは、石ころひとつでさえも領主のものという原則は、ザクスタンだけでなく、近隣諸国に共通するものだ。彼らの主張は間違っていない。その本音が、通行料という名目で、旅人から金を巻きあげようというものだとしても。

「他の者もさっさとフードをとれ。野盗が旅人を装うことなど珍しくないからな」

鋭い視線を向けられて、ミラたちがフードを脱ぐ。このていどのことで土豪と揉めるつもりはない。あとは、通行料としていくばくかの金銭を支払えばすむはずだった。

兵たちの視線がミラに集中し、何人かが「へえ」と、感嘆のため息を漏らす。隊長もミラの美しさに見とれて、だらしなく鼻の下を伸ばした。

「なるほど、野盗ではないようだな……。よし、半日ばかりその娘を貸せ。それで、おまえたちを見逃してやろう」

「お断りします」

ティグルは即答した。呆気《あっけ》にとられる隊長を、鋭い眼光で射すくめる。

「仲間を差しだして、身の安全を買おうとは思いません」

馬面が怒気をはらんで赤くなった。手斧を見せつけながら、隊長は恫喝《どうかつ》する。

「自分が何を言ってるか、わかっているのか？　おまえたちを野盗として斬り伏せたあと、娘を連れていくこともできるのだぞ。もう少し命を大事にしたらどうだ」

「妄言ばかり並べたてないでもらえるかしら。つきあわされる身にもなってほしいわ」

冷淡きわまる声が、隊長の耳を突き刺した。荷袋を放り、ラヴィアスに巻きつけていた布を取り去って、ミラがゴルトベルガー兵たちをぐるりと見回す。青い瞳が不敵に輝いた。

「これだけの数をそろえながら、見事に役立たずしかいないみたいね。相手の力量もわからないんだから。狼の餌になりたくなければ、いまのうちに逃げなさい」

強烈な挑発に、兵たちが顔色を変える。隊長が突進しながら叫んだ。

「やっちまえ！　その生意気な女に身のほどをわからせろ！」

彼が叫び終える前に、ティグルはすでに矢筒から二本の矢を抜いて黒弓につがえている。

風を切って矢が飛ぶ音に、悲鳴が続いた。隊長が大きくよろめいて、仰向けに倒れる。彼の両脚には、それぞれ矢が深く突き刺さっていた。

恐るべき早業に、ゴルトベルガー兵たちの半分近くが動きを止める。一方、ティグルの動きに停滞はない。荷袋を地面に落とし、新たな矢を三本引き抜いた。

一本は口にくわえ、二本をつがえて、弓を持っている兵を狙う。血飛沫《ちしぶき》が飛散し、彼らは射抜かれた手や腕を抱えて座りこんだ。

ラフィナックが駆け寄ってくる。彼はティグルを守るように立つと、棍棒を振りまわしてゴルトベルガー兵たちを牽制した。

「まったく、戦姫さまのこととなると、若は恐ろしいほど短気を起こしますな」

「俺は冷静だ」

「ええ、ええ。そうでしょうね。冷静に怒っている人間の方がよほど怖いものですよ」

ティグルがその気であれば、ゴルトベルガー兵たちは腕や脚でなく眉間に矢を受けて、命を落としていただろう。ラフィナックはそのことを理解していた。

ミラとガルイーニンは、襲いかかってきた兵たちを迎え撃っている。

木々の乱立する中での戦いとあって、ミラはラヴィアスの柄を短くした。使い手たる彼女の意志で、この竜具は柄の長さを自在に変えることができるのだ。

二人のゴルトベルガー兵が、正面からミラに向かってくる。

二条の白い閃光が走った。敵兵たちの手から手斧と鉈が弾きとばされる。間髪を容れずに追撃が放たれ、二人の肩と太腿が鎖かたびらの上からえぐられた。

その場にうずくまる彼らには目もくれず、ミラは次の相手をさがして地面を蹴る。木々の間を駆けて、ゴルトベルガー兵たちが前後から挑みかかってきた。

前方に立ちはだかる敵兵の側頭部を、ミラは兜の上から打ち据える。その兵士は白目を剥いて吹き飛び、地面に転がった。そうとうに加減した一撃である。もしも本気でラヴィアスを叩きつけていたら、兵士の首から上は兜ごとなくなっていたに違いない。

背後から、敵兵が手斧を振りあげて迫る。ミラは振り返らず、ラヴィアスの柄を手の中で滑らせた。槍の石突きで腹部を強打され、兵士はその場に倒れて悶絶する。

ガルイーニンの剣技は主のような鮮烈さこそないが、針の穴を通すかのように正確で、速かった。彼と相対したゴルトベルガー兵たちは手を傷つけられて武器を落とし、脚を傷つけられて膝をつく。初老の騎士の呼吸は乱れることなく、ミラを見守る余裕すらあった。

わずかな時間で、ゴルトベルガー兵の半分以上が地面に倒れる。命を落とした者はひとりもいないが、ほとんどの者が戦意を喪失していた。

「お、おまえたち……。こんなことをして、ただですむと思うのか」

激痛に顔を歪めながら、隊長が声を震わせる。

ティグルは彼を無視して、向かってこなかった数人の兵に視線を向けた。

「怪我人を連れて帰るといい。俺たちにゴルトベルガーと戦う意志はない」

兵たちは悔しそうに歯ぎしりをしたが、いまや劣勢なのは彼らの方である。それに、仲間を放っておくことはできない。「わかった」と、絞りだすような声で答えた。

――こうなると、急いで山を下りるべきだな。

兵たちの報告を聞いたゴルトベルガーは、自分たちの素性について調べようとするだろう。一刻も早く土豪の勢力圏から遠ざからなければならない。

そんなことを考えていると、川の向こう側から足音が聞こえてきた。

「新手か……？」

見れば、三十人ほどの兵士の一団が歩いてくる。ゴルトベルガー兵たちとは武装に違いがあった。彼らは鎖かたびらの上に革鎧を着こみ、白い外套を羽織っている。半球形の兜には鼻当てや面頬があった。両手に持っているのは短槍と円形の盾で、腰に小剣を吊している。

「王家の兵か……」

ゴルトベルガー兵のひとりが忌々《いまいま》しげにつぶやいた。


ティグルは眉をひそめて、王家の兵たちを見つめていた。

――何だ、この連中は。

彼らのまとう雰囲気は、一言でいって異様だった。この状況を見て何も言葉を発しないばかりか、その顔には何の感情も浮かんでいないのだ。こちらを警戒する様子もない。人形の群れが立っているようで、まともな人間と向かいあっている気がしなかった。

虚《うつ》ろな表情の兵たちが散開する。そのうちの三、四人が、彼らの近くに倒れていたゴルトベルガー兵を囲んだ。ティグルの矢で射倒されて動けなくなっていた者だ。

彼らは無造作に短槍を突きたてる。鮮血と悲鳴が噴きあがった。

「貴様ら、何をしやがる！」

馬面の隊長が驚きと怒りの声をあげる。

ティグルたちも、目の前で展開された出来事に愕然《がくぜん》としていた。負傷者に問答無用でとどめを刺すこと自体、尋常でないが、彼らはそれを無言、無表情で行ったのだ。寒気を覚えた。

「どうします、若……」

ラフィナックの声には困惑がにじんでいる。ティグルもどうすべきか迷ったが、王家の兵たちが他の負傷者も殺害しようとしているのを見て、黒弓に矢をつがえた。

放たれた矢は、王家の兵の兜に命中して音高くはね返る。王家の兵たちが一斉にこちらを振り返った。無機質な目をティグルに向ける。

「ティグル！」

ミラとガルイーニンがティグルたちのそばに駆けてきた。ラヴィアスをかまえて王家の兵たちを見据えながら、ミラは口の端を引きつらせた笑みを浮かべる。

「襲ってきた相手を助けるなんて、妙なことになったわね」

「だが、あれを見過ごすわけにはいかないだろう」

　正義感から助けたわけではない。ただ、放っておけなかったのだ。それにしても、王家の兵たちから感じる不気味さはいったい何なのだろうか。

「夏に、ライトメリッツにある森の中で怪物たちと戦ったことは覚えてる？」

　ミラの問いかけは唐突なものだったが、ティグルたちはそれぞれ納得してうなずく。

　森の中にいた怪物たちの正体は、魔物によって殺され、操られた人間だった。

　まっすぐ向かってくる王家の兵たちの動きは、それにどこか似ている。

「彼らが、魔物に操られているかもしれないっていうのか」

「まず間違いないわ。ラヴィアスも彼らを警戒してる」

　ミラの持つ竜具に視線を向けると、氷塊を削りだしたかのような穂先が、冷気を帯びた白い光をかすかにまとっていた。

　――人間をこんなふうにして、今度は何をするつもりだ。

　湧きあがる怒りを胸の奥に押しこめる。深く息を吸って、静かに吐きだした。いまは、王家の兵たちに対処しなければならない。

　新たな矢を黒弓につがえて、先頭にいる王家の兵に狙いを定めた。我先にと突撃してくるような者はおらず、隊列を整える者もいない。敵意や戦意を露《あら》わにする者も。嫌悪感と忌避感《きひかん》を覚えて、ティグルは顔をしかめた。

弓弦が震える。右脚を矢に貫かれて、その兵士はわずかによろめいた。

だが、彼は顔色ひとつ変えず、痛みなど感じていないかのように前進を続ける。ラフィナックが呻《うめ》き声を漏らし、ガルイーニンは渋面《じゅうめん》をつくった。

「これはどうも、中途半端なやり方では止められそうにありませんな」

「そうだな」

自分に言い聞かせるように、ティグルはつぶやく。彼らを挑発したのは自分だ。仲間のためにもこの先は非情に徹《てっ》し、確実に仕留めるべきだろう。

そのとき、何かを考えるようにラヴィアスを見つめていたミラが、意を決した表情でティグルたちに呼びかける。

「手を貸して。この近くに魔物の気配がないか、さぐってみるわ」

ティグルは驚いた顔でミラを見つめたが、できるのかとは問わなかった。ミラがやりたいと言っているのだ。ならば、自分の役目は彼女を支えることだ。

「わかった。俺たちは何をすればいい？」

「私が集中している間、やつらを寄せつけないで」

「そんなことならお安いご用だ」

話をしている間に、王家の兵たちはぞろぞろと橋を渡りはじめている。ゴルトベルガー兵たちに見向きもしないのは、この際ありがたかった。

ティグルは王家の兵たちに狙いを定め、二本、三本と立て続けに矢を射かける。先頭にいる数人が目や喉を貫かれ、体勢を崩して川に転落した。後続の兵たちは彼らを助けるどころか、目もくれずに前進する。

ラフィナックとガルイーニンが前に出た。橋の手前で彼らを迎え撃って、足止めしようというのだ。その光景を見たゴルトベルガー兵たちが顔を見合わせ、武器を手に動きだす。加勢してくれるようだった。

「これなら持ちこたえられそうね」

ミラは安堵の息をつくと、己の竜具を垂直に持って、石突きを地面に突きたてた。

――お願い、ラヴィアス。

両目を閉じて、声には出さず訴えかける。氷塊を削りだしたような穂先から白い冷気が放たれた。冷気は地表を這い、大気に溶けこみながら、少しずつ周囲に広がっていく。この冷気が何か特異なものに触れたら、ラヴィアスがそれをミラに伝えるのだ。

ミラにとってありがたいことに、木々の間を漂う大気は冷たい。昨日、雪が降ったせいだろうが、これならラヴィアスの放つ冷気もすぐに気づかれることはないはずだ。

冷気は三十アルシン（約三十メートル）を過ぎて、五十アルシンにまで達したが、ラヴィアスからは何も伝わってこない。ミラは焦りを見せず、冷気を操ることに専念する。剣戟《けんげき》の響きすらも遮断して、意識を竜具に集中させた。

冷気が八十アルシンを超える。

——捉えた！

目を開いた。冷気を吹き散らして、ミラは地面を蹴る。右手の斜面の上へ、脇目もふらずに駆けだした。長い髪をなびかせ、獲物を見つけた獣さながらの勢いで木々の間を走り抜ける。

人影が見えた。

裂帛《れっぱく》の気合いとともに、ミラはラヴィアスで突きかかる。鋼鉄をぶつけあわせるのにも似た音が大気を揺らした。

「見事だ」

淡々とした声がミラの耳朶《じだ》を打つ。

彼女の前に立っているのは、黒い仮面で頭部を覆った女性だった。艶やかな黒髪は腰に届くほど長く、豊かな身体の曲線がわかるような黒い服を着て、その上に外套を羽織っている。仮面は目と口にのみ小さな隙間があり、左半分には竜が彫られていた。

ミラは驚愕を隠せずに、仮面の女性の右手を見つめている。

凍漣の雪姫の渾身の一撃を、その人影は素手で受けとめたのだ。鉄の甲冑を紙同然に貫く竜具が、白いてのひらを傷つけられずにいた。

すばやくラヴィアスを引き戻して、ミラは矢継《やつ》ぎ早《ばや》に槍を繰りだす。相手の顔を狙い、肩を狙い、胸元を狙って竜具を叩きこんだ。一閃ごとに冷気が走って大気を白く染める。すさまじい猛撃に、両者の周囲で凍気が渦を巻くほどだった。

だが、仮面の女性は怒濤《どとう》の槍撃をことごとくかわし、あるいは両手で弾き返す。ミラは戦慄と悪寒を禁じ得なかった。

ふと、ティグルから聞いた話を思いだす。ズメイと名のった魔物は黒い服を着た女性で、竜が彫られた黒い仮面をつけていたと。

「おまえがズメイね？」

ラヴィアスで女性の足下を薙《な》ぎ払いながら、鋭い視線を叩きつける。

ズメイは、ミラの祖母ヴィクトーリアの亡骸を乗っ取って己のものとし、ミラの母であるスヴェトラーナを傷つけた魔物だ。何をおいても倒さなければならない敵だった。

はたして、問いかけられた仮面の女性は、すばやく飛び退って槍をかわしながら答える。

「その通りだ、槍の戦乙女。――この身体は、おまえの祖母のものだ」

ミラの青い瞳が激情に輝いた。怒声とともに大きく踏みこんで、苛烈《かれつ》な一撃を放つ。ズメイはこれまで通り、右手を突きだして防ぎ止めようとした。

しかし、ズメイの右手に触れる寸前で、ミラは槍を引き戻す。この刺突は陽動だ。どれほど怒りに胸を焦がしたとしても、彼女は戦士としての冷静さを失わなかった。

魔物の手をかいくぐって、狙いすました一閃が伸びる。金属音が響き、黒い仮面が真っ二つに割れて宙を舞った。乱れた黒髪が翼のように広がり、ズメイの顔が露わになる。

ミラの動きが止まった。呼吸すら忘れて、彼女はズメイの顔を見つめる。

ヴィクトーリアが亡くなったのは、ミラがまだ幼いころだ。彼女が自分の目で見たことのある祖母の顔は、髪に白いものが混じり、皺《しわ》や染みの目立つ五十近くのものだった。

だが、肖像画でなら、若いときの顔も見たことがある。母によく似ていた。母娘なのだと思い、いずれは自分もこのような面《おも》立《だ》ちになるのかと想像した。

その顔が目の前にある。二十半ばの祖母の顔が。

ミラの胸元へと、ズメイが右手を伸ばす。竜具を平気で受けとめられる手だ。まともにくらえば、ただではすまないだろう。

避けなければと思ったが、意に反して身体が動かない。ズメイの手が、彼女に迫る。

そのとき、ミラの視界の端で眩《まばゆ》いばかりの閃光が疾走《はし》った。

大気を吹き散らして、『力』を帯びた矢が飛んでくる。ティグルが放ったものだった。敵の正体がズメイであるとわかったとき、ティグルはラフィナックたちへの援護を続けながら、少しずつミラたちの方へ移動して、彼女の戦いを見守っていたのだ。

ズメイはミラへの攻撃を中断して、ティグルの矢を受けとめる。白い光が乱舞し、冷気を帯びた暴風が荒れ狂った。ズメイは表情こそ変えなかったが、内心の驚きを示すように、かすかに身じろぎする。後ろへ一歩下がった。

次の瞬間、ズメイは矢を握りしめる。その手の中で、矢は粉々に砕け散った。『力』の残滓《ざんし》は光の粒子となり、指の隙間から煙のように立ちのぼって消えていく。

「以前よりも『力』が増したな」

ズメイはティグルに賞賛の言葉を贈る。そうしている間も、ミラに隙は見せなかった。

「槍の戦乙女も、レーシーの眷属と戦ったときより動きが鋭くなっている。アスヴァールでトルバランを葬ったのもおまえたちか」

「だったら、どうだというの？」

ミラの鋭い声に、ズメイは淡々と応じた。

「長引かせたくないのでな。こちらも武器を使わせてもらう」

ズメイが右手を掲げる。その周囲の空間が歪み、一部に裂け目が生じた。ミラは呆気にとられた顔で、その光景を見つめる。

裂け目の中にズメイが手を入れると、その奥から金色の光がほとばしった。

風が唸り、大気が震える。遠雷にも似た音が地面を揺らす。裂け目の奥で何かをつかんだズメイの手が、まばゆい光とともにゆっくりと引きだされた。

魔物の手には、一本の槍がある。石突きに七つの宝石を埋めこみ、漆黒の柄には白銀の弦が巻きつけてあった。穂先は黄金の輝きを放ち、竜具に劣らぬ見事な装飾がほどこされている。

その槍から放たれる威圧感に、ミラは声を出せなかった。

――覚えがあるわ、この感じ……。

黒騎士ロランの振るっていたデュランダルや、ギネヴィアの持っていたカリバーンと同じ雰囲気を、魔物の槍はまとっている。

それはつまり、竜具と互角に戦える武器ということだ。

「我々はグングニルと名づけた」

槍をかまえながら、ズメイが言った。ミラは眉をひそめる。

「まるで、あなたたちが作ったかのような言い方をするのね」

「その通りだ。これは失敗作だが、槍を得意としているこの身体にはちょうどいい」

台詞の前半はミラに衝撃を与えたが、後半はそれをはるかに上回るほどの怒りを煽《あお》った。青い髪の戦姫は地面を蹴ってズメイに突きかかる。

ラヴィアスの穂先とグングニルの穂先が激突した。金色の火花が飛散し、混じりけのない金属同士のぶつかりあう澄んだ音が響きわたる。

ミラは愕然とした。自分の動きを完全に読みとって合わせせなければ、このような芸当は不可能だ。しかも、ミラは必死に力を入れているのに、ズメイの槍は微動だにしない。

せめぎ合いを避けて、ミラは後ろへ飛んだ。

——その身体を……返せ！

殺意を帯びた目でズメイを睨みつけて、ミラはあらためて攻撃に移る。ズメイはその場から動かず、ミラを迎え撃った。

顔を突き、胴を薙ぎ、腕や足を狙って打ち払う。上から頭部を狙い、下から臑を叩く。己の技量を駆使して、ミラはあらゆる角度から魔物を攻めたてる。

だが、ひとつとしてズメイに届いたものはなかった。ことごとくグングニルで受け流され、あるいは防ぎ止められる。さきほどのような陽動も通じない。

――まるで私の動きを読んでいるかのよう……。

額から汗の粒が散った。おそらくそうだという確信が、胸の奥底から湧きだしてくる。ミラの槍の技術は、母から受け継いだものだ。その母は、当然祖母から受け継いでいる。自分も、母も、もちろん教わったものに変化を加えてはいるが、基礎となる部分は変わっていない。

――でも、それなら、お祖母さまの動きを私が読むことができてもいいはずなのに。

ズメイの繰りだす攻撃は雷光のようで、ミラの頬や腕に次々と傷が刻まれていく。いまのところ浅い傷ばかりだが、このままでは致命的な一撃をくらうかもしれない。

――こうなれば、竜技で決着をつける。

ミラは横に跳んで、魔物と距離をとる。使い手の意志を読みとってラヴィアスが輝いた。

だが、ズメイの方が速かった。グングニルを逆手に持って振りあげ、投げつける。ミラはとっさに防御へと切り替えた。彼女の周囲に巨岩のごとき氷塊がいくつも生まれ、重厚な防壁が張り巡らされる。

次の瞬間、グングニルが直撃し、轟音とともに防壁を粉々に吹き飛ばした。氷の礫《つぶて》を含んだ嵐が吹き荒れる中で、ミラは懸命に目を凝らす。

目を瞠《みは》った。ズメイの手に、たったいま投擲《とうてき》されたはずのグングニルがある。魔物は立っていた場所から一歩も動いていないというのに。

あの槍は、ひとりでに使い手のもとに戻ってくるのだ。

再び、ズメイがグングニルを投げ放つ体勢に入る。

瞬時の判断で、ミラは大きく前に踏みこんだ。

「——空さえ穿ち凍てつかせよ《シエロ・ザム・カファ》！」

このとき、ティグルもまた『力』をまとった矢を放っている。通じるとは思っていない。ズメイの意識を少しでも自分に向けさせるための一矢だった。

竜技と矢がグングニルと激突する。ミラとズメイを中心に、三つの力が相手を引き裂かんと絡みあい、白い光が乱れ飛ぶ。猛々しい力の奔流《ほんりゅう》は、すさまじい冷気の竜巻を生みだした。

周辺の木々が凍りつきながら引き裂かれ、根元から薙ぎ倒される。大地もえぐられ、人間の頭部ほどもある土塊《つちくれ》が周囲にまき散らされた。

ことごとくを呑みこみ、巻きあげながら竜巻は急激にふくれあがる。そして、弾けた。

氷と雪の爆発が巻き起こった。

爆風に吹き飛ばされて、ティグルは地面を転がった。普段ならすぐに体勢を立て直すことができたのだが、『力』をまとった矢を二本放ったことで消耗している。急な傾斜になっている方へ放りだされて、頭や背中を何度も打ちながら滑り落ちた。

木の根元にぶつかって、それ以上落ちていくのはどうにかまぬがれたものの、すぐに起きあがることはできなかった。身体中が痛みを訴えて、呼吸をするのも苦しい。

「若……！」

遠くから声が聞こえる。返事をしようとしたが、呻き声しか出ない。朦朧《もうろう》とする意識の中で痛みに耐えていると、力強く抱き起こされた。

「だいじょうぶですか、若！」

目の前にラフィナックの必死な顔がある。ティグルは無理に笑みをつくった。

「ああ、見ての通りだ……」

かすれていたが、声が出た。ラフィナックが「ひどいもんですよ」と、笑い返す。彼の肩を借りて、身体を起こした。髪と顔から土がぱらぱらとこぼれ落ちる。

腕も脚も痛いが、骨は折れていない。指もだいじょうぶだ。視界もはっきりしている。黒弓は手放しておらず、腰の矢筒にも矢がわずかに残っていた。

見上げると、十アルシン以上の斜面を落ちてきたようだった。

「ミラは……ミラはどうなった？」

ようやくそのことに思い至る。ラフィナックはためらいがちに答えた。

「川に落ちたのが見えました。そちらにはガルイーニン卿が向かっています」

「魔物は？」

続けて問うと、ラフィナックは難しい表情になる。

「いなくなりました……」

ティグルは年長の側近をまじまじと見つめた。いなくなったとはどういうことだろうか。まさか、あの爆発によって滅び去ったとでもいうのか。

――いや、ないな。

いままでに戦ってきた魔物の中でも、ズメイは飛び抜けて強力な存在だ。楽観的な考えを持つべきではなかった。

「とにかく上に戻ろう。ミラが心配だ」

立ちあがり、傾斜にとりついて、這うようにのぼっていく。ラフィナックはティグルの動きをしばらく見守っていたが、だいじょうぶらしいと判断して後に続いた。

傾斜の上に出る。ラフィナックがかき集めておいてくれたのだろう、人数分の荷袋がそこにあった。手分けして背負い、抱える。

橋のそばに座りこんでいるゴルトベルガー兵たちの姿が見えたが、彼らのことを気にかけている余裕はない。ゆるやかな斜面を駆けて、ミラとズメイが戦っていたところまで急いだ。

ティグルの顔が蒼白になる。隣に立ったラフィナックも息を呑んだ。

ミラが立っていたところにはすり鉢状の巨大な穴が穿《うが》たれ、周辺の地面は荒々しくえぐられた形で凍りついている。その上に引き裂かれた木々が散乱していた。

「ミラ……」

声が震える。両脚の力が抜けてよろめいた。ラフィナックが支えてくれなければ、その場に座りこんでいただろう。

こちらの姿を見つけて、ガルイーニンが走ってきた。灰色の髪は乱れ、その顔は不安と後悔からひどく憔悴《しょうすい》している。川の一点を、初老の騎士は指で示した。

「リュドミラ様が落ちたのは、あのあたりです」

聞き終える前に、ティグルは斜面を滑り降りていた。

川縁に立って下流を観察する。見える範囲では、ミラの姿は確認できない。水量と流れの速さから、流されてしまったと考えるべきだろう。

潜れないかと、しゃがみこんで水面に触れてみる。身を切るような冷たさに、おもわず手を引っこめた。これは無理だ。百を数える前に凍えてしまう。

――ミラは……いや、ラヴィアスが彼女を守ってくれるはずだ。

彼女の竜具は冷気を操り、寒さから使い手を守る。凍死することだけはない。

そのことを忘れかけていた自分に、落ち着けと言い聞かせる。

追いついた二人を振り返って、ティグルは静かに告げた。

「川沿いに歩いてさがそう。ミラにはラヴィアスがついている。きっと無事だ」

「そうですな……」

ガルイーニンが大きく息を吐きだす。混乱のあまり、彼も竜具のことを失念していたらしい。

ようやく顔に生気がよみがえってきた。

ミラの名を叫びながら、ティグルたちは歩きだす。

だが、思った以上に捜索は困難だった。密集した木々や茂みに行く手を阻まれて、何度も迂回を強いられる。川から引き離されるたびに、焦りと苛立《いらだ》ちが募《つの》る。

川縁に引っかかっているものを見つけて、それがただの流木だとわかったときなどは、そろってため息をこぼしたものだった。三人の間に漂う空気が重いものになっていく。

「少し休みましょう」

たまりかねたように、ラフィナックが提案した。

「そんな暇があるわけないだろう」

ティグルは非難がましい目つきを向ける。その視線を、ラフィナックは平然と受けとめた。

「狩人としての若にお尋ねしますが、休みもせずに山の中を歩きまわって、獲物を仕留めることができますか」

答えられなかった。黙っていると、ラフィナックはガルイーニンに問いかける。

「ガルイーニン卿、休息のない行軍は愚行だと、私に教えてくださったでしょう」

初老の騎士は口ごもった。口調を穏やかなものにして、ラフィナックは続ける。

「お二人とも、声がかすれていることに気づいてますか？　肝心なときに足が動かず、声も出ず、なんてことになったらどうするんです。誤って川に落ちても、私は知りませんよ」

ティグルとガルイーニンは顔を見合わせる。どちらからともなく表情を緩めた。

「髪も髭《ひげ》もひどいことになっていますよ、ガルイーニン卿」

「土まみれのティグルヴルムド卿には負けますな」

二人は荷袋を地面に置いて、水の入った皮袋を取りだした。

一口飲むと、頭の中に詰まっていた雑念が外へ流れだしていく。次いで、厚手の布で顔を拭うと、気分が落ち着いてきた。自分が疲れていることをあらためて自覚する。

大きく伸びをする。肩をまわす。何度か屈伸《くっしん》をする。

水をもう一口飲んだ。ただの水なのにうまいと思う。

「すまなかった、ラフィナック。それと、ありがとう」

年長の側近に向き直ると、ティグルは謝罪と礼の言葉を述べて、頭を下げた。ラフィナックは前に突きでた歯を見せながら、笑って首を横に振った。

「愛する女性がいなくなったのですから、取り乱すのは仕方がありません。これはバートラン老から聞いたのですが、昔、ウルス様もそういうことがあったそうです」

「父上が……？」

目を丸くする。ラフィナックはうなずいた。

「ウルス様が王都にいたころ、ディアーナ様をともなって出かけられたのですが、人混みにぶつかってはぐれてしまい、もう必死になってさがしまわったそうです。無事に見つけたとき、髪も服も乱れたウルス様を見て、ディアーナ様はおもわず吹きだしたとか」

ディアーナは、ティグルの母だ。ウルスはブリューヌの王都ニースで彼女と出会い、おたがいに深く愛しあうようになって、結ばれたのである。

――そんなことがあったのか。

木々の間から覗く灰色の空を見上げて、ティグルは感慨にふけった。

ティグルの知る母は身体が弱く、ベッドに横になっていることの多いひとだった。それでも息子が寝室を訪れると、神話やおとぎ話、花にまつわる物語などいろいろな話をしてくれた。母は幼いころに亡くなったが、その穏やかな微笑はいまでも鮮明に思いだせる。

連鎖的に、父や義弟のことを思う。アルサスで領主としての務めを果たしているだろう父。元気にしているだろうか。ディアンはそろそろ歩けるようになったたか。

――そういえば、父上も言っていたな。大切なものをさがすときほど焦るなと。

苦笑が浮かんだ。父の言葉を何度か繰り返して、深呼吸をする。

二人の仲間と視線をかわして荷袋を背負い直すと、茂みをかきわけて歩きだした。

「それにしても、リュドミラ様はどのあたりまで流されてしまったのか……」

川面に目を凝らしながら、ガルイーニンが彼らしくもなく、愚痴っぽくつぶやく。

「ラヴィアスが光ったり、まわりを凍らせたりして居場所を教えてくれれば助かるのですが」

その言葉に、ティグルは足を止めた。手に持っている黒弓を見つめる。

どうしてミラを見失ったとき、すぐに思いだせなかったのか。

「若、その弓がまた何か？」

ラフィナックが怪訝な顔をする。ティグルは目を輝かせて答えた。

「ミラがどこにいるかわかるぞ」

「何ですと」

驚きの声をあげるガルイーニンに、うなずいてみせる。

「夏に、ライトメリッツにある森で魔物と戦ったとき、俺はこの弓の力でエレンをさがすことができたんです」

エレン――戦姫エレオノーラ＝ヴィルターリアは、森の魔物レーシーに囚われていた。ティグルは黒弓に訴えかけて、彼女の竜具アリファールの位置を突き止めたのだ。

「さっそく試してみます。二人はまわりを見ていてください」

ティグルは両目を閉じた。心の中で黒弓に訴えかける。呼吸をかすかなものにしながら、意識を徐々に黒弓に溶けこませていった。大気の冷たさや風の流れ、地を踏みしめる靴の感触が消えていき、果てしのない暗闇の中に存在する一粒の光となる。

光は波紋となって、暗闇の中に広がっていった。

やがて、波紋が小さな光の瞬きを捉える。

――この気配はラヴィアスだ。以前にも感じたことがあるから間違いない。

確信を抱き、それから首をかしげた。

ラヴィアスのそばに、竜具とは異なるあたたかな光の存在を感じる。力強い命の輝きを。

――これは、ミラ……？

そうとしか思えなかった。竜具と戦姫の絆が、ミラの存在を教えてくれている。

目を開けた。周囲の風景と音、風の匂いが一気になだれこんでくる。何かに振りまわされるように視界が揺れて、十を数えるほどの間、ティグルは声を発することもできなかった。

ラフィナックがさしだした水を飲んで、やっと気を取り直す。緊張から強張った顔で見つめてくるガルイーニンに、手で方向を示しながら笑いかけた。

「もう少し先……三百アルシンほどだと思うんですが、そこにミラはいます」

「リュドミラ様が？　ラヴィアスではなく？」

「ええ。ラヴィアスだけでなく、ミラの気配も感じとれたんです。エレンをさがしたときは、ここまでつかむことはできなかったんですが……」

この黒弓が、以前よりも馴染んできたということだろうか。思えばさきほどの戦いでも、ズメイがそのようなことを言っていた。『力』が増したと。

「ともかくリュドミラ様を助けに向かいましょう」

ガルイーニンの言葉に、ティグルはうなずいた。考えることはあとでもできる。いま、何よりも優先すべきはミラのことだった。

よかった。無事でいてくれた。

目頭が熱くなり、疲れているはずなのに力が湧いてくる。

彼女への想いが、早く早くとせき立てる。

足取りも軽く三人は歩きだしたが、またも木々と茂みに邪魔されて仕方なく迂回した。足下が斜面に変わる。くだっていくと、かなり急な傾斜を見上げるところに出た。

「こいつをのぼるんですか」

ラフィナックがうんざりした顔になる。

上から剣戟の響きと叫び声が降ってきたのは、そのときだった。


ティグルたちが反射的に武器をかまえたところへ、三つの人影が傾斜を滑り降りてくる。いずれも半球形の兜をかぶり、首回りに毛皮をあしらった厚地の軍衣を身につけ、手には剣を持っていた。三人とも若く、おそらく二十歳に達していないだろう。

三人の前に降りたった彼らは、驚きも露わにこちらを見つめた。このようなところにひとがいるとは思わなかったという顔だ。その中で、いち早く呆然自失から立ち直ったひとりの青年が血相を変えて叫んだ。

「逃げろ！　早く！」

ザクスタン語だ。いったい何があったのか尋ねようとしたが、頭上に剣呑《けんのん》な気配を感じて、ティグルは傾斜の上へと視線を向ける。そこには七人の兵士が立っていた。目の前の三人とほとんど変わらない武装をして、手には斧や鉈を持っている。

青年が後ろを振り返り、彼らの存在に気づいて悪態をついた。こちらに向き直る。

「あなたたちは旅人か？　あいつらは無差別にひとを襲う。私たちがおさえておくから、早く逃げるんだ。あちらに向かえば山道にたどりつく」

ティグルたちが歩いてきた方向を指し示すと、青年はすぐに背を向けた。

右へ左へと跳躍を繰り返しながら、七人の兵士が傾斜を降りてくる。

彼らを見て、ティグルたちは息を呑んだ。七人とも、さきほど遭遇した王家の兵たちのように虚ろな表情をしている。一切の思考も感情もうかがえない、人形のような顔だ。

――逃げろと言ったのはこういうわけか。

最初に降りてきた三人は剣をかまえて、七人の兵士を迎え撃とうとしている。だが、数を考えても彼らの劣勢はあきらかだった。

じりじりと距離を詰めていた七人の兵士が、突然獣のような咆哮《ほうこう》をあげる。不意を打たれて、三人はその場に固まった。そこへ七人が猛然と襲いかかる。

兵士のひとりが青年の剣を叩き落とし、組みついた。

その兵士のとった行動に、ティグルたちは息を吞んだ。手にしている鉈で斬りつけるのかと思いきや、大きく口を開けて青年にかじりつこうとしたのだ。

風を切って放たれた矢が、その兵士の口に飛びこむ。後頭部から鏃が飛びだし、兵士はもんどりうって倒れた。

ほぼ同時に剣光が煌《きら》めいて、虚ろな兵士のひとりが血飛沫とともに地面に転がる。また、青年に迫っていた別の兵士が、横から突きだされた棍棒をくらって派手に転倒した。

青年たちを助けたのは、ティグルたちだった。

「我を忘れるぐらい腹が減ってるんですかね、こいつら」

「話どころか言葉すら通じなさそうだな」

軽口を叩くラフィナックに感心しながら、ティグルも軽口を返す。七人の兵士の行動は、異常としか言いようがなかった。さきほどの咆哮といい、獣そのものではないか。

だが、青年たちは、このような連中から自分たちを助けようとしてくれた。逃げろと繰り返して、彼らに立ち向かおうとした。黙って見ていることなどできなかった。

「痛みを感じないらしいところは、さきほどの連中と同じですな」

剣を振るいながら、ガルイーニンが冷静に言った。彼は相手の腕や脚を狙って斬りつけたのだが、虚ろな表情の兵士たちは悲鳴をあげず、痛みに顔を歪めることもなく、武器を振りかざして向かってくる。

彼らの戦い方は、奇妙だった。鉈や斧を振りまわしながら、接近しては噛みつき、あるいは左手で引っ掻こうとする。口や手も武器であるというかのように。

ティグルの放つ矢は、彼らの目や喉を正確に射貫いた。一息に葬り去るか、でなければ視界を奪おうというのだ。青年たちもようやく戦意を取り戻し、懸命に剣で斬りかかる。ラフィナックが棍棒を振るって横から援護した。

虚ろな表情の兵士たちはひとり、またひとりと倒れていったが、最後のひとりになっても逃げる様子を見せず、戦いをやめなかった。青年たちの剣に喉と腹部を突き刺され、ガルイーニンに首筋を斬られて、どうと倒れる。

戦いが終わったことを確認すると、青年のひとりがティグルの前に進みでた。自分たちを逃がそうとしてくれた者だ。整った顔だちの持ち主で、金色の髪は肩にかかるほど長い。

剣を地面に突きたて、兜を脱いで、手を胸にあてて彼は頭を下げた。

「助けてくれたこと、感謝する。おかげで三人とも命をつなぐことができた。私はアトリーズという。ぜひ、あなたたちの名を聞かせてもらえないか」

「申し訳ないが、先を急いでいる」

丁重な挨拶に恐縮しながらも、そう言って話を打ち切ろうとする。しかし、アトリーズと名のった青年は食い下がった。

「あなたたちがどこへ向かうつもりなのかは知らないが、この山は危険だ。山道まで行って、急いで下りた方がいい」

「いや、急ぐといってもすぐそこで」

傾斜の上を指で示す。すると、アトリーズは顔をしかめた。

「そちらか……」

「何か危険でもあるのか」

彼の表情から、ミラのことが心配になっておもわず尋ねる。

「危険というわけではないが――」

アトリーズがそこまで言ったとき、川のある方向から多数の足音が聞こえた。

見ると、武装した兵たちがこちらへ歩いてくる。数は三十人前後。そのほとんどが半球形の兜に鎖かたびらという出で立ちをしていたが、先頭に立つ娘だけは違った。
十八、九歳というところだろうその娘は、厚地の軍衣の上に金属製の鎧をつけ、毛皮をあしらった外套を羽織っている。腰には、鍔と柄頭に見事な装飾を凝らした剣を帯びていた。
美しい娘だった。鮮やかな赤い髪を後頭部で束ねて背中に流しており、髪と対照的なほどに肌が白い。細い眉の下の目はやや大きく、それが彼女にしかない魅力を引きだしている。

だが、その美しさよりも、彼女の全身から放たれる威圧感にティグルは息を呑んだ。

そうとうな手練《てだ》れだ。おそらくミラやエレンにも劣らないだろう。

「もう勘弁してくれませんかね」

げんなりした顔で、ラフィナックが棍棒を肩に担ぐ。ティグルも同感だった。それに、矢がもう二本しか残っていない。戦いになれば、指揮官と思われる娘を狙うしかない。

「ヴァイス……」

アトリーズがつぶやいて、前に進みでる。彼の二人の仲間はその行動に慌てたが、止めることまではせず、祈るような顔で事態を見守った。

三十人の兵士が前進を止めた。赤い髪の娘だけがこちらへ歩いてくる。

「この場は彼に任せて、さっさとのぼってしまいませんか？」

ラフィナックが小声で意見を述べた。しかし、ガルイーニンが首を横に振る。

「そうしたいのはやまやまですが、いましばらく様子を見ましょう。おかしな動きをしていると思われて、かえって彼らを刺激してしまうでしょうから」

二人が話している間に、アトリーズと娘は十歩ほどの距離を隔てて向かいあった。

「ヴァイス、まさか君に会えるとは思わなかった」

アトリーズが言うと、娘――ヴァイスはそっけない態度で言葉を返した。

「どうして君がこんなところにいる、アトリ」

「我が軍の兵が、私の許可もなくこの山に入ったと聞いた。その確認に来たんだ」

鋭い視線を受けとめて、アトリーズは堂々と答えた。両者とも、その声音《こわね》には親しい者に向けたやわらかさがある。しかし、二人を包む空気は緊迫感に満ちていた。

首をわずかに傾けて、ヴァイスは新たな問いかけをぶつける。

「では、君の足下に転がっている死体の数々は？　我々土豪の兵のようだが」

「七人とも人狼《ヴェアヴォルフ》になっていた。付け加えると、この山に入ったらしい我が軍の兵たちも、そうなっている恐れがある」

『人狼』という言葉が耳に飛びこんできたとき、ティグルは奇妙な薄気味悪さを覚えた。その言葉自体は、この国を訪れてから何度も聞いているはずなのに、急に不吉な意味を持ちはじめたように思えたのだ。

地面に倒れている七つの死体に視線を向ける。彼らは人狼になっていたという。

あの虚ろな表情と、異様な動きと攻撃性が、それだというのか。

自分たちが遭遇した王家の兵たちもそうなのか。

――彼らは魔物に操られていると、ミラは言っていたが。

だが、そのことを彼らに説明しても信じてもらえないだろう。歯がゆさはあるが、自分たちは部外者だ。ここは黙っているしかない。

「アトリ、君の言っていることが事実だとしよう」

ヴァイスが腰の剣を抜き放つ。冴《さ》え冴《ざ》えとした白銀の刀身には、見る者をひるませる奇妙な威圧感があった。アトリーズはたじろいだが、拳を握りしめてその場に踏みとどまる。

「しかし、この山の八割はレーヴェレンス家のものだ。残りもゴルトベルガー家のもので、王家のものではない。君は、まずレーヴェレンス家の当主たる私に許可を求めるべきだった。それをしなかった時点で、君たちは討たれるべき侵入者だ。――剣を取れ、アトリ」

促されて、アトリーズは仕方なく地面に突きたてた剣のところまで戻る。引き抜いた。

そうして彼女に向き直ると、待っていたかのようにヴァイスが鋭く踏みこむ。ティグルやガルイーニンでさえも驚くほどの速さだった。

刃鳴りが立て続けに響く。風を裂いて迫るヴァイスの斬撃は、荒々しい猛禽《もうきん》を思わせた。アトリーズは瞬く間に防戦一方となり、あっけなく剣を弾きとばされる。尻餅をついた。

「剣の技量は相変わらずのようだね」

そのいくらか大きな目でアトリーズを見下ろして、ヴァイスは微笑を浮かべた。

「王子殿下を打ち負かしたということで、この場は見逃そう。君の部下は、ここにいる五人ですべてかな。さっさと山を下りるといい」

「ま、待ってくれ！」

ティグルは慌てて話に割りこんだ。アトリーズが王子と呼ばれたことは気になるが、それよりも自分たちへの誤解を解かなければならない。怪訝な顔をするヴァイスに、ラフィナックとガルイーニンを手で示しながら説明した。

「俺と、この二人は旅人だ。このひとの部下でも何でもない。それに、いま仲間をさがしているんだ。川に落ちて、この先に、流されている、みたいで……」

台詞の後半がしどろもどろになったのは、つい正直に話してしまい、無理があると思ってしまったからだった。冬の川に落ちたなら、助からないと考えるのが自然だ。

――それに、アトリーズとの話の中で、レーヴェレンスと言っていたな。

ソフィーによれば、レーヴェレンスはゴルトベルガーと並ぶ有力な土豪で、この二者がとくに抜きんでているという話だった。

そのような人物に、ジスタートの戦姫がここにいるなどと言えるはずがない。

「川に落ちたのなら諦めた方がいい」

思った通り、ヴァイスは事務的な口調で応じた。だが、引き下がるわけにはいかない。

「大切なひとなんだ。何としてでも見つけてやりたい。この近くのはずなんだ」

深く頭を下げて、必死に懇願する。相手の困惑が伝わってきた。どう思われようとかまうものかと、懸命に頼みこむ。ここまで来て、おとなしく山を下りられるはずがなかった。

十を数えるほどの時間が過ぎて、ヴァイスが聞いてきた。

「落ちた者の特徴を教えてもらえないか。川沿いを歩いていた者に確認してみよう」

背筋を、冷たい不安が走り抜ける。顔が引きつるのを自覚した。

彼女は善意で聞いている。答えないわけにはいかない。

「十七歳の女性だ。俺と同じ旅装をしている。背は、俺より少し低いぐらい」

「髪の色も知りたい。目印になる。荷物はどんなものを持っていた？」

「髪の色は青だ。荷物は、とくに目立つようなものは、何も……」

答えた直後、ヴァイスの強烈な視線を感じて、びくりと肩を震わせる。失敗を悟った。

どこで間違えたのかはわからないが、勘づかれた。

「ひとつ聞くが」と、ヴァイスは静かに問いかけてくる。

「その女性は槍を……槍のようなものを持っていなかったか」

これにはティグルだけでなく、ラフィナックとガルイーニンも顔色を変えた。

いくばくかの間を置いて、「いいえ」と疲れた声でティグルは答える。だが、すぐに答えられなかったのは、彼女の推測を肯定するようなものだった。

「よくわかった……。君に提案がある」

その言葉に、顔をあげる。ヴァイスは楽しそうな微笑を浮かべていた。アトリーズに視線を向けて、彼女は言葉を続ける。

「王子殿下をハノーヴァの町まで護衛……いや、お守りしてほしい。そうしてくれたら、君の仲間をさがしだして保護する。後日、詳細を綴《つづ》った手紙をハノーヴァに届けよう」

「どうして俺たちにそんなことを？」

顔をしかめて尋ねる。ヴァイスの返答は明快だった。

「よそ者にも王子殿下にも、私の領地に長居してほしくない。それに、人狼たちを打ち倒したのは君たちだろう。同数での戦いならともかく、数に劣る戦いで勝てるほど、殿下もそこの二人も強くないからね」

どうする。ティグルは必死に考えを巡らせる。

口ぶりから考えて、ヴァイスはすでにミラを見つけて保護しているのだろう。そして、こちらがミラの素性を明かしたくないことも見抜いている。

彼女と戦い、打ち倒して、ミラを取り返すことができるだろうか。

ヴァイスの腰にある剣を一瞥《いちべつ》する。

鋭い輝きを放つ白刃を見たとき、ティグルは無意識のうちに黒弓を握りしめたものだった。対峙する者を畏怖《いふ》させ、戦慄させせずにはおかない力を、あの剣は秘めている。

――あの剣、デュランダルやカリバーン、それにズメイの槍と同じ雰囲気を感じる。

ヴァイスひとりだけでも難敵なのに、その後ろには約三十人の兵が控えている。この山が彼女の領地だとすれば、地の利も相手にある。勝機が見出せない。

「知恵の神ヴォータンに誓って、決して手荒な真似《まね》はしないと約束する」

葛藤するティグルの背中を押すように、ヴァイスが言った。ヴォータンは戦神テュール、雷神ソルと並んで、ザクスタンでとくに信仰されている神だ。

いまの言葉は彼女なりの誠意というところか。ティグルは深いため息をついた。

「俺たちをいっしょに連れていってもらうことはできないか?」

無理だろうと思いつつ、聞いてみる。はたしてヴァイスは首を横に振った。

「もうひとつ。俺の仲間は手ひどい傷を負っていないだろうか。どう思う?」

奇妙な質問だったが、ティグルの意図は正確にヴァイスへと伝わった。

「想像だが、細かい傷がいくつかあるぐらいじゃないか。私の客人に旅慣れている女性がいるんだが、彼女もこの山にいてね。すぐに見つけてくれるだろう」

ティグルはくすんだ赤い髪を乱暴にかきまわした。

「頼む」

ミラへの想いを一語にこめて、頭を下げる。ヴァイスはうなずいた。

「ところで君の名前を教えてもらっていいかな」

迷ったが、正直に「ティグルヴルムド＝ヴォルン」と、名のる。

「覚えておこう。私はヴァルトラウテ＝フォン＝レーヴェレンスだ」

そして、ヴァイスことヴァルトラウテはアトリーズに向き直った。

「確認していないことがあったな。君の許しを得ずに、この山に入ったという王家の兵は何人いる? 彼らが人狼になっていたら斬るが、かまわないな?」

アトリーズは、「三十人」と答え、少しためらったあとに「かまわない」と、続ける。

「可能なら、遺髪だけでもあとでハノーヴァに送ってくれ」

それから彼は、遠慮がちな口調でティグルたちに聞いた。

「あなたたちにもいろいろと事情があるようだが、いっしょに来てもらえるのか」

ティグルは怒ったような、困ったような、微妙な表情をつくった。

胸の奥底で噴きあがっている憤《いきどお》りをこの王子にぶつけるのは、筋違いだ。そのぐらいはわかっている。ただ、感情を整理するのにわずかながら時間が必要だった。

「そうさせていただけますか。俺、いえ、私はティグルヴルムド＝ヴォルンといいます」

ぎこちない笑みを浮かべて会釈すると、アトリーズは笑顔で手をさしだしてきた。

「よろしく。私はアトリーズ＝アウグスト＝フォン＝ロートシルトだ」

王子にしてはずいぶんと気さくな人柄のようだ。

若干の戸惑《とまど》いを覚えながらも、ティグルは握手をかわした。

†

ティグルがアトリーズやヴァルトラウテと話をしているころ、そこから数百アルシン離れたところに、ズメイはいた。岩の間から湧きでる水によってできた小さな泉に立っている。

外套も、服も、衝撃によって引き裂かれ、ほとんどぼろきれと化していたが、その身体には傷ひとつなかった。

ズメイは無表情で自分の右手を見つめている。手を握っては開くという行為を何度か繰り返したあと、腑に落ちないというふうに首をひねった。

「いまは問題なく動く」

ティグルの矢とミラの竜技が同時に襲いかかってきたとき、ズメイは二人よりも一瞬早く動いていた。ミラが竜技を発動させる前にグングニルで吹き飛ばし、ティグルに対処できたはずだった——この右手が魔物の意志通りに動けば。

あの瞬間、急に右手が動かなくなった。

やむを得ず、ズメイはグングニルで竜技と矢を相殺することにした。しかし、それによって力がせめぎあう形となり、爆発が起きて、ズメイも吹き飛ばされたのだった。

「この身体でなければ、服だけではすまなかったな」

最悪の場合、ズメイは滅んでいたかもしれない。ルサルカたちのように。

このようなことは、以前にも一度あった。先代の槍の戦乙女であるスヴェトラーナと戦ったときだ。戦いの最中に突然右手が動かなくなり、相手の反撃を許した。それさえなければスヴェトラーナの左腕ではなく、命を奪っていただろう。

「やはり、竜具が戦姫として選ぶ者には何か秘められた力があるのではないか」

ズメイはこれまでに、さまざまな死体を乗っ取って操ってきた。近隣諸国に勇名を轟かせた騎士や、数多の戦場を渡りあるいて不敗を誇った傭兵、羽毛のような身軽さと敏捷さを持ち、暗殺に長けた者、弓と馬術において卓越した技量を示した騎馬の部族など。

だが、それらの死体を乗っ取ったときに、身体のどこかが動かなくなったことなどない。

この身体だけだ。ズメイの意志に抵抗するのは。

他の死体に乗り換えようとは思わない。いままでに操ってきた中でも、この身体は最高のものだ。このような肉体は二度と手に入らないかもしれない。捨てるにはあまりに惜しい。

「私たちのことを知らないおまえが、私たちに負け続けるのは当たり前だ」

この身体の持ち主だった戦姫に言われた台詞だ。その意味は、いまだにわからない。

レーシーを使って、戦姫となった人間が特別な肉体の持ち主でないことはわかったが、それならば、この身体はどうして二度も動かなくなったのか。

「いましばらく様子を見る必要がある」

異常の正体がわかるまで、魔弾の王や戦姫たちと正面からぶつかるべきではない。

ふと、前方に気配を感じてズメイは視線を向ける。

暗褐色のローブに身を包み、使い古した箒を持った十五、六歳の少女が立っていた。可愛らしい顔で微笑んでいるが、その瞳には不気味な輝きがある。

一目で人間ではないとわかるものの雰囲気を、少女は放っていた。

「また老婆から姿を変えたのか、バーバ＝ヤガー」

ズメイの言葉に、バーバ＝ヤガーと呼ばれた少女はおおげさに肩をすくめる。その口から発せられたのは、老婆のようなしわがれた声だった。

「ひとの姿など、わしらにとっては気分で変えるていどのものにすぎぬ。おまえさんとて、その身体を使ってから十年も過ぎてはいまい。それより聞きたいことがあってな」

気分で乗り換えたことはないと内心で思いながら、ズメイは視線で先を促す。

「ちょっとしたまじないをかけてやった戦姫がいたんじゃがな。その戦姫がアスヴァールに行ったと思ったら、いったい何が起きたのか、まじないが解けてしまったんじゃよ」

バーバ＝ヤガーは、魔術や呪いの類を得意とする魔物だ。まじないというのは、戦姫に何らかの呪いをかけたということだろう。

「それでアスヴァールへ行ってきたのじゃが」

「原因はわかったのか」

尋ねると、バーバ＝ヤガーは首を横に振った。箒を平行に持って、手を離す。箒は地面に落ちず、見えざる何かに支えられているかのように空中に横たわった。

箒に腰を下ろして、バーバ＝ヤガーは話を進める。

「その戦姫が見つからなんだ。しかも、竜具の気配も消えてしまうというありさまでな」

ズメイは身じろぎをして軽い驚きを示した。少女の姿をした魔物は嘆息する。

「まじないが解けたことについては、そういうこともあると思っておる。術を解くか、でなければ術をかけた右腕を断り捨ててしまえばいいのじゃからな。しかし、竜具が消えたことは解せぬ。おまえさんは何か知らぬか？　忙しく飛びまわっておるじゃろう」

「その戦姫が死んだということだろう。使い手がいなくなれば、竜具は一時的に地上から姿を消す。おまえが知らぬはずはあるまい」

「では、誰が戦姫を葬り去ったのかな？　未熟ではあったが、そこらの雑兵や野盗に殺されるほどやわな者ではないぞ」

「少し前まで、アスヴァールには槍の戦乙女と杖の戦乙女がいた。魔弾の王も。デュランダルの使い手とカリバーンの使い手も。トルバランはこの者たちに滅ぼされたようだ」

　ズメイの言葉に、バーバ＝ヤガーは「ほう」と、感心したような声を発した。

「気配を感じなくなったから、あの道楽者、どこぞに遊びに行ったのかと思ったら……。ドレカヴァクが知ったら、おまえさんが滅びるべきだったと言いそうじゃな。本来ならルサルカではなくヴォジャノーイが目覚めるはずだったのを、ねじ曲げたのじゃから」

　軋むような笑声をこぼして、バーバ＝ヤガーは禍々しい笑みを浮かべた。

　ドレカヴァクもヴォジャノーイも、彼らと同じく魔物の一柱だ。ただし、ヴォジャノーイは眠りについている。

「それはそれとして、これからどうするつもりじゃ？　コシチェイを含めても、我々も、もう四柱。ティル＝ナ＝ファを降臨させるために打てる手は、限られてこよう」

「流血は増えている」

「それ、そのことも聞きたかった」と、バーバ＝ヤガーは手を打った。

「なぜ、まわりくどいことをする？　この地上に屍の山を築きあげ、流血の大河をつくりたいのであれば、次々に町を襲う方がよほど手っ取り早かろうて」

ズメイはすぐには答えなかった。その真意を見抜こうとするかのように、バーバ＝ヤガーを見つめる。ほどなく、首を横に振った。

「人間を団結させてはならぬ。過去の我々が敗北とともに得た、貴重な教訓だ。不信を煽り、疑心を育て、人間同士が殺しあうように仕向けなければならぬ」

「戦姫の力を削ぎ、我々の望む王を誕生させるためにか？」

確認するように問いかける少女の魔物に、ズメイはうなずいた。

「わかった。邪魔したな」

少女の魔物は箒の柄を軽く叩く。すると、その身体からたちまち色が失われて、周囲の風景に溶けこみはじめた。三つ数えるよりも早く、姿が見えなくなる。まるで、はじめからそこにいなかったかのように。

次いで、ズメイの姿もその場からかき消える。一切の音をたてず、大気を揺らさずに。

あとには、水の流れる音が静かに響くだけだった。

2　羅轟《バルディッシュ》の月姫

リュドミラ＝ルリエは、貴族の屋敷の応接室を思わせるところにいた。

なぜだかソファに座っており、テーブルを挟んで向かい側には、同じくソファに腰を下ろしたアスヴァール王女ギネヴィアの姿がある。

自分が夢を見ていることを、ミラは悟った。

「私があの鏃《やじり》をさしあげなければ、あなたがたがザクスタンへ向かうことなどなかったのだと思うと、申し訳ない気がしますね」

いつのまにかテーブルには銀杯が二つ置かれており、ギネヴィアは紅茶《チャイ》を淹れながら自分に話しかけている。その表情には呆れと、ミラへの気遣いが入りまじって浮かんでいた。

「心優しい者はあの国を『山と森の王国』などと呼んでいますが、事実を口にする勇気がある者はこう呼んでいます。『腸詰め《ブルスト》とジャガイモの王国』と。お父さまなどは、『アスヴァールとブリューヌという二つの歯の間に挟まった滓《かす》』と陰口を叩いていました」

その滓とあなたの国はどれだけいがみあってるのよ。

声に出さずにつぶやいてから、ミラは思いだした。これは、デュリスの港町で彼女が船乗りを紹介してくれたあと、いっしょに紅茶を飲んだときの記憶だ。

海や船の話をしているときはギネヴィアの口調も穏やかだったのだが、ザクスタンのことになると、彼女の言葉は辛辣を通り越して恐ろしいものとなった。

「とにかく、あの国に向かう以上、食事については覚悟が必要でしょう。麦酒《ビエレ》と腸詰めとジャガイモしか口にできないと考えるぐらいでちょうどいいと思います。あの国に行ったことのある者たちは皆、そう言ってますから」

私を楽しませたり、おどかしたりしようと思っておおげさに言ってるのかしら。

彼女の話を聞きながら、そんなことを考えた。ジスタート人は鮭とジャガイモばかり食べていると、ムオジネル人などによくからかわれるのだが、それと同じものかもしれない。

「そうそう、ザクスタンといえば人狼《ヴェアヴォルフ》にも気をつけてくださいね。彼らは、日が沈むと暗い森の奥から音もなく現れ、町や村を襲っては森の中へ姿を消すといわれています。獣の毛皮をかぶった蛮族のように見えて、その正体は獣となった人間であるという……」

有名なおとぎ話ね。

苦笑まじりに言葉を返すと、ギネヴィアは微笑を浮かべた。

「知っていましたか。ただ、人狼がひとを襲ったという話はいまでも出てくるようです。山だらけ、森だらけのあの国には、本当にいるのかもしれません。――どうぞ」

眼前に突きだされたのは、山羊の乳がたっぷり入った真っ白な紅茶だった。

ミラは身をよじって逃れようとしたが、どういうわけか身体が動かない。

紅茶が迫ってくる。

そこで目が覚めた。薄闇を背景に、木を組みあわせた天井と梁が視界に映る。

──危ないところだったわ……。

ひどい夢だ。実際にはミラもギネヴィアも自分の分だけ紅茶を淹れて、相手に勧めるなどという真似《まね》はしなかった。

意識がはっきりしてくると、全身に痛みを感じた。身体が重い。視界の端で火が揺らめき、土と木と煙の匂いが鼻をついた。

──そうよ。私はズメイと戦って……。

すさまじい爆発に吹き飛ばされ、斜面を転がって川に落ちたのだ。激しい流れの中で何度かもがいたものの、手も足も思うように動かず、意識を失った。

──ティグルが助けてくれたのかしら。

肘をついて身体を起こし、何気なく自分の身体を見下ろす。呆然とした。

服どころか下着さえも身につけていない。素肌の上に外套《がいとう》がかけられているだけだ。

片手で外套を抱きしめながら、慌てて周囲を見回す。離れたところにラヴィアスが横たえられていて、ひとまず安堵《あんど》の息をついた。

どうやらここは猟師小屋のようだ。中央に石で組んだ簡単なかまどがあり、その中で火が踊っている。ティグルたちの姿はなく、かまどのそばには小さな人影が座りこんでいた。

「起きた……？」

聞こえたのが少女の声で、しかもジスタート語だったので、ミラは二重に驚かされた。

人影が立ちあがって、こちらへ歩いてくる。

薄紅色の髪と、雲ひとつない蒼空を思わせる瞳をした小柄な少女だった。厚地の服の上に、羊毛をふんだんに使った外套をまとって、腰のベルトに小振りの斧を差しこんでいる。年齢は十三、四というあたりか。可愛らしい面立《おもだ》ちをしているが、愛想はまったくない。

ミラは眉をひそめる。この少女に会ったことはないはずなのに、何かが引っかかった。

視線を、少女の腰にある斧へと転じる。ただの斧でないことは一目でわかった。

短い柄の左右に広がる刃は薄紅色と黄金、漆黒の三色で構成され、芸術品とも見紛うほどの精巧な装飾をほどこされている。刃と柄の接合部には緑柱石が輝き、重厚であると同時に華やかで、ひとの目を惹きつける神秘的な雰囲気があった。

ミラの脳裏にひとつの記憶がよみがえる。小さかったころ、戦姫だった母に連れられてジスタートの王都シレジアにある王宮を訪れたときに、この斧を見たことがあった。

——竜具《ヴィラルト》！

ラヴィアスが『破邪《はじゃ》の穿角《せんかく》』と呼ばれるように、この竜具——ムマは『崩呪《ほうじゅ》の弦武《げんぶ》』と呼ばれている。この斧を振るう戦姫は『羅轟の月姫』の異名を持ち、ジスタートの東部にあるブレスト公国の統治者であるはずだった。

驚きに満ちた瞳で、ミラは少女を見つめる。

「まさか、あなたがオルガ＝タム……？」

戦姫になってほどなく、しばらく旅に出るという書き置きを残して姿を消した少女。彼女の名を知ってはいたが、顔を合わせたのははじめてだった。

オルガはこくりとうなずくと、手に持っていた陶杯をさしだす。陶杯からは白い湯気がたちのぼっていた。

「あたたまる」

「あ、ありがとう」

戸惑《とまど》いながらも陶杯を受けとる。山羊の乳の匂いが鼻をついて、おもわず苦笑した。

一口飲むと、ため息がこぼれる。熱が身体中に広がっていくのがわかった。

火傷しないように少しずつ飲んでいると、かまどのそばに戻っていったオルガが、再びこちらへ歩いてくる。その手にはミラの下着があった。

「これは乾いた」

顔を真っ赤にして受けとり、外套で隠しながらいそいそと下着を身につける。

オルガはミラの正面に座って、不思議そうな表情を向けてきた。

「戦姫なら、一目見ただけでムマが竜具だとわかる？」

「どうかしら。私は前に見たことがあったから、わかっただけよ」

答えてから、ふと首をかしげる。どうしてこの子はミラが戦姫だとわかったのか。ラヴィアスを見て、そう思ったのだろうか。

「自己紹介がまだだったわね。私はリュドミラ＝ルリエ。あなたが私を助けてくれたのね？」

オルガが首を縦に振る。ミラはあらためて礼を述べた。

こちらが何も言わないとオルガは黙っているので、質問を重ねる。

彼女の話によると、ミラを見つけたのは半刻ほど前だという。川面から突きでた氷の柱にしがみつくようにして気を失っていたので、仲間と力を合わせて川岸に引きあげ、この猟師小屋に運んで手当てをしたということだった。

――半刻ほど前か……。いまは昼になったぐらいね。

氷の柱というのは、おそらく無意識のうちにラヴィアスで生みだしたものだろう。

「あなたの仲間っていうのは？」

見回しても、この猟師小屋には自分とオルガしかいない。外に誰かいるということか。

「レーヴェレンスとゴルトベルガーの兵士たち」

こともなげにオルガは答えて、ミラを驚愕させた。なぜ、戦姫がザクスタンの土豪《レンツヘル》たちと行動をともにしているのか。

ミラは詳しく聞こうとしたが、二つ三つ質問して、オルガがその話題を嫌がっていることに気づいたので、追及をやめた。

――考えてみれば、会ったばかりの人間に何でも話せるわけがないわ。

それでも、彼女が二ヵ月前にこの国を訪れたこと、レーヴェレンス家の領内にある村々を襲っていた野盗たちを打ち倒して感謝され、客人として迎えられたということはわかった。

落ち着いたところで、かまどから立ちのぼる煙を見ながら考える。

――ティグルたちをさがしに行きたいけれど……。

ズメイとの戦いに加えて、かなり流されたからだろう。動くのがつらいというほどではないが、体調はいいとはいえない。

問題は、ティグルたちがどこにいるのか見当がつかないことだ。

魔物と戦ったところに戻るのは簡単だ。川まで行って、ラヴィアスの力で氷の筏をつくればいいのだから。しかし、三人があの場所に留まっているとは考えにくい。自分をさがして山の中を歩きまわっているのではないか。

――それに、ズメイのことも気になるわね。

あの魔物が簡単に滅びるはずがない。まだ、この山のどこかにいるかもしれない。

そのとき、扉が外から開いてひとりの女性が入ってきた。ヴァルトラウテだ。

「おや、目を覚ましたか」

その服装から、彼女が高い立場にある者らしいとミラは考えた。オルガが気を許しているようなので、おそらくレーヴェレンス家の者だろう。

「はじめまして」

親しみのこもった笑顔で、あたりさわりのない挨拶をする。ヴァルトラウテは腰の剣を鞘ごと外しながら、オルガの隣に腰を下ろした。楽しそうに目を細める。

「ひさしぶりだね、リュドミラ＝ルリエ」

ミラは目を瞠《みは》ったが、表に出した反応はそれだけだった。悠然と微笑を浮かべる。

拘束はされていないし、ラヴィアスは見える位置に置かれている。すぐに危害を加えてくるようなことはないと見ていい。油断はできないが、過剰に警戒するべきでもなかった。

「ごめんなさい。ちょっと思いだせないのだけれど、あなたとはどこで会ったのかしら」

「ひと月前、戦場で。――こちらは思いだしてもらえるかな」

ヴァルトラウテが、鞘におさまったままの彼女の剣を見せる。鍔と柄頭に見事な装飾がほどこされた一振りだ。ただの剣にはない、不思議な雰囲気を放っている。

ミラは口元に手を当てる。脳裏にいくつかの光景がよみがえった。

ギネヴィア王女がジャーメイン王子と雌雄《しゆう》を決したアストルガの戦いで、ミラの率いた部隊はザクスタン軍の騎兵を迎え撃った。その際、ミラは敵の指揮官と刃をまじえたのだ。

相手は全身を隙間なく甲冑に包んでいたので、男か女かすらわからなかったが、その強さに加えて、彼女の剣は印象に残っていた。ラヴィアスと何度激突しても刃こぼれひとつせず、しかもブリューヌやアスヴァールの宝剣に似た雰囲気をまとっていたからだ。

「思いだせないわけだわ。あなたの顔を見るのはこれがはじめてだもの」

おおげさに肩をすくめるミラに笑みを返して、ヴァルトラウテは自分の名を告げた。戦場ではヴァイスと名のっていたことも付け加える。

「愛称だが、こう名のっておけば男か女かわかりにくくなるからね。アスヴァール人の男の九割は海賊のようなもので、女性とみれば見境なしに迫ってくるから」

その言葉を冗談と受けとるべきか、ミラは迷った。ザクスタン人とアスヴァール人の関係を思うと、本気で言っていてもおかしくない。

「ところでリュドミラ殿、ジスタートの戦姫であるあなたが、どうしてこの地に？」

ヴァルトラウテは単刀直入に聞いてきた。ミラも姿勢を正す。

「私が説明できるのは、ハノーヴァに向かう予定で、この山を下りる途中だったということだけよ。こちらも聞きたいのだけれど、三人の旅人を見なかったかしら。私の連れで、ひとりはくすんだ赤い髪をした――」

「ティグルヴルムド＝ヴォルンというブリューヌ人だね」

その言葉に、ミラは口をつぐむ。ヴァルトラウテは、すでにティグルに会っていたのだ。

「他の二人についても顔は知っている。若い男と、初老の男だろう。彼らは山を下りた。私がそうするように頼んだんだ」

「三人の様子について、教えてもらえる？」

ミラの声はかすかに震えた。ほんの一瞬、ヴァルトラウテの大きな目に優しい光が灯る。

「ひどい格好だったが、自分で立って歩くことができるぐらいには元気そうだった」

「山を下りるよう頼んだというのは、どうして？」

ミラの表情と声音《こわね》に微量の険しさがにじんだ。自分を置いて、ティグルたちが山を下りることなどありえない。目の前にいるこの女はいったい何を言ったのだ。

「そうだな。少し長くなるけど、君にとっても重要な話だ。——オルガ、すまないが三人分の山羊の乳を温めてくれ」

オルガは黙って立ちあがり、かまどに歩いていく。

彼女が三つの陶杯を持って戻ってきたところで、ヴァルトラウテは話しはじめた。


ここ数日、ヴァルトラウテは三十人前後の兵で構成された部隊をいくつか編成し、この山を中心とした一帯を巡回させていた。日によっては、自身が一部隊を率いることもあった。

「我々土豪と王家の対立が激しくなっていることは、知っているかな。この近くにあるソルマンニの町も、ハノーヴァの町も、最前線だ。王家の兵たちは、隙を見てこの山に入りこんでくる。そこにアスヴァールから逃げてきた敗残兵や海賊、さらに人狼まで加わった」

「人狼？」

首をかしげるミラに、ヴァルトラウテが説明する。

「ゴルトベルガーの兵から報告を受けているが、君たちも遭遇しただろう。心が空っぽになったかのようにぼんやりとした顔をしながら、一言も発さずに襲いかかってくる者たちだ」

王家の兵士たちのことだ。彼らの顔が思い浮かんで、ミラは背筋に寒気を覚えた。なぜ人狼と呼ぶのか、いまひとつわからないが、不気味な者たちだったのはたしかだ。

「そういうわけで、今日も山の中を見てまわっていたら、山頂の近くから落雷のような音が聞こえてきた。そちらへ向かっていたら、川に引っかかっている君を、オルガが見つけた。彼女は君の命の恩人だよ」

「そうね。本当に助かったわ」

ミラがあらためて感謝すると、オルガは照れたようにうつむいて顔を隠してしまった。

「命に別状はなさそうだったから、君のことはオルガひとりに任せてもだいじょうぶだろうと考えて、私たちは先に進んだ。そして、わずかな部下を連れたアトリーズ王子殿下に出会ったんだ。殿下のそばには君の仲間たちがいた。話を総合すると、彼らは君をさがして山の中を歩きまわり、人狼に襲われていた殿下を成り行きで助けたらしい」

「何度も話の腰を折って悪いけど、どうして一国の王子がこんな山の中に……？」

わからないという顔で聞くと、その表情を面白がるようにヴァルトラウテは笑った。

「殿下は、国王陛下からハノーヴァの統治を任されている。この山に入りこむのはおかしなことでもないよ。今回は、人狼になった兵士たちの様子を確認しに来ただけのようだが」

　意外だという顔で、ミラはヴァルトラウテを見た。

　アトリーズについて話すときの、彼女のやや大きな目には、親しみと好意が満ちている。激しく対立している相手について語る表情ではない。

「私はティグルヴルムド殿たちに頼んだ。殿下をハノーヴァまで連れていってほしい。その代わり、君を手厚く保護すると。そうして彼らを見送って、ここに戻ってきたんだ。ティグルヴルムド殿は、君のことをとても大切に想っているようだったね」

　説明は終わったというふうに、ヴァルトラウテは陶杯に口をつける。ミラは憮然《ぶぜん》とした顔で彼女を見つめた。ティグルたちが無事だったのは嬉しいが、厄介なことになった。

「私をどうするつもり？」

「もちろん客人として扱わせてもらうとも。レーヴェレンス家は、ジスタートとことをかまえる気はない。あまり警戒しないでほしいな」

「それは身に余る待遇ね。でも、知らなかったとはいえ、あなたたちの領地に足を踏みいれてしまった私にはふさわしくないわ。すぐに退散するのがひととしての礼儀だと思うの」

「礼儀か。恩着せがましい言い方になるが、我々はこうして君を助けた。その礼として、このまま同行してもらうわけにはいかないかな」

　予想していた言葉だ。助けたのが他国の重要人物だとわかった以上、簡単に解放するわけがない。ヴァルトラウテは言葉を続けた。

「さきほど君は、ハノーヴァに向かう予定だったと言った。同行者にはブリュー又人がいる。こういう見方ができないかな。王家が我々土豪と戦うために、ジスタートとブリューヌの協力を得ようとしていると。あのアスヴァールの王女のようにね」

ミラは渋面《じゅうめん》をつくった。違うというのは簡単だが、証拠はない。それでも、黙っていたら彼女の言葉を肯定したものと受けとられそうな気がして、口を開いた。

「たとえば、だけど……。三百年前にこの国を訪れた人物について調べるために来た、と言ったら信じてもらえるかしら？」

「まだザクスタンが地上にない時代か。その人物はどのような業績を残しているんだ？」

「それを知りたいから来た、と言ったら……？」

なにしろ魔弾の王についてわかっていることは、女神から弓を授かったという伝承の一節だけだ。魔物や、ティグルの黒弓について話すわけにもいかない。

おそるおそる問いかけると、ヴァルトラウテはミラの言葉を頭の中で検証するように、何度か首をかしげた。やがて、張りついたような笑みを浮かべる。

「荒唐無稽《こうとうむけい》に過ぎて、かえって嘘には聞こえないな。でも――」

首を横に振って、彼女は続けた。

「私が王宮の書庫の管理者だったら、心を病んでいると判断して、すみやかにお帰りいただく

「そうね。戦姫の無駄遣いにもほどがある。ジスタートは平和だな」

「そうね」と、ミラは短い同意の言葉を返す。たとえばオルミュッツにそういう人間が訪ねてきたら、相手が大貴族であっても、てきとうな理由を設けて追い返すだろう。

「話を戻そう。正直にいえば、君がジスタートの使者だとは思わない。王家と手を結ぶつもりなら、私の領地を通るはずがないからね。だが、王家に利用される恐れがあるから、ハノーヴァに行ってほしくはない。少なくとも冬の間は当家の客人になってもらいたい」

「わかったわ。しばらく厄介になるわね」

それまで渋っていたのが嘘のように、あっさりとミラは応じた。ヴァルトラウテは話のわからない相手ではないと判断したのだ。

助けられた恩の分ぐらいは協力してもいいが、こちらを積極的に利用しようとするなら、戦姫としての力を存分に振るうまでのことだ。彼女の客人となったのが自分だけなのは、むしろありがたかった。

それに、ヴァルトラウテの隣でおとなしくしているオルガのことも気になる。何があってブレストを二年以上も離れているのか、聞いてみたかった。

「成立だな。それでは、そろそろ出発しようか。動けるか？　つらいようなら、体力の余っている兵たちに運ばせるが」

「お気遣いだけいただいておくわ」

骨などは折れていないし、身体も持ち直した。歩くのに支障はない。

かまどのそばで干していた軍衣を、オルガが持ってきてくれる。彼女に礼を言って袖を通していると、ヴァルトラウテが腰に剣を差しながら、何気ない口調で聞いてきた。

「聞き忘れていたことがあったな。これもゴルトベルガーの兵たちが言っていたのだが、君が戦っていた黒髪の女というのは何者だ？　君たちが戦った場所を私も確認したが、嵐が通り過ぎた跡としか思えないありさまだった」

「魔物と戦ったと言ったら、信じてくれるかしら？」

冗談めかして答えたのだが、意外にもヴァルトラウテは真剣な反応を示した。

「魔物か……。人狼がいるのだから、そういう存在もいるのかもしれないな」

深刻に考えこむ彼女を訝《いぶか》しく思いながらも、ミラもまた気になったことを尋ねる。

「そういえば、どうしてゴルトベルガーの兵がこの山にいるの？　あなたの領地でしょう」

彼らにさえ遭遇しなければ、このようなことにはならなかったのだ。

怪談じみた話ではなく、現実的な疑問を投げかけられたためか、ヴァルトラウテはほっとしたような表情を見せた。

「正確にいえば、すべてが私の領地ではなく、ゴルトベルガーの領地もわずかにある。それを理由に、彼はこちらにまで兵を放ってくるんだ。もちろん善意からじゃない。とにかく欲深い男でね、隙あらば自分の領地を広げようというわけだ」

「迷惑な隣人を持つと大変ね」

心からミラはヴァルトラウテに同情した。ゴルトベルガー兵たちの態度も理解する。そういう主に仕えているから、あのようになったのだろう。

猟師小屋を出ると、周囲は森だった。右から左へ山道が延びて、左に行くとゆるやかなくだりになっている。木々の間に、数十人もの兵が待機していた。

ミラの姿を認めて、兵たちの中からひとりの男が進みでてくる。ラフィナックが「馬面《シュルヴ》」と評したゴルトベルガー兵だ。ばつの悪そうな顔で、彼は頭を下げた。

「その、何だ、あんたたちに助けてもらったことは感謝している」

「礼を言われるほどのことじゃないわ。ただ、旅人からお金を巻きあげたり、女を無理矢理連れていくような真似は二度としないようになさい」

男は申し訳なさそうに笑うと、もう一度頭を下げて、兵たちの中に戻っていった。

「すまなかったね。私の直接の部下でないからとはいえ、放っておいたのはまずかった」

いまのやりとりを見ていたらしい、ヴァルトラウテがミラに謝る。肩をすくめて、ミラは気にしていないと態度で応えた。

ヴァルトラウテが兵たちに向かって、ソルマンニの町へ帰還する旨を告げる。ゴルトベルガー兵たちとは、山を下りたところで別れるらしい。

「リュドミラ殿は最後尾にいてほしい。兵たちの目の毒だからね。オルガもいっしょに」

本気とも冗談ともつかないことを言われて、ミラとオルガは最後尾につく。

ヴァルトラウテを先頭に、土豪の兵たちは隊列を整えて山道を歩きだした。

†

空に広がる闇が濃くなるにつれて、目に見える星が増えていく。

西の果てにそびえる山々の稜線《りょうせん》を輝かせながら太陽が沈むと、地上は黒く塗りつぶされた。

夜が訪れた世界の一隅で、六人の男が焚《た》き火《び》を囲んで座っている。

ティグルたちだった。

ヴァルトラウテとわかれたあと、山を下りて街道まで出たときには、あたりはすっかり暗くなっていた。全員が疲れきっていたため、何度か休憩を挟みながら山道を進んでいたら、それだけの時間がかかってしまったのだ。

街道の周辺は木がまばらに生えた草原で、森は遠くにある。六人は野営をすることに決め、枝を拾い集めて火を起こし、身体を休めているのだった。

「すまないな。何から何まで世話になってしまって」

干し肉と薄めた火酒《ウオトカ》の簡単な食事をすませると、アトリーズが申し訳なさそうな顔でティグルたちに頭を下げる。

ヴァルトラウテたちと別れてからわかったのだが、アトリーズたち三人は荷袋を山のどこかに置いてきてしまったらしい。人狼になった兵士たちとの戦いに必死で、ティグルたちと会ったときなどは完全に忘れていたということだった。

「私も山で荷袋をなくした経験はあります。ハノーヴァに着いたら一杯奢ってください」

気にしていないというふうに、ティグルは首を横に振る。

アトリーズに従っている二人の青年は、ティグルたちに対等な姿勢で接している王子を歯がゆそうな目で見ていた。彼らは王子の従者だ。若い主に忠実で、アトリーズも彼らを信頼しているのは、山を歩いている間にわかった。

もっと偉そうにするべきだと彼らは目で訴えているのだが、それに気づいているのかいないのか、アトリーズは泰然としていた。

「ところで、聞きたいことがあるのだが」

こちらをまっすぐ見てくるアトリーズに、ティグルは黙ってうなずく。

山の中を歩いていたときは、両者ともに簡単な自己紹介をするのが精一杯で、それ以上の話をする余裕などとてもなかった。

「ヴァイスが保護したというあなたの仲間は、何者だ？」

ラフィナックとガルイーニンが、どうするのかという視線を向けてくる。

山を下りている間に、ティグルは考えを決めていた。

「ジスタート王国に七人いる戦姫のひとりで、リュドミラ＝ルリエという者です」

静かな驚愕が焚き火の周囲を包みこむ。冷たい夜風が草を撫で、火を煽《あお》った。

「なるほど……。ヴァイスがあのような態度をとったわけだ」

大きく息を吐くアトリーズに、ティグルは表情を緩める。

「信じていただけるとは思いませんでした」

「納得できるからな。助けたのがただの旅人だったなら、ヴァイスはあなたたちを連れていって引き合わせただろう。手荒な真似はしないという彼女の言葉は信じていい。それにしても、あなたたちはどのような目的で我が国へ来たんだ？」

「これも信じていただくのは難しいと思うのですが……」

そう前置きをして、説明する。

「魔弾の王。そう呼ばれていた者について、私たちは調べています。いまのところわかっているのは、三百年前にアスヴァールからこの国を訪れたらしいということぐらいですが」

アトリーズは首をかしげた。

「私は聞いたことがないな。なぜ、その人物について調べようと思ったのだ？」

「もしかしたら、私の……ヴォルン家の先祖かもしれないんです」

これなら納得してもらいやすいだろうと考えての言葉だ。

「我がヴォルン家はリュドミラ殿の治めるオルミュッツと交流があり、先のアスヴァールの内乱において、私はジスタート軍の客将を務めました。そのこともあって、リュドミラ殿は私の旅に同行してくださったのです。戦姫ソフィーヤ＝オベルタス殿も、名前を出していいと」

「ああ、ソフィーヤ殿とは私も何度か会ったことがある。だが、そのような理由で王宮の書庫に入るのは難しいと言わざるを得ないな。三百年前となると、我が国が成立する以前の話だ。戦姫殿の手前、粗略な対応はしないと思うが、書庫への入室は断られるだろう」

見込みが甘すぎたということらしい。王子の言葉だけに説得力がある。

落胆のため息をついたティグルの隣で、ラフィナックが口を開いた。

「恐れながら、王子殿下をお助けした褒美はいただけないでしょうか」

王子の従者たちがラフィナックをじろりと睨《にら》む。アトリーズはそれを手で制した。

「私が口添えをするのはかまわないが、あまり変わらないな。ブリューヌやジスタートでもそうだろうが、書庫に残されている記録は細かくわけられている。王家のみが見てよいもの、諸侯までなら許されるもの、誰にでも見せてよいものというふうに」

「三百年前のものは、他国の人間には見せられないということでしょうか」

よくわからないというふうにラフィナックが尋ねる。アトリーズはうなずいた。

「初代国王グリモワルドの父や祖父などに関係する記録が中心だろうからな。私自身が書庫に赴くという手はあるが、その場合は、我が国が落ち着くまで待ってほしい」

「いえ、こちらこそ失礼いたしました」

ラフィナックに代わって、ティグルは頭を下げる。

もっともな話だった。アトリーズがハノーヴァの町を治めているという話は、道すがら聞いている。土豪との争いに加えて人狼の問題まであるのに、このようなことで王都に行く余裕などあるわけがない。丁寧に説明してくれただけでもありがたいぐらいだった。

──それにしても、噂以上の恐ろしい国王だな。

一人息子の王子に、土豪との戦いの最前線にある町を任せるとは。

それとも、アトリーズの器量に期待しているのだろうか。

ともあれ考えは決まった。身を乗りだして、ティグルはアトリーズを見つめる。

「殿下、身のほど知らずであることを承知で、お願いがあります。私たちをしばらく殿下のそばに置いていただけませんか。もちろん、お力添えできることはいたします」

ミラを取り戻すにも、魔弾の王について調べるにも、おそらくこれが最善の手だ。

武勇についても、立場についても、すでに示した。あとは王子がどう考えるか。

驚くアトリーズの左右で、従者たちが騒いだ。

「殿下、いけません」

「彼らはレーヴェレンスに人質をとられているようなものですよ。あの女の言いなりになって必ずや殿下に害を為《な》します」

「ヴァイスがその気なら、いまごろ私は死体となって獣に食われているか、レーヴェレンス兵に囲まれてソルマンニに向かっているだろうな」

　穏やかな口調で、アトリーズは従者たちをなだめる。ティグルに向き直った。

「あなたたちに私の護衛を命じた彼女の意図は、何だと思う？」

　為政者の風格を感じさせる、真剣な表情だった。緊張しつつ、ティグルは考えを述べる。

「リュドミラ殿を使って私たちを動かすつもりなのは、間違いないと思います。ただ、私たちは彼女のことをよく知りません。レーヴェレンスについても非常に有力な土豪としか」

「では、説明しようか」

　焚き火を見つめながら、アトリーズは話しはじめた。

「レーヴェレンスは、王家並みに古い歴史を持っている。勢力も大きい。対抗できる土豪がいるとすればゴルトベルガーぐらいだ。領地の広さ、町や村の豊かさについてはゴルトベルガーに勝るだろうが、同じ土豪からの人望については劣る」

「どうしてでしょうか」

　不思議に思った。好きになれるかというと難しいが、あのわずかな会話からでも彼女なりの誠意は感じた。兵士たちも、仕方なく彼女に従っているというふうではなかった。

　アトリーズは困ったものだと言いたげな笑みを浮かべた。

「レーヴェレンスは土豪だけでなく、王家や、王家に従う諸侯とも交流がある。昔から、他者とまじわることによって勢力を広げてきたんだ。それが他人には八方美人に見える。彼女は嫌われるのも仕事のうちと笑っているが。それから――」

一度、言葉を切って、王子は何とも言えないという顔で遠くを見つめる。

「アスヴァールの内乱で、我が国はジャーメイン王子に味方した。彼女は三千の兵を率いて戦ったが、戦果らしい戦果をあげられずに撤退、帰還した。土豪たちは彼女に失望した」

ティグルは微妙な表情になった。そういえばミラから聞いたことがある。戦場でザクスタン軍と戦った、指揮官は手強い相手だったと。

「さらにもうひとつ」と、ティグルを見つめるアトリーズの顔が、苦いものになる。

「彼女の剣を見て、何か感じなかったか？」

うなずいた。鬱陶しそうに、王子は金色の髪をかきあげる。

「あれはバルムンクという我が国の宝剣だ」

この国にも宝剣があるのか。ティグルは素直に驚き、感心したが、もしかしてと思った。

あれが竜具と同様、魔物と戦うためにつくられたのだとしたら、どの国にもあのような武器がひとつはあるのかもしれない。魔物はどの国にも現れるのだから。

「しかし、宝剣と呼ぶほどなら王家が持つべきものなのではないでしょうか」

なぜ、王家と対立している土豪が持っているのか。

「バルムンクは、半年前までないものとされていたんだ。伝承には記述があったが、失われたと考えられていた。ところが、半年前に在りかがわかってね……。紆余曲折の末に彼女が手に入れた。そして、父上……陛下がそれを承認された」

父上と言ったとき、アトリーズの顔に疲労が色濃く浮かんだ。やはり親子の仲がよくないのだろうかと心配になる。それまで黙っていたガルイーニンが、控えめな口調で聞いた。

「ザクスタン王が承認なさったのは、どのような理由からでしょうか。現在の王家と土豪の対立を考えると、兵を差し向けてでも取りあげると思うのですが」

「私には陛下のお考えを推《お》し量《はか》ることなどできない」

首を横に振ってそう言ってから、アトリーズはため息まじりに続ける。

「ただ、陛下が承認されたあとから、二つの噂が流れるようになった。レーヴェレンスは、いずれ土豪たちを裏切って王家に忠誠を誓うつもりであり、だからこそ宝剣を所持しているのだというものと、ゴルトベルガーがレーヴェレンスを妬《ねた》んで宝剣を狙っているというものだ」

宝剣を政争の具として用いるザクスタン王の豪胆さに、ティグルたちは唖然とした。

――半年前に宝剣が見つかったんだったか。

ソフィーから聞いた話では、ザクスタン王アウグストは四十一歳だという。宝剣など、利用するぐらいでいいと考えるだけの実績も自信もあるのだろう。

「それで宝剣に斬られる兵士はたまったものではありませんなあ」

ラフィナックが素直すぎる心情をこぼして、従者たちに睨まれる。アトリーズは痛みをこらえるような顔で苦笑して、何も言わなかった。

「殿下は、レーヴェレンスが王家に忠誠を誓うと思いますか？」

ティグルの質問に、アトリーズは気を取り直して難しい表情をつくる。

「私は何度か呼びかけているんだが、彼女の対応は今日みたいなものでね。私を捕らえたり、斬ったりしないのも、私がハノーヴァを治めている方が攻めやすいからなどと言う始末だ。よほどのことがなければ首を縦に振らないだろう」

「では、ゴルトベルガーの方はどうですか？」

気になったのでついでに尋ねてみると、金髪の王子は首を横に振った。

「彼は王家に決して従わないと常々叫んでいる主戦派だ。付け加えるなら好戦的でもある。ただ、そうした態度が土豪らしい土豪といわれて人望を集めているのもたしかだ」

話は終わったというふうにアトリーズが小さく息を吐く。

「さて、どうかな。ヴァイスはどうしてあなたたちを私につけたのか」

ティグルは腕組みをして、彼の問いかけについて考えてみた。

――思いだしてみれば、そのまま殿下に協力しろというような態度だったな。

自分たちを手駒にするのなら、いっしょに連れていった方がいい。ティグルたちとミラを引き離した上で、自分たちにはミラを人質とし、ミラには自分たちを人質とするのだ。

「彼女は手紙を届けると言っていました。私たちとリュドミラ殿が手紙をやりとりするように仕向けて、殿下の周囲の情報を集めたり、思わせぶりな情報を流してこちらを混乱させるのが狙いのように思えます。あとは――」

言いかけてから、やはりないかなと思い直してティグルは黙った。しかし、アトリーズは気になったらしく、視線で促す。仕方なく、ごまかすような笑みを浮かべて答えた。

「単純に、殿下の身を案じたのではないかと……」

言い終える前に、二人の従者に怒りの形相で睨まれる。

アトリーズもぽかんとした顔でこちらを見つめたが、我に返ると肩を揺らして笑いだした。従者たちが驚くほどの大声が、夜空に吸いこまれていく。

やがて笑いをおさめると、アトリーズは屈託のない表情でティグルを見つめた。

「あなたたちを客人として迎えよう。何かあったら、助けてくれると嬉しい」

こうして、ティグルたちはアトリーズに協力することとなった。


夜も更けて、闇は深さを増している。

焚き火のそばでは、見張りの順番がまわってきたティグルとアトリーズだけが起きていた。他の四人は穏やかな寝息をたてている。

「――人狼か」

地面の草をむしって焚き火に放りこみながら、アトリーズが言った。さきほどまで二人は他愛のない雑談をしていたのだが、ふとティグルが思いだして、王子に聞いたのだ。

人狼とは何なのかと。

彼らはズメイに操られた者たちだと、ティグルは知っている。だが、アトリーズたちはそのことを知らないはずだ。どのように捉えているのか、気になった。

「春の終わりごろからだ。一部の兵士に異常が起こりはじめた。抜け殻のような、ぼんやりとした顔つきになり、正気を失ったかのように仲間に襲いかかりはじめた。殴られても動きを止めず、骨が折れても表情ひとつ変えない。言葉を発することもない。皆、震えあがった」

一語一語を紡ぐほど、アトリーズの表情は深刻なものになっていく。

「はじめのうちはひとりか二人だった。縛りあげて神官に祈祷をさせたり、さまざまな薬草を飲ませたりしたが、効果のあったものはひとつもない。そのうちに姿を消すか、命を落としてしまうので、原因はわからずじまいだった」

顔をあげて、アトリーズはティグルを見る。

「我が国にはいろいろな人狼の話があるが、そのひとつに、森の奥に潜む狼の霊が人間に取り憑くというものがある。取り憑かれた人間は思考を失い、感情を失い、言葉を失って、そうでない人間を襲うんだ。人間を殺害するほどに、取り憑かれた者は狼に近づいていく。動きが獣のようになり、咆哮《ほうこう》をあげ、身体が毛深くなる。そして最後は狼になる……」

その説明に、アトリーズたちを追ってきた七人の兵士を思いだす。彼らは、最初に会った者たちよりも狼に近い人狼だったということか。

「人狼になったのは、王家の兵たちだけですか？」

「最初はそう思われていて、毒か何かを使ったのだと土豪を非難する者が多かった。だが、その後の調べで、土豪たちの兵にも人狼となった者がいるとわかって、騒ぎはおさまった。もっとも、いまだに疑っている者はいるし、それによって生まれた憎しみもある」

自分に何かを言い聞かせるように、アトリーズは両手を強く握りしめた。

「いまだに原因も、治す方法もわかっていない。それでも、冬が終わるまでに何とかしなければならない。できなければ……我が国は終わる」

悲壮感に満ちた発言に、ティグルはまじまじとアトリーズを見つめる。たしかに尋常でない事態だが、冬までにとはどういう意味なのか。

こちらの視線に気づいて、アトリーズは頭をかく。最後の台詞は、無意識のうちに口をついたもののようだった。濁したり、黙ったりはせず、彼は小さくうなずく。

「アスヴァールは冬の間に新しい体制を整えるだろう。ヴァイスから聞いたが、ギネヴィア王女は宝剣を持っている。『覇王《ブレトワルダ》』の再来を危ぶむ声はすでに生まれているんだ」

『覇王』ゼフィーリア。

カディス王国を滅ぼしてアスヴァールの版図を大きく広げた、中興《ちゅうこう》の祖《そ》といえる女王。

どう言えばいいのかわからず、ティグルは口をつぐんだ。

ギネヴィアが抱いている思いを理想と呼ぶのか、野心と呼ぶのかはわからない。ただ、彼女はその思いのために血をわけた兄たちと戦う覚悟を決め、戦場で長兄を破った。

——それは、俺の考えることじゃない。

首を振ってアスヴァールのことを追いだすと、自分なりに考えを巡らせる。

——冬が終わるまでに解決したいというのは同感だ。

今日までに人狼になってしまった者はそうとうな数にのぼるに違いない。

この件が解決しても、失われた者は戻ってこない。それは、再建にも時間がかかるということだ。アトリーズの言葉はそういう意味も含んでいるのだろう。

いろいろと調べなければならないな。

苦い思いを抱えながら、心の中でティグルはつぶやいた。ズメイの仕業であることは話さない方がいい。かえって混乱を拡大させてしまう。

半年も続いている問題なら、どこかに痕跡があるはずだ。それをさがしだそう。

「ミラ……リュドミラ殿と手紙のやりとりができたら、人狼について、おたがいにわかったことを教えあうこともできるかもしれません」

ティグルはアトリーズを励ました。王子は微笑を浮かべて言葉を返す。

「ぜひ、頼む。ヴァイスだってこの状況をいいとは思っていないはずだからな」

そうして二人は雑談に戻る。アスヴァールでの戦いの話をせがまれて、ティグルはなるべく偏《かたよ》った話にならないよう語りはじめた。

†

ミラがソルマンニの城門をくぐったのは、オルガとヴァルトラウテと出会ってから三日後のことだった。まもなく昼になろうというころで、食事は少し前にすませている。

ソルマンニは中規模の町だが、厚く高い城壁と、川から水を引いた濠を備えており、簡単に陥落することはないだろうと思わせる偉容があった。城壁を守る兵たちの顔つきや動きも、士気の高さをうかがわせる。

従えてきた兵たちに解散を告げると、ヴァルトラウテはミラとオルガだけをともなって歩きだした。ちなみに、ラヴィアスは山を下りたころから何重にも布を巻きつけられている。

大通りには露店が並んで、活気にあふれていた。ジスタートで言う果実水《クヴァース》や、焼き菓子、束にした薬草、毛皮、羊毛、羊や牛の角で作った楽器などが売られている。道化師《クローウン》や吟遊詩人《ミネストレーリ》の姿も目につき、人々は菓子や果実水を手に、芸を楽しみ、歌に聴き入っていた。

ヴァルトラウテに気づいて歓声をあげる住人たちに笑顔で応えながら、彼女は隣を歩くミラに話しかける。

「どうかな。よそから言われるほど麦酒と腸詰めとジャガイモばかりじゃないだろう」

「たしかにそうね」

誇らしげなヴァルトラウテにかすかな微笑ましさを感じたミラだったが、露店の中にあるものを見つけて、同行者たちに声をかけることもなく一直線に突き進む。

向かったのは、瓶詰めのジャムを売っている店だ。数こそ多くないが、林檎や葡萄、柘榴《グラナート》に苺、杏など種類が豊富で、他に蜂蜜の瓶詰めもある。

ミラは目を輝かせ、胸をときめかせた。林檎や葡萄は、国どころか地域によって甘さも風味も違う。その違いはもちろんジャムにも現れる。ここで確保しなければ、確実に後悔する。

問題は、手元に銅貨の一枚もないことだ。

「――ジャムが好きなのか」

隣に立ったヴァルトラウテが、意外だという表情で言った。びくりと肩を震わせて黙りこむミラに、彼女は楽しそうに問いかける。

「買ってあげようか」

「買収しようというわけ……？」

「戦姫をジャムで買収できるとは、安上がりでありがたいね。客人として遇する以上、このぐらいのことはさせてもらうよ」

「ありがとう。でも、あとで返すわ……」

直前で自尊心を発揮して、ミラはそう返した。

ヴァルトラウテが店主と話している間、ふとミラは後ろを振り返る。オルガがこちらの様子をうかがうように立っていた。

この町に着くまでに、彼女と何度か言葉をかわしたのだが、ぎこちなさばかりが残る結果となっている。嫌われてはいないようだが、遠慮がちな対応をされていた。

いつだったか、ソフィーが彼女に会ったことがあると言っていたのを思いだして、その話を持ちだしてみたが、オルガはうつむいて黙りこんでしまった。もっと詳しく聞いておけばよかったと後悔したものである。

――どうも戦姫やジスタートの話はしたくないみたいなのよね。

しばらくいっしょに生活するのだから、もう少し彼女のことを知りたい。親しくなりたいとまでは言わないが、顔を合わせたら世間話をするていどには打ち解《うと》けておきたい。

――温めた山羊の乳のお礼もまだだものね。

疲れた身体に染みわたった温かさを思いだす。ふと、ミラはあることを思いついた。

「他にお望みのものはあるかな、ジャムのお姫さま」

そこへ、買いものをすませたヴァルトラウテが、からかうような口調で聞いてくる。

彼女に向き直ったミラは、笑顔で「ええ」と、うなずいた。

そうして買いものをすませたミラたちは、町の中心にある大神殿の脇を通り抜ける。

「これは、誰にでもいい顔をするレーヴェレンス家の象徴のような神殿だ」

三階建ての巨大な神殿を見上げて、ヴァルトラウテが皮肉っぽく微笑んだ。

大神殿の外観は奇妙なものだった。

一階は重厚さを感じさせる造りだが、二階は素朴さを思わせる装飾が壁にも柱にもほどこされており、三階は半球形の屋根を柱だけで支えた広間になっている。屋根の上には、フレスベルグと思われる白い大鷲の像が翼を広げていた。

「一階ではヴォータンやテュール、ソルを奉じ、二階ではザクスタンが興《おこ》る以前から信仰されていた神々を奉じ、三階では結婚式や葬儀を好きな形式でやっている」

「三階からの眺めはよさそうね」

神々や信仰の話題は避けて、あたりさわりのない感想をミラは述べる。

「そうだね、この町が一望できる。そこだけはすばらしい」

嬉しかったらしい、機嫌よさそうにヴァルトラウテはうなずいた。


町の奥にあるレーヴェレンス家の屋敷は、広い中庭を持ち、飾り気のなさが上品な印象を与える瀟洒《しょうしゃ》な建物だった。

ヴァルトラウテは従者や侍女たちに指示を出して、ミラを客室に案内させる。テーブルやソファなどが適度に配置された、過ごしやすそうな部屋だ。外の気配をさぐってみるが、見張りの兵士などはいないようで、本当に客人として扱うつもりらしい。

旅装を解き、侍女を呼んで筆と羊皮紙を用意してもらうと、ミラはソファに腰を下ろす。

ティグルたちに送る手紙の文面を考えていたら、自然と現状を整理する形になった。

――王家の兵も土豪の兵も人狼になっているということは、王国全体の問題なのよね。

王家と土豪の対立は、あきらかに問題の解決を遅らせている。両者とも、人狼による被害が拡大していることはわかっているはずだ。せめて一時的にでも協力し合えないものか。

――ヴァルトラウテは、決して王家を嫌ってはいないわ。

彼女と話をして思ったことだ。とくにアトリーズという王子について話すとき、彼女はレーヴェレンス家の当主という仮面を半分ほど外して、その分だけ穏やかになる。

王家と共闘することができれば、ミラもティグルたちと合流できる。ズメイが現れても、ティグルと力を合わせて戦うことができる。あの魔物はあれから一度も姿を見せない。負傷しているのかもしれないが、気は抜けなかった。

四半刻ばかり過ぎて、だいたい文面がまとまったところで、扉が叩かれた。

――ヴァルトラウテがさっそく何かをさせようというのかしら。

そんなことを考えながら扉を開けると、そこにはオルガが立っている。彼女の方から会いに来るとは思っていなかったので、ミラは軽い驚きを覚えた。

「どうしたの？」

「あなたと手合わせがしたい」

面食らった。町に戻ってきたばかりだというのに、この少女は何を言いだすのか。

オルガはこちらをまっすぐ見つめている。冗談を言っているようには思えない。

「やるのはかまわないけれど、どうして……？」

「わたしは、あなたのことを何も知らないから」

澄みきった蒼空の瞳でミラを見上げながら、オルガは説明する。

「祖父が言っていた。相手を知るには、馬を競い、弓を競い、琴を競い、羊を競えと」

いまひとつ意味がつかめなかったので詳しく尋ねると、どれだけ馬を速く走らせることができるか、矢を遠くまで、あるいは正確に射放てるか、歌や楽器を得意としているか、羊肉を多く食べることができるか、ということらしい。

「わたしは歌は得意ではないし、羊を買うほどの余裕もない。あなたが馬や弓が得意なら、それでもいいのだが」

ミラは顔をほころばせる。嬉しくなった。やり方が独特ではあるが、オルガは彼女なりに、自分と打ち解けようとしてくれている。

「弓はあまり得意じゃないの。騎馬の民と馬術で競いたいとも思わないわ」

ティグルの弓の技量をこの少女が見たら、どのような感想を抱くだろうか。

そんなことを考えながら、言葉を続ける。

「でも、槍には自信があるわ。私は槍代わりの棒を使って、あなたも得意なものを使うというのでどうかしら」

ミラの提案に、オルガは小さくうなずいた。

客人として二ヵ月ばかり過ごしている彼女は、どこに何があるのかだいたいわかっている。それぞれの武器を用意して、中庭へミラを案内した。

「時間のあるとき、わたしはここで鍛えている」

薪割《まきわ》り場に隣接しているその場所は適度な広さを有し、長椅子や花壇なども端に設置されているため、たしかに鍛錬に適しているようだった。いまは自分たちの他に誰もいない。

長柄の棒を渡されたミラは、オルガが持っているものを驚いた顔で見つめた。

「それ、ヤーファの杵《モロト》っていう農具？」

ぱっと見たところでは両手で持つ大きな木槌のようだが、柄が頭部の端に偏っている。小麦を脱穀《だっこく》する際に使うものだと、以前ミリッツァに聞いたことがあった。

「知っているひとにはじめて会った」

オルガは感心したという表情でミラを見上げる。

「本物の斧を振りまわすのは危険だからって、ヴァルトラウテがくれた。昔、この町に来たヤーファ人が、木でできた大きな容れ物といっしょに置いていったもの」

「うっかり当たったら大怪我しそうね」

苦笑まじりに言うと、未熟者扱いされたと思ったらしく、オルガは顔をしかめた。

「使い慣れているから当てることはしない」

その反応に、ミラはくすりと笑った。ちゃんと怒るときは怒るのね。

二人は十歩ほどの距離を置いて向かいあう。

「はじめましょうか」

ミラの言葉にうなずくと、オルガは姿勢を低くして地を蹴った。

その踏みこみの鋭さに驚きながらも、ミラは棒を繰りだす。オルガは杵の頭部で器用に受け流した。一気に間合いを詰める。

ミラは棒を手元に引き戻すと、今度は相手の顔を狙って突いた。オルガはさきほどと同じように杵でかわそうとする。

その瞬間、ミラは手首をひねって軌道を変えた。風を貫いて突きだされた棒は、杵の頭部を直撃する。予想外の一撃にオルガは動きを止めた。

間髪を容れず、第二撃を撃ちこむ。

直後、乾いた音が響いて手に軽い痺れが走った。棒の先端を、オルガの振るった杵がかすめたのだ。まともに当たっていたら棒を吹き飛ばされていただろう。

——この年齢で、この身体で、たいしたものだわ。

距離をとって呼吸を整えながら、ミラは感心する。

斧や大槌は、遠心力を利用するために一撃の威力こそ大きいものの、体勢を崩しやすい。しかし、オルガは杵に振りまわされることなく、かまえを維持している。

――農具でこれだもの。竜具ならもっと戦えるんでしょうね。

小柄な身体を活かして、オルガが低い位置から挑みかかってくる。棒を突きだして牽制してみたが、ひるむ様子もなく肉迫してきた。

風が唸りをあげる。短い攻防のうちにミラの技量をつかんだのか、オルガは容赦なく杵を叩きつけてきた。横殴りの一撃をかわすと、続けざまに下からすくいあげるような打突が襲いかかってくる。身体をひねって避ける。杵をまっすぐ突きだしてきた。

――棒で受けるのは無理ね。

簡単に折れてしまうだろう。でなければ、棒ごと突き飛ばされてしまう。

左へ転がりながら、棒を横薙《よこな》ぎに振るう。もしもオルガが追撃をかけてきていたら、絶妙の間合いで足を払っていたのだが、彼女は乗ってこなかった。

――斧に対する認識をあらためないと駄目ね。

立ちあがって棒をかまえながら、ミラは小さく息を吐く。

熟練の戦士が振るう斧は、おそらくかわす以外の方法がない。

盾で受けとめようとすれば盾を、武器で受け流そうとすれば武器を砕かれるだろう。

何度目かの攻撃をかわすと、ミラはすばやく後ろに飛び退る。腰を落として、オルガに対抗するように姿勢を低くした。それを挑戦とみたのか、彼女は無言で突進してくる。

ミラは棒を突きだした。オルガにではなく、二歩先の地面に。

棒を支えに跳躍し、その勢いを利用して棒をつかんだまま、オルガの頭上を通過する。彼女の背後に降りたった。そして、オルガが振り向く前にすばやく棒を突きつける。

「まいった……」

杵を下ろして、オルガは大きく息を吐きだした。呼吸はそれほど乱れていないが、さすがに幾筋もの汗が顔を伝っている。ミラは彼女に歩み寄って、手を差しだした。

「強いわ、あなた。私が勝てたのは、たぶん経験の差ね」

オルガはミラの手を握りながら、訝しげに眉をひそめる。

「慰め？」

「励ましよ。あとは自戒ね」

もう一度戦ったらどうなるか。同じ手は通用しないだろう。もっとも、それによってオルガの動きが鈍くなるようなら、また話は変わってくる。

「それで、どうかしら。少しは私のことがわかった？」

「あなたは強い。それに優しくて真面目なひとだというのがわかった」

ミラは首をかしげた。いまの手合わせでそこまでわかるものだろうか。

「手を抜かなかったし、最後までつきあってくれた」

「あなたの方が私よりよほど真面目よ」

苦笑する。このオルガという少女は真剣で一途なのだろう。だから、年長者とも対等でありたいと思っているのだ。

不意に拍手の音が聞こえてきて、ミラとオルガはそちらを見る。

呆れまじりの微笑を浮かべたヴァルトラウテが立っていた。まだ軍装を解いておらず、腰には剣を帯びたままだ。

「帰ってきて早々に手合わせとは。戦姫はそろって元気だね」

「あなたこそ、ずいぶん忙しそうね。着替えて休んでいるかと思ったのに」

ミラがからかうように返すと、ヴァルトラウテは皮肉っぽい笑みを浮かべる。だが、彼女はすぐにその笑みを消して、廊下に視線を向けた。

ひとりの大柄な男がこちらへ歩いてくる。

年齢は四十前後。白髪は獅子のたてがみを思わせる広がりようで、両眼は鋭く、わし鼻の下には髭《ひげ》が鋭く横にはねている。肩は盛りあがり、胸板は厚く、巨躯《きょく》を支える二本の脚は柱のように太い。絹服に身を包んではいるが、甲冑の方がよほど似合いそうだった。

「ここにいたか、レーヴェレンス」

身体つきにふさわしく、声も大きい。ヴァルトラウテは咎めるような視線を男に向けた。

「客なら客らしく、私が行くまで待っていてほしいものだ、ゴルトベルガー」

「おとなしく待ってなどいられるか。貴様、北の山で王子と会って、また見逃してやったそうだな。これでいったい何度目だ？　レーヴェレンス家を継いでからもう半年もたっているというのに、当主としての自覚が足りぬのではないか」

ゴルトベルガーと呼ばれた男は、苛立《いらだ》ちを隠さずに吐き捨てる。絹服の上に羽織《はお》っている毛皮の外套にはいくつもの宝石がぶらさがっていたが、それらが揺れて煌《きら》めいた。

すごんでみせるゴルトベルガーに、ヴァルトラウテは平然と言葉を返す。

「前にも言ったはずだ。もしもアトリーズ王子を討てば、次は強力な将軍がハノーヴァの主になる。守りに長けたクリューゲルか、騎兵の扱いでは随一のシュミットがね」

二人とも、アウグスト王に忠誠を誓う優秀な将軍だ。ゴルトベルガーは鼻を鳴らした。

「俺には、貴様が王家に膝をつく機会をうかがっているようにしか見えぬがな。あの痩せたロバのような王子に貴様が求婚されたのは何年前だったか」

「四年前だ。とうに終わった話だよ。そんな昔のことを持ちだすぐらいなら、半年前、私の父が王家の者に殺されたことも思いだしてほしいものだが」

涼しげな顔でヴァルトラウテが応じると、ゴルトベルガーは嘲《あざけ》るように口元を歪《ゆが》めた。

「貴様の父……ヴァイカークがいまの貴様を見たら、どのような顔をするだろうな。あの男も王家にいい顔をしがちではあったが、まだ王と対等である土豪としての気概を持っていた」

そこまで言ってから、ゴルトベルガーはいま気づいたという表情で、ミラとオルガに視線を向ける。「ほう」と、感心した声を漏らした。

「諸侯の娘のようだが、見たことのない顔だな」

「私の客人たちを怖がらせないでくれ。ともかく、呼んでもいないとはいえ、ゴルトベルガー家の当主がわざわざおいでなさったんだ。麦酒ぐらいは出そう」

ミラたちに軽く手を振って、ヴァルトラウテは廊下を歩きだす。ゴルトベルガーは二人の戦姫に不躾な視線を注いでいたが、すぐに屋敷の主を追って歩き去った。

土豪たちの姿が見えなくなったところで、ミラはため息をつく。

「大変そうね」
一、二を争う土豪たちの関係がこのようなものでは、王家に対抗することなど無理だろう。ヴァルトラウテはそのあたりをどう考えているのか。
――首を突っこむ気はないけれど、調べておいた方がよさそうね。

何も知らずにいれば、巻きこまれたときに身動きがとれなくなる恐れがある。

だが、それはこれから時間をかけてやることだ。

気分を切り替えて、ミラはオルガに笑いかける。

「汗を拭《ふ》いたら、私の部屋に来ない？　大通りで買った焼き菓子を食べましょう。紅茶も淹れてあげるわ。仲良くしたいひとには、そうしているの」

「紅茶」と、オルガは蒼空のような瞳を輝かせた。

「以前、ムオジネルの紅茶に馬乳酒《クミズ》を混ぜて飲んだことがある。おいしかった」

「それは試したことないわね。ジャムを溶かした紅茶を飲んだことは？」

首を横に振るオルガに、ミラは優しく微笑みかけた。

「おいしいわよ。きっと気に入ってくれると思うわ」

二人は中庭をあとにした。


ミラが買った焼き菓子は、三人分あった。

一種類しかなく、味もまずまずといったものだが、代わりにジャムは数種類買ってある。それらを紅茶や銀杯とともにテーブルに並べ、二人は向かいあってソファに座った。

「いろいろと試して、好きな味を見つけましょう」と、勧めると、オルガはその通りにして次々に焼き菓子を頬張り、実に七割をひとりでたいらげた。紅茶も四杯おかわりして、こちらにもさまざまなジャムを溶かし、飲むたびに驚いたり、じっくり味わったりした。

「これだけ飲んでくれると、淹れ甲斐があるわ」

口の端には滓がついているし、膝の上にも焼き菓子のかけらがぽろぽろ落ちていて、お世辞にも行儀がいいとは言えないのだが、ミラはオルガの健啖《けんたん》ぶりを微笑ましく見守った。

皿に盛られていた焼き菓子が残りわずかになったころ、ミラはさりげなく尋ねた。

「オルガ。あなたはどうして旅をしているの？」

薄紅色の髪の戦姫は顔を強張《こわば》らせる。ミラは優しい口調で続けた。

「話せないことや、話したくないことは、言わなくていい。ただ、あなたは私のことを知ろうとしてくれたでしょう。私もあなたのことを知りたいのよ」

沈黙が室内に広がる。ミラは紅茶に口をつけながら、彼女の反応を待った。今日が駄目でもかまわない。ただ、自分の意志は伝えておきたかった。

「――話す前に、いくつか聞いていい？」

オルガがそう言ったのは、二百を数えるほどの時間が過ぎたころだ。

「私に答えられることなら」

ミラの言葉に、オルガは「ありがとう」と、つぶやくように礼を述べた。

「あなたが戦姫になったのは三年前だったと思ったが、合っているだろうか」

どうしてそんなことを聞いてくるのかと不思議になったが、うなずく。

「戦姫になったとき、自分が戦姫にふさわしいと思えた？」

おもわずミラは何度か瞬きをした。聞きようによっては恐ろしく失礼な問いかけだ。

「それはどういう意味で聞いてるの？」

できるだけ穏やかに聞いたつもりだったが、オルガは質問の仕方がまずかったことを悟ったらしい。「ごめんなさい」と、頭を下げた。

「わたしは、自分が戦姫にふさわしいと思えなかった」

空になった銀杯を見つめるオルガの瞳は、くすんだ蒼空の色をしていた。


ジスタート王国の東には草原が広がっており、遊牧を営む騎馬の民が暮らしている。羅轟の月姫が治めるブレスト公国の東半分も草原になっており、ジスタートに服従した騎馬の民が生活を営んでいた。オルガは、その騎馬の民の族長の孫娘だった。

いずれ、彼女は族長になるはずだった。オルガ自身もその自覚を持っており、弓の腕や馬術を鍛えることに励み、族長としてのさまざまな心得を学んでいた。

二年前の夏、オルガの前に竜具ムマが現れたとき、騎馬の民は名誉なことだとおおいに喜んだ。オルガとしても、皆がそんなに喜んでくれるならという気持ちだった。

だが、王都で戦姫として認められたあと、ブレストの公宮を訪れたオルガは、ブレスト全体の地図を見て驚愕した。ブレストの東半分の、そのまた半分ぐらいの大地が、それまでの自分のすべてだったのだ。

「わたしが生きてきた世界はとても小さかった」

ぽつりと、オルガは言った。

戦姫になったことに、彼女は恐怖を抱いた。竜具に選ばれたのだからできるはずと自分に言い聞かせたが、不安は消えなかった。

とにかくオルガは政務にとりかかろうとしたのだが、ひとりの文官が進言した。

「騎馬の民を幾人か登用してはいかがでしょうか。町に慣れている者もいるでしょう」

オルガはその意見を退けた。戦姫という立場を、私欲のために使えとそそのかしているように聞こえたのだ。この話を聞いた他の文官は、オルガを高潔な方だと褒め称えた。

あとから思えば、これこそが失敗だった。

オルガは懸命に学び、政務に励んだが、ほどなくいくつかのことが滞りはじめた。

ひとつには、ブレストの民と騎馬の民の感覚の差がある。たとえば街道の整備や壊れた橋の補修という案件が持ちこまれると、オルガは先にその必要性を学ばなければならなかった。

金銭感覚についても意識の変革を迫られた。公宮の宝物庫に積みあげられた財宝を見て、何に使うのだろうかと考えてしまうのが、このころのオルガだった。

町に慣れている騎馬の民を登用していれば、結果は違ったものになったかもしれない。騎馬の民の感覚とブレストの感覚の違いを擦りあわせて、調整してくれただろうから。

だが、オルガは公私混同と思われるような真似を嫌った。

文官たちの寛容さと辛抱強さも、よくない結果を招いた。オルガが十二歳であること、騎馬の民の生まれであること、そして何より真面目に政務に取り組んでいることから、決断を急かすようなことがあってはならないと、彼らは考えたのだ。

戦姫になってからひと月が過ぎたころ、公国内で火事が起きたという報告がオルガのもとにもたらされた。ブレストの北部から西部には広大な小麦畑がいくつもあるのだが、そのうちの一割以上が燃えたというのだ。

騎馬の民にとっても火事はおおごとだ。オルガは急いで対処しようとしたが、慌てたあまり見当違いの指示を出したり、矛盾する二つの命令を出したりしてしまった。

毎日のように助けを求める報告書が届き、胸騒ぎを覚えはじめたとき、ひとりの戦姫が公宮に現れた。彼女はエレオノーラ＝ヴィルターリアと名のった。

「おまえが新たなブレストの戦姫か。ずいぶん若いな。それに小さい」

初対面だというのに、エレンは遠慮のない態度で笑った。背が低いことをひそかに気にしていたオルガは傷ついたが、それ以上に引け目を感じた。

エレンは堂々としていながら、同時に気さくな印象があった。

「おまえ、王宮でソフィーヤ＝オベルタスという戦姫に会っただろう。彼女からおまえのことを聞いてな。こちらへ来る用事があったから、ついでに顔を見に来たんだ」

突然の賓客にオルガは事情を話して、応対できないことを詫びた。すると、エレンは少し思案して「詳しく聞かせろ」と、こともなげな口調で言った。

「奇妙な巡りあわせだが、手伝ってやる」

このとき、エレンは十五歳。戦姫になって一年しかたっていなかった。

だが、彼女はオルガのそばに立って、持ちこまれてくる報告書を驚くべき速さで処理しはじめたのだ。その指示が的確だったことは、文官たちの反応からあきらかだった。

「あなたは、戦姫になる前は何をやっていた？」

一息つくことができたとき、オルガはエレンに尋ねた。

「傭兵だ」というのが、銀色の髪の戦姫の答えだった。物心つく前から傭兵団で育ち、各地を転々としていたと。

オルガは感嘆の眼差しでエレンを見つめた。一年後に、自分が彼女のような戦姫になっているとは、まったく思えなかった。

「食糧がほしいな」

報告書の処理を再開してまもなく、何かを思いついたのか、エレンはオルガを見た。

「この火事で被害にあった者たちに、食糧を用意できないか？　服もだ。税についても考慮しなければならないが、まずは元気を与え、体力をつけさせなければな」

「……羊でいうと、何頭分いる？」

「そうだな、五百頭ほどで足りるだろう。状況次第では、いくらか売ってしまえばいい」

「わかった。すぐに用意する」

ここでもオルガは判断を誤った。自責の念と焦りから、国庫を開いて羊を買い求めるのではなく、自力で集めなければならないと思いこんだ。

これは自分の失敗だから。

広大な草原に多数の羊を遊ばせている騎馬の民でも、五百もの羊を供出するのは容易なことではない。失望し、落胆する彼らの姿を想像して、オルガは息苦しさすら覚えた。だが、目を赤くしながら、羊を求める手紙をしたためて、騎馬の民に送った。

十日後、オルガの叔母が五百頭の羊を率いて公宮に現れた。

エレンは数日前にブレストから去っていたが、すでに段取りはできている。文官たちはありがたく羊を受けとって礼を言い、火事の被害に遭った地へただちに送るよう手配した。

叔母に対して、オルガは後ろめたさがあった。

オルガのもとに竜具ムマが現れたのは、彼女の夫が病で死んだ数日後だったからだ。

叔父の死を悲しみ、悼む空気は、オルガが戦姫となったことを歓迎する空気によって薄められてしまった。オルガは叔父も叔母も敬愛していたが、そのときは何も言いだせなかった。それ以来、彼女と言葉をかわした記憶がない。

それでもオルガは勇気を振り絞って、叔母に謝罪の言葉を述べた。

彼女は一言も返さず、オルガに背を向けて去っていった。

翌日、オルガは誰にも何も告げずにひっそりとブレストを去った。

目指したのは王都シレジアだ。心苦しかったが、自分が戦姫になったことを喜んでくれた者たちに、いまになって戦姫をやめるなどと言うことはできなかった。

王都に着き、王宮で国王に会った。事情を話すと、国王は首を横に振った。

「余には何もできぬ」

戦姫は竜具が選び、国王はそれを承認する。オルガから戦姫としての立場を取りあげることができるのは、竜具であって王ではない。だが、国王は続けてこう言った。

「そなたは若い。そうだな、諸国の王を見てくるといい。話らしい話をすることはない。噂を聞き集めるだけでも、それなりのことはわかるものだ。もしもそなたが竜具に見限られて騎馬の民としての生活に戻ることになっても、よい経験となるだろう」

そして、国王はブリューヌ王への親書を用意した。あとになって、オルガが姿を消したことが問題となったとき、親書をひそかに届ける役目を任せたということにするためだ。

また、ブレストに文官をひとり派遣することも約束した。王宮からブレストへ何らかの命令や指示が下ったとき、円滑に処理するためだ。

オルガは国王の気遣いに感謝して親書を受け取り、ジスタートを去った。

「ブリューヌ王に親書を渡したあと、素性を隠してブリューヌとジスタートを歩きまわった。そのあと、船でアスヴァールにわたったが、戦が起きたのでこの国に逃げた。そして、ヴァルトラウテに会った……」

膝の上に置いた小さな手を、オルガは強く握りしめる。声を震わせた。

「もうブレストに二年も帰っていない。それなのに、まだムマはわたしのそばにいる」

そういうことだったのね。

ミラは黙って彼女を見つめる。どのような言葉をかけるべきか、思い浮かばなかった。

オルガが感じた重圧や不安は、自分にも覚えがある。他の戦姫たちにもあっただろう。

前触れもなく強大な力と地位を渡され、環境を大きく変えられて、平然としていろという方が無理というものだ。

――この子は本当に真面目なのね。

周囲の信頼に応えようと、深刻に思い詰めてしまった。だからこそ、彼らの期待を裏切った自分を許せないのだろう。

ふと、ある推測が浮かんで、ミラは彼女に尋ねた。

「あなたがこの屋敷に滞在しているのは、もしかしてヴァルトラウテのため？」

さきほどの、ゴルトベルガーとヴァルトラウテの会話を思いだす。

彼女がレーヴェレンスの当主になったのは、半年前だという。つまり、オルガが彼女に会ったときは、当主になってまだ四ヵ月だったということだ。

「ヴァルトラウテは優しかったし、何かできることがあればと思ったから……」

ミラはおもわず手を伸ばして、オルガの頭を優しく撫でていた。

「ムマはきっと、あなたのそういうところが好きで、いっしょにいるのだと思うわ」

「それは駄目だ」

顔をあげて、オルガは力強く首を横に振る。

「戦姫らしい戦姫のもとに、竜具はいないと」

「私から見れば、あなたは充分に戦姫らしいけれど」

「わたしはすべてを投げだしたのに？」

オルガはわからないというふうに首をかしげた。

「そうね……。少し、私の話を聞いてもらえる？」

オルガがうなずくのを確認して、ミラは壁に立てかけられたラヴィアスに目を向けた。

「私の場合は、あなたとはだいぶ違うわね。私の母は戦姫だった。祖母も。曾祖母も」

凍漣の雪姫スヴェトラーナの娘として生まれたミラには、物心ついたときから目指すべき理想の姿があった。母の背中を見ながら、いつか自分も戦姫になるのだと、鍛練を重ねた。

「戦姫になれたときは――嬉しかったわ」

事実は、そう単純ではない。自分が戦姫になれたのは、約一年前に母が戦姫でなくなったからだし、どうしてそうなったのかといえば左腕を負傷したからだ。

そのことについて何も思わず、何も感じないわけがなかった。だが、それはこの少女に話したいことではない。

「自分が戦姫にふさわしいと思えたか、って聞いたわね。ええ、私以上に凍漣の雪姫にふさわしい戦姫はいないとまで思ったわ。小さいころから間近で戦姫を見てきたんだもの」

たった三年前のことなのに、思いだすと恥ずかしさで顔を覆いたくなる。

「私は、はじめからそれなりに上手くやれたと思う。でも、それは戦姫としての素質があったからじゃない。長く見てきた理想の姿があって、それを真似ることができたから。真似ることができない状況に遭遇して、自分の力を試されると、ひどいものだったわ」

「でも、あなたは戦姫としての責任から逃げなかった」

オルガの言葉に、ミラは苦笑を浮かべる。

「助けてくれるひとに恵まれていたからよ。私が小さいころから母を見ていたように、皆も私が小さいころから見守っていてくれた。私の得手不得手を、私以上に理解していた」

そして、と、ミラは表情を緩めた。

「戦姫ではない私を見てくれるひとに会えた。いえ、ちょっと違うわ。戦姫ではない私を認めてくれるひとは、たくさんいる。そのひとは、そのことに気づかせてくれたの」

ティグルと出会う前から、戦姫ではないミラを見ている者は幾人もいた。父も、母も、それにガルイーニンなどもそうだろう。

だが、ティグルとの出会いがなければ、自分はそのことに気づかなかったに違いない。

「そこでようやく、私は理想の姿から目を離すことができた。戦姫らしさというのを自分で考えながら、歩いていけるようになった」

オルガは言葉を返さず、考えこむような表情でテーブルを見つめる。ミラの話を、彼女なりに理解しようと努めているらしい。ミラは彼女の肩を軽く叩いた。

「いますぐ何かしらの結論や答えを出す必要はないわ。ただ、私はあなたのこと、けっこう気に入ってるわよ。それから、紅茶のおかわりはいる？」

「いる」と、オルガは即答した。

気がつけば、室内はかなり暗くなっている。思ったよりも長く話していたらしい。ミラは従者を呼んで、暖炉に火を入れてもらうことと、お湯を持ってきてくれるよう頼んだ。

†

ティグルたちがハノーヴァに到着したのは、ミラがソルマンニに着いたのとほぼ同じころである。四半刻ほどのずれもない。

ハノーヴァの大きさは、ソルマンニとさほど変わらない。堅固な印象を与える城壁を持つことと、川から水を引いた濠を備えているところなどはよく似ていた。

「山の上から見たときはそれほどとも思わなかったのですが、川が多いですね」

この町に着くまでにティグルたちは大きな川を二本、小さな川を七本渡っている。その記憶もあって言ったのだが、アトリーズは笑って答えた。

「我が国は山と森の王国などと呼ばれているが、川がなければ森は育たないからな」

言われてみれば当たり前のことだ。ティグルは赤面した。

城門をくぐると、熱気と喧噪《けんそう》がティグルたちを迎えた。

麦酒や茹でたジャガイモ、塩漬けの豚肉を売っている露店が通りに沿って並び、どの店にも客が群がり、列ができている。薬草や毛皮、宝石細工、木でつくった造花なども目立った。

吟遊詩人は勇壮な武勲詩《ジェスタ》を詠い、人形師は騎士と騎士の戦いを子供たちに見せている。どこを見ても活力にあふれた声が絶えることはなかった。

アトリーズは民から人気があるらしく、好意的な声をかけてくる者が多い。ティグルたちを見ながら、「また妙な連中を拾ってきましたな」などと笑って言う者までいた。

ティグルとアトリーズの前では、ラフィナックがアトリーズの従者たちと話している。

「ザクスタン人はジャガイモと豚の腸詰めと豆スープばかり食し、麦酒を飲んでいるとか」

「見ての通り、それしかないわけじゃないぞ。ブリューヌ産の葡萄酒《ヴィノー》やアスヴァール産の林檎酒《サガルド》だって飲むし、羊や牛、鳥も食べる。まあ、ジャガイモと豚肉が安いのも、レンズ豆のスープが好まれているのもたしかだし、牛は高くてなかなか手が出ないがな」

「我が国は森と山ばかりだからな。荒れた土地でも育つジャガイモや、木の実を餌にすればいい豚ばかりを食べるようになったというわけだ。広大な麦畑や葡萄畑など夢のまた夢さ」

この三人は、今日までの間に打ち解けたのだ。ラフィナックに言わせると、「面倒な主を持つ者同士、わかりあえるところが多々ありまして」ということだった。

「その土地ごとのやり方があるというわけだな」

従者たちの会話を聞いて苦笑するアトリーズに、ティグルはうなずいて同意を示す。故郷を離れ、さまざまな地を訪れて、それは強く感じるところだった。この経験を、いずれアルサスで活かしたいと思う。オルミュッツ――ミラのそばでも。

そのとき、六、七歳ぐらいの少女がアトリーズに向かって歩いてきた。

二人の従者が会話を即座に中断して、少女の前に立ちはだかる。少女は戸惑った顔で二人を見上げて、泣きそうになった。

「どうしたの」と、アトリーズが従者たちの横から回りこんで、少女の前にしゃがみこむ。少女は泣き止んで、手に持っていた白い花をアトリーズに渡した。木でこしらえた造花だ。

「上手にできたから、王子様にあげようと思ったの」

たどたどしい口調で説明する少女に微笑を返すと、アトリーズは彼女を抱きあげる。「ありがとう」と、礼を言って、高く掲げた。少女はたちまち笑顔になる。

一回転して少女を地面に下ろすと、彼女は手を振りながら嬉しそうに駆けていった。二人の従者が渋面をつくって、「殿下」と苦言を呈する。アトリーズは苦笑を浮かべた。

「不用意だというのだろう？　だが、私だってちゃんとあの子の様子を見てから声をかけた。おまえたちが守ってくれたおかげでな。二人には感謝している」

そう言われると、従者たちもそれ以上、説教はできなくなるようだった。

「なるほど。わかりあえるところが多々あるわけですな」

ティグルたちの後ろにいたガルイーニンが、納得したようにうなずく。彼はティグルと王子の背中を守るべく、会話にも加わらず周囲を見ていたのだ。

ラフィナックは笑いを噛《か》み殺し、ティグルは傷ついたように顔をしかめた。


アトリーズの屋敷は町の奥にある。いくつもの軍旗を風になびかせ、屋根や壁面には重厚な装飾がほどこされた立派なものだった。

「あなたたちには、この屋敷に部屋をそれぞれ用意するから――」

ティグルたちと話をしながら扉をくぐって広間に入ったアトリーズだったが、そこに待っていた二人の男を見て驚愕に立ちつくす。

ひとりは豪奢な絹のローブをまとい、硬質の金髪と紫色の瞳を持った厳つい面立ちの男だ。もうひとりは黒を基調とした軍衣を身につけている、禿頭で丸顔の男だった。ともに、外見から推測できる年齢は四十前後というところか。

「父上……！」

一瞬で我に返ったアトリーズは、厳つい顔の男の前に膝をつく。二人の従者もだ。ティグルたちも慌てて彼らに倣った。

──父上、つまりこの方がザクスタン王アウグストか。

アウグストは冷ややかな目を、息子に向けた。

「カウニッツに無断で、わずかな従者だけをともなって土豪の領地へ行ったそうだな」

苦しそうな口調で、アトリーズは「その通りです」と、認める。さきほどまでのなごやかな雰囲気は霧散し、冷たく重苦しい空気がティグルたちを包んだ。

「何があったのか報告せよ」

父王にうながされ、アトリーズは山へ向かった理由からはじめ、そこでの出来事をつまびらかに説明する。聞き終えたアウグスト王は、不機嫌さだけで構成された息を吐きだした。

「おまえがこの町をよく治めているとカウニッツから聞いて、様子を見に来たのだが、このような話を聞かされるとは思わなかったぞ、アトリーズよ」

岩石を削ったような顔の中で、唇だけを動かしてアウグスト王は続けた。

「おまえはたびたび土豪と話しあうよう余に進言してきたが、剣で追いたてられ、情けをかけられて、命からがら逃げ帰ってきたというわけか」

「王家の名を辱《はずかし》めたこと、弁解のしようもございません」

「辱められたのはおまえの名だ。王家ではない」

一語一語が氷の刃のように鋭く、冷たい。そばにいるだけのティグルでさえ、息が詰まりそうになるほどだ。じかに言われているアトリーズの精神的な疲労はそうとうなものだろう。

「この町の統治については評価しよう。だが、次に土豪と会うときは、いっそ斬られた方がよかろうな。この町の民はおまえのために嘆き、怒り、奮いたって武器を取り、土豪たちを一掃する軍の先駆けとなってくれることだろう」

　おもわずティグルは顔をあげそうになる。背筋が凍りつく思いだった。アトリーズの行動が無謀であったことは同意するが、それにしても父が子にそこまで言うのか。

「そのような未来を招かぬよう、微力を尽くします……」

　アトリーズはそう答えるのが精一杯のようだった。

　言うべきことを言ったのか、アウグスト王は黒衣の男をともなって歩き去ろうとする。アトリーズは顔をあげて、父王を呼びとめた。

「父上、お願いしたいことがございます！　人狼のことで――」

「人狼などより、この町の守りを固めることを考えたらどうだ」

　息子の言葉を遮《さえぎ》って、アウグスト王は冷淡に言った。

「原因も、治療法も、いまだにわかっておらぬという点で難題ではある。だが、おまえが考えて何になる。土豪との戦いを避けたいからといって、よけいなことにうつつを抜かすな」

　アトリーズはもう反論しなかった。その肩が震えている。

　そうしてアウグスト王たちが広間から去ると、まず二人の従者が立ちあがった。左右からアトリーズに慰めの言葉をかける。王子も二人に微笑で答えたが、その笑みはあきらかに無理をしたもので、痛々しかった。

ティグルも立ちあがる。気負いのない口調で王子に呼びかけた。

「殿下、帰ってきたのですから何か食べに行きませんか。腹も空きましたし」

アトリーズは呆然とした顔でティグルを見たが、すぐに気を取り直してうなずいた。

「そういえば、一杯奢る約束をしていたな。――行こうか」

その口元に浮かぶ笑みには、わずかながら普段の明るさが戻っていた。

†

ティグルたちとともに屋敷を出たアトリーズは、大通りから二本ばかり外れた脇道を慣れた足取りで歩いていく。町の地理にかなり精通しているようで、これにはティグルも驚いた。

――最初から最後まで厳しかったアウグスト王も、そのことは褒めていたからな。

ちなみに二人の従者はいない。アトリーズに気を遣ったようだった。王子の身の安全についてはティグルたちがいればだいじょうぶという判断もあるらしい。

やがて、アトリーズは一軒の店の前で足を止めた。脇道にあるのがもったいないと思える立派なつくりの酒場で、金髪の王子は悠然と扉をくぐっていく。旅装のままのティグルたちは、店の者に顔をしかめられないだろうかと思いながら、彼に続いた。

幸い、店の者は愛想のよい対応をして、奥にある個室に四人を案内する。

外套を脱いで、四角いテーブルを四人で囲んだ。店に入るときにアトリーズが注文をすませたようで、麦酒の瓶と人数分の硝子杯が早くも運ばれてくる。

「ずいぶんと飲み応えのありそうなものですね」

ティグルは興味深そうな視線を硝子杯に向けた。円筒形で、取っ手がついている。よく知っている、短い柄の上に丸みを帯びた器がついたものとはまるで違う形だった。

「酒造り職人たちが考えだしたものでな、光酒杯《ザイデル》と呼ばれている」

アトリーズは酒瓶を手にとり、光酒杯に注ぎはじめた。止める間もない自然な動作である。従者たちがいっしょに来なかったのは、王子の好きにさせるためなのだと、ティグルたちはあらためて理解した。

「これは麦酒、ですか……？」

ラフィナックが戸惑った顔になる。硝子を通して見える麦酒は、落日の光を思わせる金色をしていた。笑顔でうなずくことで、アトリーズは飲むように促す。

ティグルは王子に目礼をすると、光酒杯を口元へと運んだ。漂ってきたさわやかな香りに軽い驚きを覚え、口の中に広がる甘みとかすかな苦みに、衝撃を受ける。

――味はたしかに葡萄酒などではなく、麦酒なんだが……。

ティグルだけでなく、ラフィナックとガルイーニンも、自分の光酒杯を無言で見つめた。

ザクスタン産の麦酒はこれまでにも飲んだことがあったが、いずれも色は焼け焦げた肉のように黒く、苦みが強いものばかりだった。ザクスタン人は、苦みが強いほどうまい酒だと思っているのではないかと考えたことすらある。

だが、これはどうだろう。気分を落ち着かせる香りが鼻の奥へ抜け、口の中には甘みが広がっていく。麦酒特有の苦みは、わずかに舌に残るていどだ。いくらでも飲めそうな気がする。

「気に入ってもらえたようだ」

アトリーズが笑顔になり、自身も麦酒を呷《あお》った。

「この店の主は、新しい酒を試しにつくっては、客に飲ませている。出来のいいのはこうして売りものになる。その気概が気に入って、私はここを贔屓《ひいき》にしているんだ。私が来ても王子と気づかないふりをしてくれるというのもあるが」

後半の理由の方が大きいように思えたが、ティグルは黙っていることにした。想像もつかないが、王子として生きることは大変に違いない。まして、父王があのような人物では。

——それに、この酒がうまいのはたしかだ。

ラフィナックなどはもう光酒杯を空にしている。ティグルも一息に飲み干して、一本目の残りを彼の光酒杯に注ぎながら、店の者に二本目の酒瓶を注文した。

麦酒について他愛のない話をしていると、料理が運ばれてくる。

豚肉の腸詰め、茹でて塩をふったジャガイモ、酢漬けのキャベツというザクスタンではありふれたものにはじまり、薬草をたっぷり使った、花の香りのスープや、羊肉の内臓を魚醤《ヴァソ》で煮込んだもの、豚肉やキノコを薄いパンで包んで焼いたものなどがテーブルを埋めていく。

王子が贔屓にするだけあって、うまい料理ばかりだ。ティグルたちは存分に舌鼓《したつづみ》を打つ。

「ところで……。殿下は、その、ひとに酒を注ぐのがお好きなのでしょうか」

三杯目の麦酒を飲みながら、ティグルが冗談めかして尋ねる。自分の光酒杯に己《おのれ》の手で麦酒を注いだのは、二杯目のときだけだ。あとはアトリーズがやってくれている。王子の手をわずらわせるつもりはないのだが、気がついたら彼の手に酒瓶があるのだ。

「ああ。いつのまにか身についていた習性というものでな。知人には、昔から何でもひとにやってもらっていたから、それを真似るようになったんだろうと言われた。母上や侍従長には何度も叱られたが、気がつくとな……」

心の中で思った。従者たちは王子に気を遣って同行しなかったのではなく、王子に気を遣われるのをいやがったのかもしれない。すでに酔いはじめているラフィナックはともかく、騎士として長く生きているガルイーニンなどは恐縮しすぎて彫像のようだ。

「ところで、真面目な話をさせてもらっていいだろうか」

光酒杯を傾けながら、アトリーズが当たり前のような態度で言った。

「真面目な話、ですか……？」

ティグルは戸惑った顔になる。ティグルもアトリーズも、すでに麦酒は三杯目だ。並みの酒杯よりも酒が入る光酒杯での計算だから、実際に飲んだ量はそうとうなものだろう。

こちらの反応を見て、アトリーズはティグルを安心させるように言った。

「とりあえず、いま聞いておいてほしいというだけだ。大事なことは、後日あらためて話す。酒の勢いであなたたちに無茶な注文をするつもりはない」

そういうことかと理解する。とはいえ、話を聞くことに集中するためにも、酒を飲む速度は落とすべきだろう。ティグルは炒り豆や焼いたキノコなどを注文した。

自分から言いだしておきながら、アトリーズはなかなか話しだそうとしなかった。口を開きかけては、何かを考えこむように光酒杯の中の麦酒を見つめる。

「悩んでいることがおありでしたら、ひとまず口にされてみてはいかがでしょうか。それによって考えがまとまることもありますから。それに、私たちはよそ者です」

そう言うと、アトリーズは顔をあげて「ありがとう」と、礼を述べた。

「あなたには数日前に話したことがあったな。人狼の問題がかたづかなかったら、我が国が……ひどいことになると」

ティグルはうなずいた。アトリーズは麦酒を呷ってから、言葉を続ける。

「同時に、土豪たちとの関係も何とかしなければならない。この問題について、私と陛下の考えは異なっている。陛下は彼らを攻め滅ぼそうとお考えだが、私は彼らを説き伏せて、諸侯の列に加えることで解決させたい」

「よそ者の身勝手な意見ですが、彼らの自治を認めることはできないのでしょうか？」

「できない」と、金髪の王子は即答した。

「彼らが求める自治とは、王と対等であろうとするものだ。王家が諸侯に認めているものとは性質が違う。諸侯の中にはかつて土豪だった者が多くいるが、彼らも不満を抱くだろう。それに、たとえばアスヴァールのような国と同盟を組まれるようなことがあっては困る。王家と土豪の歴史を見ていくと、そういう事例がいくらでもある……」

首を左右に振って酒精まじりの息を吐くと、アトリーズはティグルを正面から見据えた。

「私の理想は、人狼の問題を土豪たちと協力して解決すること。その功績でもって陛下に猶予をいただき、土豪たちを話しあいで諸侯の列に……いや、言葉を飾るのはやめよう、王家に従属させることだ」

「お伺いしますが、王家と土豪の戦力差はどのていどのものでしょうか」

ガルイーニンが真剣な表情で尋ねる。

「カウニッツによると……。ああ、カウニッツは陛下のそばに立っていた黒衣の男だ。この町の兵たちの指揮を執っているのは彼でな、私も信頼している。彼によると、王家が七で、土豪たちが三というところらしい」

「苦しいですな」

王家は土豪たちの倍以上の戦力を有しているが、それをすべて用いることはできない。ブリューヌやアスヴァールといった国外の相手に対して、隙をつくることになるからだ。

「相手を攻め滅ぼすほどの戦いを挑めば、勝ったとしても、こちらも無傷ではすまない。そうして弱ったところを他国に攻められれば……。だが、陛下もそれはわかっておられる」

アトリーズは光酒杯を傾けようとして手を止め、深いため息をついた。

「だから、冬の間に兵を動かしてでも決着をつけようとお考えなのだ。一日も早く土豪を従属させて、その後の再建に取りかかるために」

「殿下は、土豪たちを説得して従属させるとおっしゃいましたが……」

ティグルがそこまで言ったところで質問の内容を予測したらしい。弱々しい笑みを、アトリーズは浮かべた。

「あなたの思っている通りだ。話しあいの目処は、いまのところ立っていない。土豪との戦いを避けたいから人狼の問題に取り組んでいると言われても当然だな」

ゆっくりと息を吐いて酒精を追いだしてから、ティグルは笑顔で言った。

「そうだとしても、私は殿下のお考えに賛同します」

率直な感想として、彼の考えはアウグスト王のそれよりはるかに受け入れやすい。それに、土豪たちと戦うことになってはミラの身が危うくなる。

「ひとまず、私たちは人狼について調べる形でお力添えさせていただきます。それでよろしいでしょうか」

「それはありがたいのだが……」

　アトリーズは光酒杯をテーブルに置いて、ティグルを見つめる。

「戦姫殿のことと、あなたの遠い先祖のことがあるとはいえ、どうしてそこまで……」

　二度も人狼と対峙すれば、さすがに何とかしたいと思います。

　ティグルはそう言うつもりだったが、麦酒の酔いがほどよく口を滑らせた。

「愛する女性を一日も早く解放するためですから」

　ガルイーニンの顔から笑みが消える。ティグルも失態を悟った。ラフィナックはいつのまにか酔っ払って壁に寄りかかっている。

　そしてアトリーズはといえば、真剣そのものの表情で力強く言葉を返してきた。

「よくわかるぞ。ことが解決したら、あなたには可能なかぎり報いよう。必ずだ」

　酒と羞恥とで顔を真っ赤にしながら、ティグルは頭を下げる。ごまかすように聞いた。

「その、わかるというのは、殿下も意中の女性がおありなのですか？」

　一呼吸分の間を置いて、アトリーズは「わかるのか」と、静かに言った。

　もしかして自分も王子もかなり酔っているのではないかと思ったが、アトリーズは光酒杯に麦酒を注ぎながら、言葉を続ける。こうなったらもう聞くしかないと観念して、ティグルとガルイーニンは姿勢を正した。

「十五歳のときだから、もう四年前になる。冬のはじめのある日、陛下と土豪たちの間で春までの休戦が成立し、王都で酒宴が開かれた。あの年は凶作で、どちらにも兵を動かす余裕がなかったからな。そのような宴だから土豪たちも招かれた。そこに彼女はいたんだ」

金色の麦酒を一気に飲み干して、アトリーズは言った。

「容姿に惹かれたことも否定はしない。だが、それ以上に、誰に対しても堂々とした態度を崩さないところに驚かされた。陛下に対してさえ、ヴァイスは普段通りだったんだ」

ティグルとガルイーニンは顔を見合わせる。聞かなかったことにするべきだろうか。

「話しかけ、気が合ってすぐに打ち解けた。後日、求婚して、断られた」

当然ではないだろうかと思った。有力な土豪の娘が、王子の求婚を受けるはずがない。

——いや、そうでもないか……？

山の中でのヴァルトラウテの行動を思いだして、ティグルは内心で首をひねる。もしかしたら彼女も、この王子に好意を抱いているかもしれない。

アトリーズの熱心な言葉を聞き流しながら、あまり考えないようにしようと思った。ただでさえ、こうしたことは自分とミラの関係だけで手一杯なのだから。

結局、四人が店を出たのは、日が暮れたころだった。

「すまないな……。どうも疲れがたまっていたらしい」

酔いから醒めたアトリーズだが、ティグルの肩を借りて歩いている。ラフィナックもガルイーニンに支えられていた。あたりが暗くなっているのは幸いだった。いまの王子の姿を、町の民に見せるわけにはいかない。

「ところで、ティグルヴルムド卿。ひとつお聞きしたいことがあるのですが」

隣に並んだガルイーニンが、声を低める。何だろうとティグルは怪訝《けげん》に思ったが、うなずくことで先を促した。初老の騎士は、さらに声をおさえた。

「山の中で、リュドミラ様が戦っていた魔物についてです。スヴェトラーナ様によく似ているように思えました」

ティグルの顔から熱が一気に失われる。ズメイが、ミラの祖母であるヴィクトーリアの亡骸を乗っ取っていることは、一部の者しか知らない。知られてはいけなかった。

緊張に顔を強張らせる若者を横目で見ながら、ガルイーニンは続ける。

「ですが、万が一にもスヴェトラーナ様であれば、リュドミラ様の反応はあのようなものにならなかっただろうと思います。――あれは、ヴィクトーリア様ですか？」

三つ数えるほどの間を置いて、ティグルはうなずいた。

短い期間ではあったが、ガルイーニンはヴィクトーリアにも騎士として仕えていた。そのことを知っているティグルとしては、とぼけることはできなかった。

「教えていただき、ありがとうございます……」

ガルイーニンの瞳には、静かな怒りが揺らめいていた。

3　村を焼かぬ

ティグルたちがアトリーズの屋敷の客人となってから、十日が過ぎた。

冬の厳しさは増していく一方だが、調べものは一歩も前進していない。

アトリーズの従者たちにザクスタン語を教えてもらい、これまでに王子が調べ、整理した人狼《ヴェアヴォルフ》に関わる記録を見せてもらったのだが、とくにわかったことはなかった。

この日もティグルとラフィナック、ガルイーニンは朝食をすませたあと、ティグルの部屋に集まっている。調べものや話しあいはここで行うことにしていた。

「二十人ほどの部隊がまるごと人狼になったものもあれば、ひとりだけがなった、五、六人がなったというものもあって、わけがわかりませんな……。何だってこうばらばらなんだか」

ソファにもたれかかって、ラフィナックがため息を吐きだす。

「わかっているのは、人狼になっているのが兵士だけということだな。それも、街道や領地境の見回り、野盗の討伐や小競り合いなど、とにかく村や町の外に一日以上、出ている者が人狼になっている。町の住人はもちろん、町の守りにつく兵士たちも人狼にはなっていない」

ラフィナックに言葉を返しながら、ティグルは複雑な表情になる。もしも町の中で人狼になる者が現れたら、住人同士が疑心暗鬼に陥り、凄絶《せいぜつ》な争いが起きるだろう。

では、町の外に出ることが危険なのかといえば、町から町へ旅をしている行商人や吟遊詩人《ミネストレーリ》などが人狼になったという報告はないようだ。それに、村人が人狼になったという話もない。一日かけて町へ行き、買いものをして帰ってきたという者はどの村にもいるはずなのに。

「その兵士たちにも年齢や生まれたところ、部隊の所属などに共通点はないみたいですね。となれば、あの魔物が無作為に兵士を選んで人狼にしているということになりますが……」

別のソファに腰を下ろしているガルイーニンが、難しい表情で首をひねった。

「何のために人狼にしているのかもわかりませんが、どうしてこのような進め方をするのでしょうな。魔物の考えを推し量《おはか》ることなど不可能でしょうが……」

そう、ズメイだ。山の中での戦い以来、あの魔物はティグルたちの前に姿を見せていない。兵士が人狼になったという報告は数日前にもあったので、どこかに潜んでいるのだろうが、その場所がどこなのか見当もつかなかった。

「俺たちはズメイの存在を知っているから、この記録を見せてもらえば何かわかることがあるかもしれないと思ったが……」

ため息をついて、ティグルはベッドの上に視線を向ける。

「ミラの無事がわかったことぐらいしか、明るい話がないな」

そこには六日前に届けられた、ミラからの手紙が置かれていた。ソルマンニからハノーヴァまでは歩いて三日半かかる。ヴァルトラウテは約束を正しく守ったのだ。

手紙には、自分が無事であること、人狼の問題を解決するためにしばらくヴァルトラウテの屋敷で生活すること、再会を先延ばしにして申し訳なく思っていることなどが綴《つづ》られていて、ティグルもガルイーニンもようやく安心することができた。

なお、手紙を書いたのがミラの筆跡を真似《まね》た別人という可能性については、ティグルとガルイーニンの間でありえないという結論が出ている。

「もしもレーヴェレンス家の人間が書いたのなら、人狼の問題には触れないだろう。戦姫としての立場を考えて静かに過ごすと書くと思う」

「それに、手紙には私たちにも人狼のことを調べてほしいと書いてあります。助けてほしいという一文も、再会できるのを楽しみにしているという一文もないのに。助けを求めず、再会は当然と考えておられるのが、いかにもリュドミラ様らしい」

この手紙に目を通したあと、ティグルたちはさっそく返事を書いた。話を聞いたアトリーズは喜んで部下の中からひとり選び、手紙を持たせてソルマンニに派遣した。それに対する返事がここに届くのは、明日か明後日だろう。

——ミラも、いまごろ人狼について調べているはずだ。俺もがんばらないと。

自分に言い聞かせて、ティグルはあらためてテーブルの上に置いた羊皮紙の束を手に取る。何度目を通したかわからないほどだが、今度こそ何かわかることがあるかもしれない。

「今日も進展がなければ、いっそ殿下に兵を借りて野盗の討伐にでも行くか」

ティグルの冗談に、ラフィナックとガルイーニンは笑った。

そうして昼近くになったころ、ティグルはアトリーズに呼びだされた。

執務室へ向かうと、そこには金髪の王子の他に、黒衣をまとった禿頭の男がいる。カウニッツだ。ティグルは軽い緊張を覚えて、姿勢を正した。

この禿頭の男のことは、少し苦手だった。

はじめて彼を見たときは印象が薄かったのだが、それはアウグスト王の威厳と冷たさが強烈だったからだと、あとでわかった。後日、この屋敷の中ですれ違ったとき、彼がこちらに向けてくる眼差しの冷たさに驚いたことがある。

アトリーズに聞いてみたところ、彼はティグルたちを警戒しているのだという。自分たちの素性の怪しさを考えれば、当たり前の反応だった。アトリーズが気さくすぎるのだ。

しかし、理由がわかったからといって、こちらを見張るような視線に慣れるわけもない。カウニッツは多忙であり、しょっちゅう顔を合わせるわけでもないのでなおさらだ。

そのため、ティグルは彼と同じ場所にいると、多少の気まずさを覚えるのだった。

カウニッツのことはなるべく気にしないようにして、ティグルはアトリーズに一礼する。彼の笑みが、ややぎこちないものであることに気づいた。

アトリーズはうなずきを返すと、用件を告げた。

「私はしばらくこの町を留守にする。それを伝えておこうと思ってね」

「何があったんですか？」

心配して尋ねると、カウニッツが顔をしかめて答えた。

「ゴルトベルガーの領地に攻めこむ」

その言葉に、おもわず何度か瞬きする。アトリーズは土豪《レンツヘル》に対して交渉で挑むのではなかったか。どうして急に戦うことになったのか。

アトリーズを見ると、彼は内面から噴きだしてきた怒りを堪《こら》える表情で説明した。

「昨日の夜、報告があった。北西にある村が複数、ゴルトベルガーの軍に襲われたと」

ハノーヴァから北西へ二日ほども歩くと、土豪たちの勢力圏にたどりつく。そこから西へ行くとレーヴェレンスの領地に、さらに北西へ進むとゴルトベルガーの領地に入るらしい。もっとも、土豪たちの領地は頻繁に変わると、アトリーズは付け加えた。

ともかく、土豪の勢力圏より手前は、王家の勢力圏である。そこにある三つの村が襲撃を受けた。ゴルトベルガー兵たちは家々に火を放ち、食糧や家畜を奪い、抵抗する者は容赦なく斬り捨てて、悠々と引きあげていったという。

——野盗も同然じゃないか。

ティグルは純粋な怒りを覚えた。アトリーズがこのような表情を見せるのも当然だ。

だが、若者は相手の狙いも悟った。

「ゴルトベルガーの目的は、こちらに対する挑発でしょう。それなのに戦うんですか？」

おそらく相手は、己《おのれ》の領内で待ちかまえているだろう。そして、こちらが怒りに任せて進軍したところを、万全の態勢で迎え撃ってくるに違いない。

ティグルの質問に答えたのはアトリーズではなく、カウニッツだった。

「このまま何もしなければ、民を見捨てたとして殿下の信望は地に墜ちる。ゴルトベルガーは殿下の名誉に傷をつけたことを吹聴するだろうし、調子に乗って他の村まで襲いかねん。我々も行動を起こさねばならぬ。だが、やつの挑発には乗らぬ」

続けて発せられたカウニッツの言葉は、ティグルを愕然《がくぜん》とさせた。

「ゴルトベルガーの領内にある村を、我々がやられた数よりひとつ多く焼き払う」

「待ってください……！」

おもわず大声をあげる。それではおたがいの領民を痛めつけあうだけだ。とうてい許容できることではない。しかし、カウニッツは訝《いぶか》しげに目を細めた。

「ティグルヴルムド卿、だったな。なぜ反対する？　まさか、ゴルトベルガー軍に正面から立ち向かえと言うのではあるまいな」

「いえ、そうではありません……」

言葉に詰まったティグルは、アトリーズに視線を向ける。

「このハノーヴァには三千の兵と百の傭兵がいる。用意できる食糧や燃料の量から考えて、すぐに動かせるのは歩兵が一千と、傭兵たちだ。ゴルトベルガーがどのていどの兵を用意しているのかはわからないが、少なくとも二千、多ければ五千はいるだろう」

苦すぎる薬を無理に飲みこんだかのように、彼は表情を歪《ゆが》めていた。ゴルトベルガーの行動には激昂しているが、村を襲うことは反対なのだ。だが、代案を出せないため、カウニッツの言葉を否定できずにいる。

「村を焼くだけなら、二、三百ほどの兵でこと足ります。襲ってきたゴルトベルガー軍の数もそのぐらいだったようですから」

決断を迫るように、カウニッツが言った。

――このひとは、アウグスト王から何か命令を受けているんだろうか。

そう邪推《じゃすい》したくなるほど、カウニッツの態度は冷徹で、明確だ。

無謀な戦いを命じて自軍の兵を多く死なせるか、敵の領内にいる村人を襲うか。どちらを選ぶのかといわれれば、答えはあきらかだろう。

――でも、そうしたら、おそらく殿下は引き返せなくなる。

村を焼いたあとも、アトリーズは交渉によって土豪たちを従属させるという態度を変えずにいられるだろうか。難しいように、ティグルには思える。もしできたとしても、アトリーズの今後に暗い影が落ちるのは間違いない。

――そんなことはさせない。

自分が甘いという自覚はある。だが、その甘さを捨てたくはなかった。

頭の中で懸命に考えを組み立てる。ひとつだけ、手を思いついた。

「殿下、提案があります。悪辣《あくらつ》なものではありますが、聞いていただけますか」

悪辣という単語が引っかかったのか、アトリーズがティグルを見る。カウニッツも興味深そうな視線を向けてきた。呼吸を整えて、ティグルは慎重に語りだす。

「かなりの量の食糧と燃料が必要になります。それから、ゴルトベルガーと領地が隣接している土豪についても教えていただきたく……」

説明を聞き終えたアトリーズは目を輝かせ、口元をほころばせた。

「なるほど、悪辣だ。だが、気に入った。明日までに二百の兵を用意すればいいのだな」

「はい。私とガルイーニン、ラフィナックが指揮をとります」

アトリーズに答えて、ティグルはカウニッツの様子をうかがう。

反対するだろうかと思ったが、彼は黙って立っていた。

ティグルは、王家と土豪の戦いにまで関わることとなった。


翌日の朝、ティグルたちはカウニッツから百人の傭兵を紹介してもらうことになった。

「あなたたちがこのハノーヴァに来て、十日余り。ほとんどの兵は、あなたたちが殿下の命の恩人であることを知っている。だが、殿下と親しくしているからと妬《ねた》んでいる者もいれば、他国人に従うことをよしとしない者もいる」

とくに後者は意外と多かったので、カウニッツはティグルの下につける兵を百人まで絞りこんだ。そして、不足分を傭兵によって補うことにしたのだった。

「ありがとうございます。ですが、どうして私にそこまでしてくれるんですか」

カウニッツの説明に驚き、感謝しつつも、ティグルは聞かずにはいられなかった。彼には嫌われたか、そこまでいかずとも距離を置かれるだろうと思ったからだ。

禿頭の騎士はティグルを見ようともせず、昨日と変わらない態度で答えた。

「殿下が承認された策を成功させるためだ」

そうしてカウニッツとともに、ティグルとラフィナック、ガルイーニンは町の外に出た。

ティグルは黒弓を持ち、矢筒を腰に下げている。得意な武器を持っていた方がいいとカウニッツに忠告されたからであり、ガルイーニンも同意を示したからだ。

「しかし、傭兵ですか……。荒くれ者の集まりなんでしょう？」

渋い顔になるラフィナックを、ガルイーニンがなだめた。

「我々の命令に従わないかもしれない兵よりは、傭兵の方がましでしょう」

「傭兵は従うんですか？」

「彼らは金に従う」

カウニッツが横から口を挟み、ラフィナックは口をつぐんだ。

「ところで、どうして百人とはいえ傭兵を雇ったのですか？　殿下にお仕えしている兵だけでは不足ということでしょうか」

ガルイーニンが純粋な疑問をぶつける。カウニッツは首を横に振った。

「我々が雇わなければ、レーヴェレンスかゴルトベルガーが雇うからだ。実際、我々と土豪たちの間を行き来している傭兵たちはいる。もっとも、人狼のことが噂になってから、ほとんどはブリューヌやアスヴァールへ去ったようだが。人狼になった傭兵の話は聞かないがな」

「つまり、まだここにいる傭兵はそうとうな度胸の持ち主ということですか」

ティグルが言うと、カウニッツはじろりと鋭い視線をぶつけてから応じた。

「あるいは、ただの馬鹿かもしれん。そのあたりも見極めてほしい」

傭兵たちの幕営《ばくえい》は、城門からかなり離れた場所に設置されている。そこでは百人の傭兵が思い思いに過ごしていた。朝から酒を飲んでいる者、喧嘩をしている者、賭け事に興《きよう》じている者、寝転がっている者、さまざまだ。

――なるほど。こういう雰囲気か。

猥雑《わいざつ》なだけではない。荒々しさが内包されている。そのことをティグルは感じとった。

カウニッツは傭兵のひとりに声をかけ、指揮官を呼んでくるように言った。

それからほどなく、ひとりの男がティグルたちの前に現れる。サイモンという男で、年齢は三十半ば、中肉中背で、鍛えられた肉体を擦りきれた革鎧に包んでいた。

「話は聞いてる。あんたが指揮官か。ずいぶん若いな」

値踏みするような視線をティグルに向けたあと、サイモンはティグルの黒弓を見た。

「弓を使うのか？　ブリューヌ人だと聞いたが」

意外そうな反応は当然といえる。弓を得意とするブリューヌ人など、まずいないのだから。

ティグルが「そうだ」と、答えると、サイモンは考えるような表情をつくった。

「あんたは、あのおひとよしの王子さまにずいぶんと信頼されているみたいだな。俺たちを躾《しつ》けるようにとでも言われたか」

「まあ、そんなところだ」

彼の言いたいことを理解して、不敵な笑みを浮かべて応じる。

――使いたければ、躾けてみせろというわけか。

アトリーズに仕えている兵と違い、彼らが重視しているのは契約であり、金銭だ。

だが、それだけでは彼らの戦意を引き出すことはできない。彼らが従ってやってもいいと思うだけのものを、見せつける必要があった。

「サイモン、ひとつ勝負をしないか。おまえの配下の中から弓上手を十人ほど選んでくれ。弓であって、弩はだめだ。それで、俺より弓の得意な者がひとりでもいたら、おまえたちの給金に銀貨を二枚追加してやる。もちろん、ひとりにつき二枚増やすという話だ」

「へえ、そいつは気前のいいことで」

サイモンはわざとらしく口笛を吹いた。

「王子さまの兵の中には、あんたより弓の上手なやつはいなかったのか？」

「彼らはアトリーズ王子に遠慮して本気を出さないからだめだ」

呆れた顔をつくって、ティグルは首を横に振る。もちろん、王家の兵たちと勝負などしていないが、いなかったなどと言えば万が一、警戒されるかもしれない。勝てそうな勝負と思わせる必要があった。そうでなければ乗ってこないだろう。

「もしも俺たちが負けたら……？」

考えこむような仕草をしたあと、サイモンは仕方ないというふうに聞いてきた。

「おまえの給金を一割減らす。しっかり選んだ方がいいぞ」

「さっきの言葉、忘れないでくれよ。お偉いさんの約束ってのはあてにならねえからな」

それから四半刻後、幕営から離れた草原で待っていたティグルたちの前に、サイモンが十人の傭兵を連れて現れた。見上げるように大柄な者もいれば、子供のように小柄な者もいる。彼らはいずれも挑むような視線をティグルに向けていた。

「さっそくだが、どんな勝負をする？」

聞いてきたサイモンに、ティグルは視線を転じる。ティグルたちが立っているところから百アルシン先と二百アルシン先、三百アルシン先にそれぞれ円形の的が立っていた。的はサイモンから借りたものだ。待っている間に設置したのである。

「ここから矢を放って、あの的のどれかに命中させる。より遠くの的を狙って、中心に矢を当てられた者が勝ちだ。わかりやすくていいだろう」

ティグルがサイモンに勝負を持ちかけた理由は、もうひとつある。弓の得意な者だけで編制された小部隊がほしいのだ。この山と森の王国で戦うのならば、必ず必要となる。

「わかった。それじゃあ、こちらからはじめていいか?」

確認するように、サイモンが聞いてくる。ティグルは鷹揚《おうよう》にうなずいた。

十人の傭兵が横に並んで、弓に矢をつがえる。順番に射放った。目測でおおよその距離をつかんだのだろう、四人が百アルシン先の的に当てて、五人が二百アルシン先の的に当てる。ひとりは外したものの、その矢は二百アルシン以上飛んだ。

「二百アルシン先からは、もう少し細かく的を置いてもらった方がよかったな」

サイモンが勝利を確信した笑みを浮かべる。

「あんたが二百アルシン先の的に矢を当てたとして、そうなったら再勝負か?」

「その必要はない」

ティグルは短く答えると、ラフィナックとガルイーニンに傭兵たちを見張らせながら、遠くの的を見据えた。黒弓に矢をつがえ、一陣の風が吹き抜けるのを待って、射放つ。

弓弦《ゆづる》が大気を震わせ、矢は三百アルシン先の的の中心を貫いた。

沈黙が訪れる。

　サイモンをはじめ、傭兵たちは遠くの的を凝視して言葉を出せなかった。十を数えるほどの時間が過ぎてから、ようやくひとりの傭兵が「嘘だろ」と、声をあげる。ティグルにとっては予想していた反応だ。その傭兵に向かって手を伸ばした。

「おまえの弓と矢を貸してくれ」

　まだ衝撃から立ち直ることができていないのだろう、傭兵は素直に弓矢を渡す。ティグルは何度か弓弦を指で弾いて具合をたしかめると、あらためて的に向き直る。

　このまま勝負を終わらせてしまったら、黒弓か矢に細工があると思われるかもしれない。余計な疑いは潰しておくべきだった。

　ティグルの放った矢は、さきほどと同じ軌道を描いて、三百アルシン先の的を貫いた矢の矢筈に突き立った。傭兵たちが感嘆の息をこぼす。

　弓を得意とするだけに、彼らはティグルの技量を認めずにはおれなかった。それは、彼らを束ねているサイモンも同様だ。ここで難癖をつけるのは簡単だが、それをすれば、彼は配下の傭兵たちから失望されるだろう。

　ティグルが傭兵に弓を返すと、サイモンは深いため息を吐きだした。

「あんたの実力を見抜けなかった俺たちの負けだ。約束しちまったこととはいえ、ただでさえ少ない給金を減らされるのは腹が立つがな」

「今度の戦での働き具合によっては、給金を元に戻してもいいし、手当もつけてやる」

そう言うと、サイモンはふてぶてしい笑みを浮かべる。

「はっ、計算ずくってわけか」

舌打ちしそうな表情をサイモンはつくったが、すぐに割り切って口の端をつりあげた。

「せいぜい身体を張らねえとな。それで、俺たちに何をさせようってんだ？　ゴルトベルガーだったか、土豪に村を焼かれたって話は聞いたが、その報復か？」

サイモンの両眼に凶悪で獰猛《どうもう》な輝きが宿った。村を焼くならお手の物といわんばかりだ。

彼らに釘を刺しておいた方がいいと、ティグルは判断した。

「報復には違いないが、俺たちには俺たちのやり方がある。俺はこの国の人間じゃない。だから規律とか堅苦しいことはあまり言いたくない。だが、命令には必ず従ってもらう」

そう前置きをして、自分の考えた策について説明する。サイモンは感心した声を出した。

「面白いことを考えたもんだ。わかった、こいつらにそのあたりを徹底させよう。もし違反したやつが出たら、俺たちの間で処分する。首は見せるが」

話は終わり、ティグルたちは傭兵たちの幕営から離れた。

「やはり好きになれませんなあ、あの手の連中は」

ラフィナックが肩をすくめる。自分の意見を代弁《だいべん》してくれているのだと理解しつつ、なだめるようにティグルは彼の背中を叩いた。

「仕方ない。好きになれる兵だけを率いて戦うのなんて不可能だからな」

その後、ティグルたちは百人のザクスタン兵とも顔を合わせた。

アトリーズを助けた恩人ということで、彼らはおおむねティグルたちに好意的だった。話しあった末、ガルイーニンが統率し、ラフィナックが補佐をすることに決まる。

「ザクスタン人の集まりで、ジスタート人が指揮し、ブリューヌ人が補佐をする部隊ですか。どこの国の言葉を使えばいいのやら」

途方に暮れた顔になるラフィナックに、「当然ザクスタン語です」とガルイーニンは答えたものである。ラフィナックよりよほど勉学に熱心な初老の騎士は、簡単な会話ができるていどにはザクスタン語を習得していた。

翌日、ティグルを指揮官とするアトリーズ軍二百の兵は、ハノーヴァを発った。

†

ティグルがハノーヴァを発ったころ、ミラもまたソルマンニから離れて、馬を進めていた。

隣には、腰にムマを差したオルガが馬を並べている。後ろには、小剣と弓と鎖かたびらで武装したレーヴェレンス兵が従っていた。数は百五十。すべて歩兵だ。

空は薄墨を溶かしたような色に染まっており、中天を目指している太陽とそのまわりだけがぼんやりと白い。ここ数日、こんな空模様が続いていた。

もの憂《う》げな表情で空を眺めていると、「だいじょうぶ？」と、オルガに声をかけられた。

我に返って、ミラは彼女に笑顔を向ける。

「ええ、ありがとう。ちょっと考えごとをしていただけよ」

「ハノーヴァにいる仲間のこと？」

「それ以外にもいろいろね」

ミラたちがどうして歩兵を率いて街道を進んでいるのかといえば、オルガの頼みによるものだった。昨日、ミラの部屋を訪れて、彼女はこう言ったのだ。

「お願いがある」

ミラは軽い気持ちで促したが、続いて発せられた言葉は彼女の顔をしかめさせた。

「野盗の討伐に行くから、いっしょに来てほしい」

意味がよくわからないので詳しく聞くと、彼女は定期的にヴァルトラウテから兵を借りて、レーヴェレンス家の領内を巡回し、野盗や山賊を追い払っているらしい。

「困っているときに一頭の羊をもらったら、いずれ二頭にして返せと教わった」

ようするに、世話になっている分は身体で返すというわけだった。

とてもまっとうな理由であることや、オルガに頼られて嬉しかったこと、加えて人狼についての調べものが早々に行き詰まっていたこともあり、ミラは承諾した。

ひとつ心配だったのは、ヴァルトラウテが認めるかどうかだった。オルガと異なり、ミラはただの客人というわけではない。簡単に自由を与えてくれるだろうか。

ところが、予想に反してヴァルトラウテはあっさり了承した。

「よし、馬を貸そう。馬はオルガに選んでもらうといい。なにしろ、この屋敷にいるすべての馬の特徴を、彼女は覚えているからね。私も驚かされた。この町から北に四日ばかり向かうとオスナーという小さな城砦があるんだが、そこを拠点にしてほしい」

そこまではよかったのだ。

そのあとに彼女とした話が、ミラを悩ませることになったのである。


野盗の討伐の話がまとまったあと、ヴァルトラウテの部屋で、ミラは彼女と紅茶《チャイ》を飲んでいた。オルガはいない。馬を選んでくると言って、はりきって厩舎へ行ってしまったのだ。ミラにとっては好都合だった。ヴァルトラウテにいくつか聞きたいことがあったからだ。

ヴァルトラウテは絹服だけの姿で、ソファに座ってくつろいでいる。しかし、その傍らには竜具《ヴィラルト》と互角に戦える強度を備えた、あの剣があった。

「話が簡単にすむのはありがたいんだけど……。私が逃げるとは思わないの？」

呆れた顔でミラが言うと、ヴァルトラウテは楽しそうに答えたものである。

「オルガとずいぶん仲がよくなったようじゃないか。君は年少者を置いていく人間ではなさそうだ。それに、野盗を追い払ってくれるのはありがたい。人狼のこともあるし、本来なら私自身が巡回するべきだが、当主というのは身動きがとりづらくてね」

それはそうだろうとミラは思った。まして、彼女は王家に対して最前線に立っている。のしかかっている重圧は、余人に想像もつかないほどのものだろう。

「気になっていたことがあるのよ。アスヴァールの内乱で、どうして土豪のあなたがザクスタン軍として、ジャーメイン王子の軍勢に加わったの？」

ミラの質問に、ヴァルトラウテは紅茶の香りを楽しみながら答えた。

「国王陛下に命じられたからだ。言っただろう。レーヴェレンスは誰にでもいい顔をする。それに、アスヴァールの状況をこの目で確認しておきたかったし、ザクスタンの武勇を誇示するいい機会だとも思った。噂に名高いジスタートの戦姫も見てみたかったからね」

「ザクスタン王が、あなたに命じたというの……？」

ミラは訝しげに眉をひそめる。王家と土豪の対立がすでに激化している時期だ。そんな命令をくだすものだろうか。

「そう考えるのはもっともだ。ただ、陛下が私に戦うことを命じる理由はあった」

「バルムンク？」

彼女の傍らにある剣を見ながら尋ねると、ヴァルトラウテは悠然とうなずいた。

「知っていたか」

「この屋敷で何日生活していると思ってるのよ。あなたもとくに隠してないし、侍女や従者に聞けば、剣の名前ぐらいすぐにわかるわ。初代国王が持っていた宝剣で、あなたは半年前にどこかの山の中で見つけたそうね」

もっとも、どこかの山の中と聞いたとき、ミラは話にならないというふうに首を左右に振ったものだった。ここは山と森の王国なのだ。

ヴァルトラウテが詳しい話をしてくれるとは、ミラも思っていない。

だが、戦姫としても、ミラ個人としても、このような武器を放っておくことはできない。さすがに奪いとろうとまでは思わないが、詳しく知っておく必要はあった。

「それについては、気が向いたら今度話そう。ともかく私がバルムンクを手に入れたとき、国王陛下は、驚くことに私が持つことを公に承認された。王家に従う者たちは当然ながら、王家に差しだせと叫んだ。もちろん土豪たちはそのまま持っていろと言ってきたが」

「そのあと、二つのおかしな噂が流れるようになったのよね」

レーヴェレンスはいずれ王家に忠誠を誓うつもりであり、それゆえに宝剣を所持している。

ゴルトベルガーがレーヴェレンスを妬んで宝剣を狙っている。

その話を聞いたとき、ミラはザクスタン王を心の底から恐ろしいと思ったものだった。

「まったく、あのときほどまいったことはない」

そうは思っていないような軽い口調で、ヴァルトラウテは続けた。

「持っていても王家に従っているように思われるし、渡しても同様だ。しかも、土豪たちの敵意を買う。それで、仕方ないから持っていることにした。——ところで、この剣には不思議な力があるんだが、何かわかるかな？」

いたずらっぽく瞳を煌《きら》めかせて、ヴァルトラウテがこちらを見つめてくる。

「いったい何でできているのかわからない、ということ以外で？」

確認するように聞くと、レーヴェレンス家の当主はゆっくりとうなずいた。ミラは自分の紅茶を飲み干してから肩をすくめ、お手上げだと身振りで示す。

焦らすようにバルムンクの柄頭をもてあそびながら、ヴァルトラウテは答えた。

「——この剣を持っているとね、相手の嘘がわかる」

おもわずミラは口元に手を当てる。宝剣の柄を指で弾いて、ヴァルトラウテは続けた。

「わかるといっても、この部分は嘘だな、ていどのものだけどね。なぜ嘘を言ったのか、事実は何なのかということはわからない。だから、つまらないことも起きる」

ミラが興味のあるそぶりを示すと、ヴァルトラウテは苦みのある微笑を浮かべる。

「以前、部下のひとりがいつもより遅く、その日の報告に来たことがあった。彼の恋人は、この屋敷で働いている侍女のひとりなんだが、私の執務室に来る途中で彼女に会って、つい話が弾んでしまったんだ。執務室に来た彼に、私は遅かったね、と言ってしまった」

彼女の部下に、ミラは同情した。主からそのように声をかけられて、恋人と会っていたなどと言える者が何人いるだろうか。多くはてきとうにごまかすだろう。

そして嘘とわかってしまったら、彼女の立場上、調べざるを得ない。

「脱線したね。そういうわけで仕方なく持っていたら、陛下が私にお命じになった。この剣を持ってアスヴァールに行ってこいと。陛下としては、私が武勲をたてれば宝剣の力に、武勲をたてられなかったら私の力不足にするつもりだったんだろう。結果はご存じの通りだ」

「一応、謝った方がいいのかしら……？」

アスヴァールの戦場で彼女を阻んだのは、ミラだった。ヴァルトラウテは首を横に振る。

「武勲にはならなくとも、戦姫と渡りあえることがわかったという以上の収穫はない。これならレーヴェレンスを守れるという自信もついた。むしろ、君には感謝している」

どこまで本気で言っているのかしら。そう思いながら、ミラは真面目な表情をつくった。

「率直に聞くけれど、あなたは王家との対立をどうしたいの？　ゴルトベルガーみたいに、国王と対等の立場を手にするまで戦うつもり？」

紅茶を口に運ぶ手を、ヴァルトラウテは途中で止めた。

「協力してくれるのかな？　手伝ってくれるのは人狼のことだけだと思っていたが」

「しないわよ。ただ、居候として気になるだけ。オルガを守る必要もあるもの」

仏頂面でミラは答える。そこを変えるつもりはない。

「ゴルトベルガーとは違う……。私から言えるのはそれだけだね」

彼女がそう答えたとき、ちょうどオルガが戻ってきて、話は終わってしまった。

昨夜のヴァルトラウテとの会話を思いだして、ミラはため息をついた。

——彼女は、土豪であろうとしているように見えたけれど……。

レーヴェレンスは誰にでもいい顔をする。揶揄をこめてそう言っている彼女こそが、そのことに縛られているように見える。勘違いならよいのだが。

隣で馬を進めるオルガのもとに、レーヴェレンス兵が駆けてきて状況を報告する。薄紅色の髪の戦姫に、彼らは厚い信頼を寄せていた。その光景に、この二ヵ月でオルガが築きあげてきたものを感じとって、ミラは微笑ましさを感じる。

——先輩として、できるだけのことはしてあげないとね。

オルガがこの国の争いに巻きこまれないよう、注意しなければならない。

曇天の下、ミラとオルガ、そしてレーヴェレンス兵たちは街道を進んでいった。

†

ヴァルトラウテの眼下に、ソルマンニの活気にあふれた町並みが広がっている。

大神殿の三階の広間に、彼女はひとりで立っていた。神殿長に頼んで、しばらくの間は誰も来られないようにしてある。静かに考えごとをしたかった。

——最近はこんな気分になることはなかったが、昨日、リュドミラ殿に話したからか。

昨日のような話は、部下にはできない。土豪や王家の者たちにも。統治者としての経験が不足しているオルガではものの足りない。その点、他国人でもあるミラはちょうどよかった。

腰に下げているバルムンクを見下ろす。

彼女にとって、これは宝剣どころか忌まわしい剣でしかなかった。

春の終わりごろ、レーヴェレンス家の当主は父のヴァイカークであり、ヴァルトラウテは跡取り娘と呼ばれていた。他人はもちろん妻に対しても楽観的な態度を崩さなかった父だが、ヴァルトラウテに対しては心情を吐露《とろ》することがたびたびあった。

「いずれ土豪はなくなる。なくならざるを得ぬ」

なぜ、なくなるのか。そう問いかけても、父は答えなかった。自分で考えろというふうに。

そして、父はそう言ったあとに、必ずこう続けた。

「ヴァイスよ、レーヴェレンス家を守ってくれ」

「もちろんです、お父さま。私はレーヴェレンス家を必ずいま以上のものにしてみせます」

恥ずかしくなる大言壮語だ。いったい父はどのような思いで聞いていたのだろうか。

父を亡くしたのは半年前、ザクスタン王からレーヴェレンス家に対して、邪教徒を討伐せよとの命令が下されたときのことだ。

邪教徒がねぐらにしているというランメルスベルク鉱山は王家の領内にあるが、レーヴェレンス家の領地にも接している。それゆえに協力しろというわけだった。

ヴァイカークは土豪らしく「命令ならば断る。要請ならば受ける」と、答えた。すると、ザクスタン王ではなく、王の従弟であるクルトと、アトリーズが同じ要請をしてきた。ヴァイカークは承諾した。娘をともない、兵を率いて、彼は鉱山に向かった。

鉱山の周辺で話を聞くと、邪教徒たちは村や町を襲い、火を放ち、食糧を奪って狼藉《ろうぜき》のかぎりを尽くしているということだった。さらに彼らは、神への生け贄《いにえ》として子供をさらって、むごたらしく殺したり、怪しげな儀式をしたりと、人々の怒りと恐怖を煽《あお》っていた。

ヴァイカークとクルトは協力しあって鉱山を巧みに包囲し、一気に攻めたてた。

このとき、ヴァルトラウテは頭部を完全に覆うような兜をかぶり、全身を甲冑で隙間なく固めている。これは女性だとわかりにくくするための、父の指示だった。

坑道が主戦場になり、彼女はレーヴェレンス兵を従えて積極的に斬りこんだ。

明かりの少ない坑道で、視界を狭める兜はむしろ邪魔だったが、ヴァルトラウテの戦士としての優れた技量は、そのような不利をものともしなかった。

王家の軍も、クルトが剣を振りまわして邪教徒たちを斬り伏せた。アトリーズはクルトに付き従っていたが、自分の身を守ることだけで精一杯という感じだった。

　邪教徒たちは坑道を熟知しているだけでなく、どうやってつくりあげたのか、隠し通路まで備えていた。それでも、ヴァイカークとクルトの指揮により、ヴァルトラウテやアトリーズが危機に陥ることはなかった。

　邪教徒討伐は首尾よくかたづいた。

　翌日の朝、兵とともに戦後処理にあたっていたヴァルトラウテは、父に呼びだされた。邪教徒たちがつくっていた隠し通路を調べると言うのだ。

「実はな」と、父はいつになく声を低めた。

「もしかしたら、ここに宝剣があるやもしれん。グリモワルドが持っていたバルムンクが」

　急に何を言いだすのだろうと、ヴァルトラウテは父をまじまじと見つめた。

　これまでヴァイカークがそうしたものに興味を持ったところを、見たことがない。宝剣などと聞けば、笑いとばすのが父のはずだった。それとも、よほど有力な情報なのか。

　だが、ヴァルトラウテは父に従うことにした。邪教徒がどこかに潜んで、自分たちをやり過ごそうとしていないか、確認しておくべきだと思ったからだ。

　鉱山に入り、坑道を進む。隠し通路の入り口は、岩盤の陰に巧妙につくられていた。

　その奥にたどりついたとき、ヴァルトラウテは意外な人物に出会った。暗闇が広がり、ランプの小さな光だけがささやかな抵抗を見せている空間に、アトリーズとクルトがいたのだ。

　二人の足下には、鞘に収まった一振りの剣が、半ばまで地面に埋もれていた。鍔と柄頭に見事な装飾がほどこされており、何よりも尋常ならざる雰囲気をまとっている。

獣を思わせる咆哮《ほうこう》が大気を震わせた。クルトが剣を振りあげて、アトリーズに斬りかかったのだ。アトリーズはとっさに剣で受けたものの、剣を弾きとばされた。

宝剣の取りあいにでもなったのだろうか。ともかくアトリーズを助けるべく、ヴァルトラウテは駆けだそうとした。だが、彼女よりも早く、ヴァイカークが飛びだした。クルトとアトリーズの間に割りこんで、王子を突き飛ばす。

血飛沫《ちしぶき》が飛んだ。クルトの斬撃がヴァイカークの肩を割って、胸まで届く。

追いついたヴァルトラウテは、クルトに斬りつけた。だが、クルトはヴァイカークの身体からすばやく剣を引き抜き、横殴りの一撃を叩きつけてきた。

すさまじい膂力だった。ヴァルトラウテの手から剣が飛び、彼女は地面に転がる。

やめるんだとアトリーズが叫んで、クルトに横から組みついたのが見えた。しかし、彼は呆気《あっけ》なく振り払われる。武器を求めて周囲を見回すと、すぐそばにバルムンクがあった。

クルトが飛びかかってくる。ヴァルトラウテは宝剣の柄をつかんだ。剣が抜けた。

バルムンクは、ヴァルトラウテの予想をはるかに越える鋭さを見せた。クルトの剣を叩き折るだけにとどまらず、そのまま身体を両断したのだ。

荒い息をつきながら自分のつくった死体を見下ろしていたヴァルトラウテだが、我に返ると父親に駆け寄った。血溜まりの中で、ヴァイカークは死に瀕していた。

「ヴァイス……」

苦しげに息をしながら、か細い声を発して、ヴァイカークは娘を愛称で呼んだ。ヴァルトラウテは父を抱きかかえて、懸命に訴えた。

「ここにおります、父さま」

「レーヴェ、レンス……頼む」

焦点を結んでいない目で虚空を見上げ、絞りだすように言葉を紡いで、ヴァイカークは息を引き取る。ヴァルトラウテは動かなくなった父の胸に顔を埋めた。涙を流しても、嗚咽は漏らさなかった。

そうしていたのは三十を数えるほどの時間だったろう。いくらか落ち着いてきて身体を起こすと、クルトの亡骸を抱きしめているアトリーズの後ろ姿が視界に映った。ヴァルトラウテの視線に気づいたのか、彼はこちらを振り向いた。

二人は協力して死体を鉱山の外に運びだした。ひとりで背負って歩くのは、体力的にも精神的にも不可能だった。どちらも、一言もかわさなかった。

埋葬をすませたあと、二人はそれぞれ兵をまとめて、王都アスカニアへ向かった。

ヴァイカークとクルトの二人ともが戦後処理をほとんど終わらせていたこと、両者の率いる兵たちの間に衝突が起きなかったのは、幸運だったといっていい。兵たちは、打ちひしがれた表情の主たちに同情したのかもしれない。

王都に着いて、アトリーズは兵たちを解散させる。レーヴェレンス兵は、王家の勢力圏に入る前にヴァルトラウテが帰還させていた。

ヴァルトラウテは数人の従者だけをともなって、アトリーズとともに王宮に入った。

ことがことだけに、報告は謁見の間ではなく、王の執務室で行われた。アトリーズの口調は落ち着いていて、自分たちを誇ることも、レーヴェレンスを貶めることもなかった。自分がヴァイカークに助けられたことも隠さなかった。

聞き終えたアウグスト王は、ヴァルトラウテに告げた。

「——おぬしに宝剣を貸し与える」

回想が途切れて、ソルマンニを覆う灰色の空が視界に広がる。

宝剣は、正直にいって持て余した。領地に帰るまでの間、何度も考えた。宝剣は王家に返してしまうか、どこかで捨てようと。

だが、そう思うたびに、宝剣があると笑顔で言っていた父の姿が脳裏に浮かんだ。

父を守れなかった自分が、父が最後に望んでいたものまで捨ててどうするのか。それに、これは命を捨てて王子を助けた父への褒美のようなものだ。

その思いが、彼女にバルムンクを持たせている。

——いや、もうひとつある。

王都を去り際に、ヴァルトラウテは見送りに来たアトリーズに宝剣を渡そうとした。

だが、彼は首を横に振った。「陛下が承認されただろう」と、まず言って、付け加えた。

「いまの私では、あなたを支えられない。その剣が、あなたを支えてくれることを祈る」

思えば、あの言葉には何の偽りもなかった。バルムンクが反応しなかったからだ。

父の死について、アトリーズを責めようとは思わない。責められるべきは、父より強かったのに、父を守れなかった自分だ。

何気なく周囲を見回す。

ここには大切な思い出がひとつあった。

十年前、ヴァルトラウテが九歳のときだ。父がこの町で祝宴を開いた。

隣国アスヴァールとの戦いが長引いたために、争っていた王家と土豪は一時休戦することにしたのだ。ヴァイカークも、アウグスト王もそのあたりは柔軟だった。

このころのヴァルトラウテはおとなしく、剣どころか刃物を握ったことすらない。この日もドレスをまとって、誰の邪魔にもならないようにと静かにしていた。それでなくとも、ヴァイカークが彼女を有力な土豪や諸侯に紹介しようと連れまわすのだ。気疲れしていた。

祝宴がはじまって一刻ばかり過ぎたころ、ヴァルトラウテは父からそっと離れて、ここに来ていた。少し休みたかった。そのため、従者も侍女も連れてこなかった。

それが災いした。同い年の土豪の子息に、彼女は囲まれたのだ。レーヴェレンスは有力な土豪であり、それだけに敵も少なくない。ヴァルトラウテがおとなしいので、すごんでおけば誰にも言いつけないだろうという計算もあったかもしれない。

実際、ヴァルトラウテは彼らに対して何もできなかった。殴るふりをされただけで、肩を縮こまらせた。早くいなくなってほしいとだけ願っていた。

「ひどい真似はやめろ！」

そこへ飛びこんできたのは、薄汚れた格好の、ひとりの子供だった。

金色の髪は乱れ、顔は煤《すす》にまみれて黒く、服も土で汚れている。この神殿で働いて日銭を稼いでいる貧しい子供が飛びこんできた。土豪の子息たちはそう解釈した。

しかし、その子供は毅然《きぜん》とした態度と鋭い眼差しで、少年たちを怒鳴りつけたのだ。

「事情は知らない。だが、男がよってたかってひとりの少女を怖がらせておいて、どのような正義があると主張するつもりだ！」

少年たちはひるんだが、自分たちの方が立場は上だという思いと、仲間がいることから強気を取り戻す。ひとりが金髪の子供の頬を殴りつけた。

子供は、その少年を突き飛ばした。それからヴァルトラウテに向き直ると、彼女の手をつかんで走りだした。引きずられるように、ヴァルトラウテは懸命に足を動かした。

どこをどう走ったのかは覚えていない。気がつくと、神殿の外にいた。

ヴァルトラウテは汗をかき、肩で息をしていた。額に張りつく髪が気持ち悪い。

「だいじょうぶかい？」

子供がにこやかに笑いかける。ヴァルトラウテは視線だけを動かして彼の顔を見つめる。目を瞠《みは》った。乱れていた金髪はさらにひどくなって、ほとんど逆立っている。そして、汗によって煤の流れ落ちたその顔には見覚えがあった。よく見れば、たいそう汚れているものの、着ているものは絹服だ。日銭を稼ぐような子供に買えるものではない。

「アトリーズ殿下……？」

見抜いたわけではない。よく似た顔つきの王子が頭の中に浮かんで、その名を何気なく口にしてしまっただけだ。だが、そう呼ばれた子供はぽかんとしてヴァルトラウテを見つめた。

そして、次の瞬間、身をひるがえしてその場から走り去ったのだ。

その後、ヴァルトラウテは身だしなみを整えたアトリーズを見たが、王子の赤く腫れた頬は厚い化粧で必死にごまかされていた。話しかけたいと思ったが、怪我のためだろう、アトリーズは従者や侍女に囲まれており、ヴァルトラウテは近づくことを諦めた。

「アトリ……」

王子の名をつぶやいてから、ヴァルトラウテは首を横に振る。

いまは昔を懐かしがっている暇などない。自分は土豪であり、彼は王子なのだから。

ひとつ深呼吸をすると、ヴァルトラウテは静かな足取りで神殿から去った。

†

オスナー城砦は、レーヴェレンス領の北東端にそびえる山の中腹にある。

この山はほとんど森に覆われ、そうでないところは切り立った崖になっており、山道を避けて越えるのは難しい。そして、もっとも整備された山道は城砦のそばにあった。

ティグルに率いられた二百のアトリーズ軍は、山のふもとと中腹の半ばにいる。山道からわずかに外れたゆるやかな斜面で休息をとっていた。

ティグルたちが目指しているのはゴルトベルガー領であり、この山はふもと近くを通過するだけのものでしかない。

ここに着くまで、オスナー城砦の存在は軽視されていた。

戦略上の必要性からこの城砦が築かれたのは百年以上も昔のことであり、土豪たちの力関係や領地が変化したいまとなっては、役割らしい役割を有していない。守備兵の数も百に満たないという話だった。

二百近い数でふもと近くの山道を通過するなら、彼らは何もしてこないだろう。また、百以下の数でこの城砦をやり過ごしたいなら、森に隠れながら突破すればいい。

カウニッツからそのように教えられていたティグルは、そうするつもりでいた。

ところが、山の中腹の城砦が見えてきたあたりから、どうも山道の様子がおかしいことにティグルは気づいた。つい最近、百を超える数の兵が山道を通過した跡がある。

兵たちに休むよう命じて、ティグルはラフィナックたちを呼び集めた。

戦いになるかもしれないので、まずは兵たちの様子を確認する。

「ザクスタン兵は問題ありません。緊張している者が幾人かいますが、許容範囲でしょう」

ガルイーニンが穏やかな微笑を浮かべて報告した。ミラの副官として、ときに一千以上のオルミユッツ兵たちを統率していた彼にしてみれば、異国人とはいえ、わずか百人の兵をまとめあげることなど造作もないことだ。次いで、サイモンがふてぶてしく言った。

「こちらもだ。逃げだしたやつはいねえ。とはいえ、敵地に入る前だからな」

ティグルはうなずくと、三人に山道の跡について話した。

「守備兵が増員されたということでしょうか」

ラフィナックが意見を述べる。懐疑的な表情を見せたのはサイモンだった。

「この城砦に？　兵の無駄遣いもいいところだ」

「だが、そうとしか思えないんだ」

サイモンに答えて、ティグルは山の上へと視線を向ける。森に囲まれた城砦が見えた。

「俺たちと同じ数の兵があの城砦にいるとしたら、どうなる？」

「まず、我々の数をさぐってくると思います。そして、守備兵の半分の数で持ちこたえられそうだと判断したら、我々に山道を通過させた上で、退路を断《た》ってくるでしょう。同時に伝令を複数派遣し、当主に事態を報告しつつ、周辺から援軍を募《つの》るというあたりですな」

ガルイーニンが落ち着き払った態度で答える。

「言っておくが、あの城砦を攻め落とすなんて馬鹿げたことは考えないでくれよ」

サイモンが面倒くさげに言った。ティグルはうなずく。山の上の城砦など、攻める準備をするだけでも時間と手間がかかる。まして、こちらは二百しかいないのだ。

ティグルは城砦に続く山道を見つめる。すぐに結論が出た。

「俺は偵察に行ってくる。兵のことは、ガルイーニンとサイモンに任せる。俺がいない間に、相手が何らかの動きを見せるようなら、とにかく戦いを避けてふもとまで下りてくれ」

サイモンは驚き、次いで笑みを浮かべて口笛を吹いた。

「総大将ってのは、行軍中は後ろでどっしりかまえてるもんだと思ったがな」

「できることをやるというだけだ。格好をつけるのは余裕があるときでいい。ところで、この山に詳しい傭兵はいないか？　もしもいたら助かるんだが」

「少し待て。さがしてみる」

そうして、ティグルはラフィナックとひとりの傭兵を連れて、軍から離れた。

この傭兵は弓を得意とする若者で、ハノーヴァでティグルが持ちかけた勝負にも参加していた。昔は狩人で、この山にも足を踏みいれたことがあったそうだ。

「もっとも、このあたりで狩りをしたのは短い間だったよ。当時、あの城砦を守っていた兵たちは能なしぞろいでなあ。山賊とまともにやりあうこともできなかった。レーヴェレンスの当主が代わってからましになったと噂で聞いたことはあるが……」

話をしながら、傭兵はたしかな足取りでティグルたちを先導する。

ティグルはもちろん、ラフィナックも山歩きには慣れている。二人は遅れることなく彼についていき、遠くに城砦が見えるところまでやってきた。

「ここからはいっそう慎重に進まねえとな」

木々の陰や茂みに隠れながら、ティグルたちは城砦に近づいていく。

小さな城砦だ。城壁の高さは六十チェート（約六メートル）ほどで、壕もない。しかし、周囲は茂みや灌木だらけで、多数の兵を展開させることは無理だろう。

「守りやすく、攻め難いな」

だが、どうして急に兵を増員したのかが気になる。今回は、この山のふもとを通ろうとしたから面倒な存在になったが、そうでなければ近づくこともなかったはずだ。それに、城砦の位置を考えれば、ここの守備兵を増やすとゴルトベルガーを刺激することになるのではないか。

──おもいきって引き返し、別の街道からゴルトベルガーの領地へ向かうか？

だが、それだと遠回りになる。冬の行軍は、食糧に加えて燃料がどれだけあるかということにも気を配らないといけない。そこを失念すれば、勝利のあとに凍えかねないのだ。

そのとき、城壁上におもわぬ人物が姿を見せた。

青い髪、そして青を基調とした軍衣、手には氷塊を削りだしたかのごとき竜具ラヴィアス。

「ミラ……？」

間違いない。目を丸くして、ティグルは城壁上に立っているミラを見つめた。ラフィナックも唖然としている。不思議そうな顔をしているのは傭兵だけだ。

「どうしましょうか、若」

頭痛をこらえる顔で、ラフィナックが聞いてくる。ティグルは唸り声で答えたあと、あることに気づいて眉をひそめた。ミラと守備兵たちとの間に、険悪な雰囲気が感じられないのだ。

仕方なくこの場にいるというふうではない。

——手紙には、人狼について調べると書いてあったが。

それが理由で、この城砦に来る用事ができたのか。それとも、自分たちの知らない間に事情が変わって、王家と土豪の争いに介入することになり、この城砦を訪れたのか。

少しの間考えて、ティグルは首を横に振った。判断を下すには、材料があまりに足りない。

「一度、兵たちのところまで戻ろう」

「戻って、どうするんです？」

「夜になるのを待って忍びこむ」

断固たる決意をにじませてティグルは答え、二人を驚愕させた。

†

オスナー城砦には浴場がある。

一階に設置されており、その真下には厨房がある。厨房のかまどから噴きあがる熱い煙が、浴槽の下を通っている鉛管に流しこまれて、水を湯に変えるのだ。そのあとは、湯がなるべく長くもつように、かまどで焼いた石が浴槽に放りこまれる。

風変わりなつくりだが、兵からの評判はたいそうよかった。それまでは大きな樽に半ばまで湯を入れ、順番に入って汗を流していたのである。以前ほどには急かされることなく、手足をのばして湯に浸かる楽しみは代え難いものがあった。

日が沈み、山の中腹が暗闇と冷気に包まれたころ、ミラとオルガは一糸まとわぬ姿で浴場にいた。兵たちは皆、湯浴みを終えているので、もう急かされることはない。

「なるほど。自慢していただけのことはあるわね」

浴場を見回して、ミラは感心した声を出す。浴槽は、大人なら十三、四人が余裕をもって入れる広さだ。これだけの湯を、薪《まき》を使わずに温めるというのは見事な考えだった。

「こんなところで湯浴みができるとは思わなかったわ。まずは身体を洗いましょうか」

備えつけの羊脂の石鹸を手にとって、ミラはオルガに笑いかける。オルガは言葉を返さず、自分のささやかな胸と、ミラの豊かなそれとを見比べていた。

「いくつのころから、そんなふうに？」

「ええと、そうね……。ここ二、三年ぐらいかしら」

問いかけられて、視線をさまよわせながら答える。それ以前のことはよく覚えていないというのが本当のところだ。ティグルを想うようになってから、彼の視線を意識するようになり、自分の身体つきについても考えるようになった。

「あなたはこれからよ。私より背が伸びて、身体も成長するかもしれないわ」

自身の胸を撫《な》でまわす彼女に、月並みな励ましの言葉をかける。オルガがうなずいたのは、その言葉に納得したからではなく、悩んだところでどうにもならないと思ったからだろう。再びミラを見上げたオルガは、真剣な表情で頼みこんできた。

「さわらせてもらえないか」

とっさにミラは返事ができなかった。いたずら心などではなく、純粋な好奇心によるものだろうが、だからといって恥ずかしくないわけがない。

三つ数えるほどの間を置いて、「わかったわ」と視線をそらしながら答えた。

オルガがミラに歩み寄って、左の乳房に触れる。目を丸くした。

「馬や羊の乳房よりやわらかい」

「そ、そう……」

喜んでいいかどうかわからない評価だが、奇妙な緊張感はほぐれた。今度は両手を使って左右の乳房を揉みしだいてくる少女に、ミラは困惑まじりに尋ねる。

「そんなに気になるの？」

「馬や羊は乳房が大きいほど、よく乳を出す。ひとも同じだ。わたしは母の乳を飲んだが、それがかなわずに親族の乳を飲んで育った子を何人か知っている」

それはミラにも理解できる話だった。王侯貴族の子には、多くの場合、乳母がいる。雑事を任されていることが多いが、最大の役割はやはり、母親に代わって子に乳を与えることだ。

先のことを気に病んでも仕方ないわよ。そんな言葉が胸中に浮かんだが、ミラが口にしたのは違う言葉だった。

「母から学んだ、胸を大きくする秘伝を教えてあげましょうか」

オルガの手が動きを止める。ミラはにっこり笑って続けた。

「くよくよせず、よく食べて身体を動かすこと。それから、誰かを好きになることよ」

ミラの乳房から、オルガが手を離す。考えこむ表情を見せたあと、彼女は言った。

「馬や鷹では駄目だろうか」

「人間の方が望ましいわね」

ミラは苦笑して、木製の小さな椅子を引き寄せる。

「おしゃべりばかりしてると湯が冷めちゃうわ。背中を流してあげるから座って」

オルガが椅子に腰を下ろした。ミラは手桶で湯をすくって、彼女の小さな背中にかける。

ふと、ミリッツァのことを思いだした。よりオルガに年の近い彼女なら、何と声をかけるだろう。案外いい話し相手になるかもしれない。

「あなたには好きなひとがいるのか？」

前を向いたまま、オルガが聞いてきた。彼女の頭を優しく洗いながら、ミラは答える。

「いるわ。どこまでもいっしょに歩いていける、ううん、いっしょに歩いていきたい、そんなひと。いつか私がおばあちゃんになって、そのひとがおじいちゃんになっても、並んで同じ星を見上げていたい。──大切なひとよ」

「見てみたいな……」

目をつぶってミラに身体を委《ゆだ》ねながら、オルガはぽつりとつぶやいた。

†

日が沈んで、オスナー城砦の城壁では、等間隔に篝火《かがりび》が焚《た》かれている。彼らは昼の間にアトリーズ軍を発見していたので、その襲撃に備えているのだ。

暗闇の中に浮かぶ炎の群れを、木々の陰に身を隠しながらティグルは見上げている。土で汚した外套《がいとう》をまとい、口には厚手の布を巻いていた。白い息が目立たないようにするためだ。左手に持った黒弓にも土をなすりつけてある。

土豪の兵に変装することも考えたが、弓を持っていることを怪しまれそうで、やめた。剣や槍が不得手なティグルでは、いざというときにそれらで身を守ることができない。ティグルはたったひとりで、日が沈む前からここにいた。同じところに何刻も身を隠し続けるのは、狩人としての経験から慣れたものだった。

顔をあげると、木々の隙間から月が見える。星々の煌《きら》めきも。

さがすまでもなく、目当ての星はすぐに見つかった。

蒼氷星《シズリート》。

冬のごく短い時期にだけ輝く、自分とミラが誓いをかわした蒼い星。

ザクスタンを訪れたころは、まだ見えなかった。そろそろだと思って毎晩、空を見上げていたのだが、ついに現れた。

――気負うな。

自分に言い聞かせる。いま考えるべきは、ミラに会って事情をたしかめることだ。

不意に、城壁上がざわめいた。何人かの兵が慌ただしく駆けていくのが、影でわかる。

――サイモンはしっかりやってくれたようだ。

ティグルはサイモンに、忍びこむつもりで城壁に接近し、相手にわざと見つかってほしいと頼んでいた。見張りの兵たちの注意を惹くために。

心の中で感謝して、ティグルは身体を起こす。足音を殺して走りだした。すぐに城壁の真下にたどりつき、背負っていた小さな荷袋から鉤のついた縄を取りだす。

目はとうに闇に慣れている。勢いをつけて投じた縄は、見事に城壁に引っかかった。

ティグルは急いで城壁上にたどりつくと、縄を回収し、滑るように城砦の内側へ降りたつ。暗がりにまぎれて城砦に入りこんだ。

──黒弓よ、おまえの力を貸してくれ。

黒弓を握りしめて、竜具の気配をさぐる。山の中で試みたときよりも短い時間で、ティグルは竜具の気配を感じとった。だが、黒弓から伝わってきた反応に首をかしげる。

──二つ……？

竜具と思われる気配が、二つある。ひとつはラヴィアスに違いないが、もうひとつはいったい何だろうか。ミラの他にも、戦姫がこの城砦にいるのか。

──考えるのはあとだ。

もう自分は城砦の中にいるのだ。こんなところで立ち止まっていては、いつ守備兵たちに見つかるかわかったものではない。呼吸を整え、身をかがめてティグルは走りだす。

廊下の壁には松明がかかっているが、暗がりを消し去るほどではない。これなら兵たちに見つからずに進めそうだ。闇の中にうずくまって息を殺し、可能なときは天井に張りついて、ティグルは先を急ぐ。ほどなく、ひとつの部屋の前にたどりついた。

──他の部屋から離れているが、何の部屋だろう。

扉の隙間から、かすかに明かりが漏れている。この中にミラがいるのは間違いない。

躊躇なく扉を開けて、内側に身体を滑りこませる。

そこは部屋とも呼べない小さな空間で、前方に扉があった。床に置かれている籠らしきものを蹴ってしまわぬように気をつけながら、ティグルはさらに先へと踏みこむ。

白い湯気が視界に広がり、その中に青い髪と愛しい顔が覗いた。

「ミ――――！」

彼女の名前を叫びかけて、半ばでティグルは声を呑みこむ。失態を悟った。

湯気がゆらめいて、周囲の光景が露《あら》わになる。

小柄な少女を後ろにかばうようにして、ミラがこちらを睨《にら》みつけていた。湯に濡れた裸身が露わになっているが、恥じらうそぶりを見せることもなければ、身体を手で隠しもしない。

何かを言おうにも頭が働かず、ティグルはごまかすようにぎこちない笑みを浮かべる。どうにか出てきた言葉は、「かくまってくれ」というものだった。

少女がミラの肩越しにティグルを見つめる。落ち着いた声でミラに聞いた。

「大切なひと？」

「全然違うわ」

凍漣の雪姫はそっけなく答えた。

ティグルは二人に背を向けて、厚手の布で目隠しをされた。

それから、ミラとオルガに一発ずつ頭を殴られた。オルガの一撃を受けたティグルは、両手で頭をおさえてその場にうずくまり、しばらく動けなかった。

「そんなはずはないとわかっていても、狙って入ってきたとしか思えないわね、まったく」

怒りと呆れの入りまじった目で、ミラがティグルを見る。だが、その怒りも言葉をかわしている間に落ち着いてきたようだった。彼女にしても、ティグルたちの身を案じ、自分の目でその姿を確認したいと思っていたのはたしかなのだ。

おたがいに情報を交換すると、期せずして二人の口から同時にため息がこぼれた。

「君はこのあたりの野盗を討伐するために、ここに来ていたわけか……」

「あなたはゴルトベルガーと戦うために、この城砦の近くに来たのね……」

間の悪さに、どちらからともなく吹きだしてしまう。そして、何らかの拍子にぶつかりあうようなことにならなくて、よかったと思った。

「ところで、俺を見逃してくれるのか？」

頼みこむような口調で、ティグルは尋ねる。ミラはからかうような笑みを浮かべた。

「どうしようかしら。私はアトリーズ王子に会ったことなんてないし、ザクスタンの王家に義理立てする理由もないし、目の前にいるのは常習の覗き魔だし……」

「常習なのか」と、オルガが警戒するように自分の身体を抱きしめる。ちなみにミラとオルガは肩まで浴槽に浸かっていた。

ティグルを怖がらせて満足したのか、ミラは笑って言った。

「いいわ。見逃してあげる」

「だいじょうぶなのか……？」

彼女の態度が不安になって、ティグルはそのように尋ねた。レーヴェレンスの客人であるミラにとって、ティグルを見逃すのはいわば利敵行為だ。このまま牢屋に入れられるようなことになってはおおいに困るものの、ミラの立場がまずいことにならないか、気になった。

「さっき話した通りよ。私たちは野盗の討伐のためにここに来たの。それに、私はレーヴェレンスの客人であって、ゴルトベルガーの客人じゃないわ。土豪が王と対等だというのなら、重要な情報を他の土豪から教えてもらえなくても当然でしょう」

さすがひとつの公国を治める戦姫というべきだろう。

「ここの兵たちを言いくるめることも、難しくはないわ。あなたたちは陽動で、本隊が別にいると言えばいい。だから城門を閉じて、決して出撃しないようにと」

それにしても、とミラは笑った。

「私も、あなたも、ずいぶんとこの国の事情に首を突っこんでしまったわね」

「まったくだ。だが、強力な伝手《つて》ができたと思えばたいした前進だ。それに、あの魔物が関わっているかもしれない以上、放っておくことはできない」

あの魔物とは、もちろんズメイのことだ。ミラの表情が厳しいものへと変わる。

そのとき、それまで黙っていたオルガが質問を発した。

「あの魔物とは、何?」

「そうね……。あなたは戦姫なのだから、話しておくべきだったわ」

ミラはオルガを見つめると、これまで遭遇してきた魔物たちについて、簡単に話した。この国でズメイに遭遇したことも。オルガはよくわからないというふうに首をかしげる。

「なぜ、誰も騒がない? そんな危険なものがいるのに」

「知らないひとの方が多いのよ」

ミラは嘆息して、湯に浮かぶ自分の髪をいじった。

「私だって、今年の春にルサルカと戦うまで、魔物の存在を本気にしたことはなかったわ。トルバランは人間に化けて、何食わぬ顔でアスヴァールの騎士を務めていた。その姿も、数も、目的もわからないのだから、いまのところはどうしようもないわね」

「ズメイという魔物は、ザクスタンで何をしようとしているのだろう」

その疑問にはティグルが答えた。

「ザクスタン人同士を争わせて、多くの死者を出したいんだろう。これまでに倒してきた魔物たちもそういう連中だった。そう考えれば、やつが王家の兵たちを操って土豪の兵たちを襲わせたのも納得できる」

「何のために死者を出したいんだ」

続けてオルガが発した問いかけは、ティグルとミラの虚を突いた。

「騎馬の民の伝承にも、ひとを襲う怪物の話はたくさんある。怪物の目的は、ひとの魂を喰らうことだ。そうすることで飢えを満たし、仲間を増やすといわれていた」

二人とも、ズメイの目的は多くの人間を殺害することだと考えてきた。だが、本当の目的が別のところにあり、人間の命を奪うことがそのための手段だとしたらどうだろうか。

ティグルとミラの背筋を寒気が通り過ぎる。ズメイの目的は、にわかに推《お》し量《はか》れないほど途方もなく、恐ろしいものかもしれない。

「想像だけで決めつけるのはやめておきましょう」

不安を振り払うように、ミラが力強い口調で言った。

「わからないことをそのまま放っておくのは気分のいいものじゃないけれど、私たちは知らないことが多すぎる。いまは、目の前のことについて考えたいわ。ハノーヴァに戻ったら、ティグルはどうするの？」

「そうだな」と、ティグルは相槌を打つ。すぐに結論は出た。

「このままアトリーズ王子のところにいる。ズメイの目的はわからないが、やつはこの国を混乱させたがっている。人狼の問題を俺たちの手で解決させれば、やつの狙いを潰せる。それに

——俺は、王子殿下のことを嫌いじゃない」

どちらかといえば、あのおひとよしの王子の願いをかなえてやりたいというのが、ティグルにとって最大の理由だった。

「あなたらしいわね」

ミラは優しげな微笑を浮かべたが、オルガの視線に気づいてひとつ咳払いをすると、表情をあらためた。しかつめらしい顔で口を開く。

「私もいまのまま、ヴァルトラウテのところにいた方がよさそうね」

「君は、それでいいのか……？」

ティグルの声には、ミラを気遣う響きがあった。ブリューヌの小貴族の息子でしかないティグルと違い、ミラはジスタートの戦姫だ。後々、問題になってくるのではないか。

「だいじょうぶよ。上手くいけば、ジスタートとしてザクスタンに恩を売れるもの。それに、魔弾の王についても話を聞きやすくなるし、何よりあなたの武勲になるわ」

楽観的な口調でミラは言い、ティグルはおもわず苦笑を浮かべた。

「おたがいにがんばろう」

「あなたと私なら、きっとできるわ」

話が終わったところで、ティグルの耳に水音が聞こえた。次いで、足音が近づいてくる。ミラが浴槽からあがってきたのかと思ったが、違った。

目隠しが外される。ティグルの目の前に立っているのは、オルガだった。裸体に巻きつけた厚手の布が、胸元から膝のあたりまでを隠している。

「リュドミラから聞いたのだが、あなたは何人もの戦姫と親しいとか」

ティグルは不思議そうな顔でオルガを見つめた。そのことを聞くためにわざわざ近づいてくるとは、律儀な少女である。ティグルは腰を曲げて、彼女に視線の高さを合わせた。

「そうだな。ソフィーヤ、ミリッツァ、エレオノーラとも仲良くさせてもらっている」

「この一件がかたづいたら、その話を聞きたい」

ティグルの両眼にかすかな驚きが浮かんだ。最悪に近い出会いだったにもかかわらず、彼女の方から歩み寄ろうとしてくれていることに安堵《あんど》する。

「ああ。俺の話でよければ、いくらでも」

オルガが差しだしてきた手を、ティグルはそっと握りしめた。

「ところで、本当にひとりで帰れるの？　兵士に見つかったらかばえないわよ」

同じく身体に布を巻いて歩いてきたミラが、心配するような表情で訊いた。城砦を守る兵たちも、いまはそれぞれの持ち場に戻っているだろう。そして、敵襲に備えているに違いない。

「あなたを料理人か何かに変装させて、てきとうな理由をつけて外に送りだした方が……」

口をとがらせるミラに、ティグルは顔を近づける。若者の想いを察したミラが目を閉じるのを待って、そっと口づけをした。唇を離して、ティグルはミラに笑いかける。

「これでだいじょうぶだ。身体に力が湧いてきたからな」

ミラは頬を赤く染めて答えない。ティグルは右手で彼女の髪を撫でると、踵を返した。扉を開けて外の様子を確認すると、暗がりの中にすばやく滑りこむ。身体が熱い。頬を撫でる冷たい夜気は、まったく気にならなかった。

ティグルが去ったあと、ミラは開けっ放しの扉を静かに閉めた。振り返ると、オルガが無表情でこちらをじっと見つめている。

「どうしたの？」

「あなたたちは口づけをすると力が湧くものなのか」

「そんなふうになるのはあいつだけよ」

顔を耳まで赤くしながら、ミラは口早に応じる。オルガは首をかしげた。

「あなたはならないのか？」

ミラは答えなかった。

オスナー城砦を抜けだしたティグルがアトリーズ軍と合流したのは、明け方である。城砦から充分に離れるまでは火を起こすこともできなかったので、時間がかかったのだ。

山のふもとに築かれた幕営で、ティグルはラフィナックとガルイーニンに事情を説明した。ガルイーニンは感極まって声を詰まらせる。手紙と、実際に元気な姿を見たという言葉ではやはり重みが違った。

そのあと、無事に戻ってきていたサイモンもまじえて、あらためて状況を説明する。

「運がいいんだか悪いんだか、わからねえな」というのが傭兵たちの指揮官の感想だった。

ティグルもその通りだと思う。

アトリーズ軍は幕営を早々にかたづけて、行軍を開始した。

†

ゴルトベルガー家の当主であるマティアス＝フォン＝ゴルトベルガーは、己の領内にあるカルクルーゼという地にいた。オスナー城砦から歩いて一日半ほどの距離にあるところだ。王家の勢力圏にも近い。

王家の領内にある三つの村を焼いて兵を引きあげさせたあと、彼は二千の歩兵を従えてこの地に幕営を設置し、王家の軍の動きをさぐっていた。

たった二百のアトリーズ軍がハノーヴァを発ってこちらに向かっているという知らせは、とうに彼のもとに届いている。昨日か今日には自分の領地に侵入しているだろう。

相手の数がたった二百であることについて、ゴルトベルガーは二つの可能性を考えた。

ひとつは、主力の存在を隠すための陽動である場合。

もうひとつは、村をいくつか焼いて迅速に引きあげるための少数の部隊である場合。

後者の場合に備えて、ゴルトベルガーは手元にいる兵たちの中から足の早い一千を選んで再編制した。あとは斥候《せっこう》の報告を待って、対応を選ぶだけだ。

ゴルトベルガーは兜をかぶらず、たくましい肉体によく似合う白い甲冑をまとい、ジスタートから仕入れた白熊の毛皮の外套を羽織《はお》っている。手には巨大な戦斧を持っていた。甲冑にも外套にも黄金で彼の名が刻まれている。戦意にあふれた顔には、不敵な笑みが浮かんでいた。

ところがその日の終わりごろ、まったく予想しなかった出来事が起きた。西に隣接した領地を持っている土豪のホフマンが、ゴルトベルガーの幕舎に現れたのだ。

ホフマンはゴルトベルガーと同じく主戦派で、顔を合わせれば酒を酌《く》み交《か》わすぐらいには親しい。その男が使者も遣わさず、自らここへ乗りこんでくるとは何があったのか。

訝りつつ、ゴルトベルガーは彼を迎えた。よほど急いで来たものと見えて、ホフマンの栗色の髪は乱れ、顔には汗の乾いた跡がいくつもある。外套も汚れたままだ。

幕舎に入るや否や、ホフマンは険しい表情でゴルトベルガーを睨みつけた。

「貴公が王家に膝を屈したというのは事実か？」

前置きもなく詰問され、ゴルトベルガーは唖然とした。

「いったい何のことだ。誰がそんなことを言っていた」

「二日前、アトリーズ王子の使者が我が屋敷にやってきた。何と言ったと思う？　貴公が王家に従うと誓約したので、貴公の領内を荒らす野盗たちを打ち倒しにきたと言ったのだ！　私にも王家に従えとぬかしおった。驚いて、ここへ急ぎながら噂話を集めてみれば、本当に王子の軍が野盗たちを追い払っているというではないか！」

怒りに満ちたすさまじい形相で、ホフマンは叫んだ。

ゴルトベルガーは愕然として、その場に立ちつくした。彼はすべてを悟った。自分は罠にかけられたのだ。自分たちを分裂させる卑劣な罠に。

「落ち着け、ホフマン。いま麦酒《ビエレ》を運ばせる。それから俺の話を聞いてくれ」

その態度があまりに冷静だったからか、ホフマンは気を取り直した。

ゴルトベルガーは従者に命じて、麦酒と銀杯を運ばせる。その振る舞いは穏やかなものだったが、彼の内心は怒りに煮えたぎっていた。

「何か新しい報告はあったか？　かまわんからここで言え」

麦酒を持ってきた従者に、感情を押し殺した低い声で問いかける。従者は怯えつつ、「ついさきほど……」と、届けられた報告について述べた。

それによると、ゴルトベルガーの領内に侵入した二百のアトリーズ軍は、領地の端にある村々を訪れては食糧や燃料をほどこし、また野盗を討伐した。

略奪されるものとおびえていた村人たちに、彼らはこう言ったという。

「我々とゴルトベルガーとの間で話がまとまった。ゴルトベルガーは今日からザクスタンの有力な諸侯だ。おぬしたちの生活に変わりはないから、安心して今後も暮らすといい」

ゴルトベルガーの手が怒りに震えた。彼は驚いた顔をしているホフマンに向き直る。

「聞いたか、ホフマン。これはやつらの策略だ。俺が王子になびいたと思わせて、我々を引き裂くためのな」

「本当だろうな……？」

ホフマンは銀杯に手をつけず、疑わしげな目でゴルトベルガーを見ている。

「もちろんだ。俺はいますぐ兵を率いて、王子の軍を討ちにいく。おぬしも来るか」

「遠慮しておこう。王子の軍が、我が領内でも同じことをしてくるやもしれん」

事態の深刻さを理解したホフマンは、首を横に振ったあと、銀杯を一気に呷《あお》り、ゴルトベルガーを疑ったことを謝罪した。

幕営を去るホフマンを見送ると、夜にもかかわらず、ゴルトベルガーは出陣を告げる。その顔つきは、従者を青ざめさせるほどのものだった。

「選んでおいた一千でかまわん。いまから動けば、休息を挟んでも二日後の朝にはやつらを捉えられるだろう。小癪《こしゃく》な腰抜け王子め。悪知恵の報いを受けさせてやる」

待ちかまえる態勢だったので、食糧と燃料には余裕がある。

ゴルトベルガーは馬上のひととなり、一千の兵は闇の中を歩きだした。

予定通り二日後の朝に、ゴルトベルガーはアトリーズ軍の位置をつかんだ。

「やつらは南東にある丘の上に幕営を築いて、休息をとっているようです」

丘を見れば、たしかに幕舎がいくつもある。そのまわりには粗末な柵や、防壁代わりだろう木の板も立てかけられていた。

丘は大きく、ふもとには西から南にかけて森が広がっている。東は荒れ地だ。

ゴルトベルガーは思案した。この数で襲いかかれば、アトリーズ軍は森の中へ逃れようとするだろう。そうなると追撃が難しくなる。数を活かせる荒れ地へ追いこみたい。

ゴルトベルガーは軍を二つにわけ、一隊を部下に任せて丘の西にある森へ向かわせ、もう一隊は自分が率いて北から丘に迫ることにした。

「別働隊が森をおさえて、南と西から丘に迫る。そして、俺が北から襲いかかる」

そうなれば、彼らは東の荒れ地へと逃げるだろう。そうなったときが敵の最後だ。こちらは丘を駆けおりて、その勢いのままに粉砕すればいい。数では圧倒的な差があるのだ。

「おそらく森に少数の伏兵を潜ませているだろう。用心しろ」

指示を出すと、ゴルトベルガー率いる本隊は丘のふもとまで進んだ。別働隊は西回りに森へと入っていく。だが、彼らはさっそく頑強な抵抗に遭った。

木々の間から矢や石礫《いしつぶて》が飛んでくる。一度に飛んでくるのは三十前後というところだが、途切れることがない。ゴルトベルガー兵たちの前進を止めるのには充分だった。

ゴルトベルガー兵たちも弓矢を使って対抗するが、アトリーズ兵たちは木々に隠れるだけでなく、木切れなどを使って要所要所に遮蔽物《しゃへいぶつ》をつくり、反撃を防いでいた。

半刻が過ぎたころ、ゴルトベルガーは焦れはじめた。

五百もの兵を率いながら、別働隊はまだ森をおさえられないのかと憤る。敵のほとんどは丘の上にいて、伏兵がいるとしても少数のはずなのに。

「もういい。俺が敵の本隊を叩いて終わらせる」

低く見ていたホフマンに詰問されたこと、そして、そのホフマンよりもさらに低く見ていた王子に手こずっているという事実が、ゴルトベルガーから冷静さを奪っている。

何より、やはり数に対する信頼があった。丘の下から駆けあがっていくこちらは不利だが、それでも数は倍以上だ。一度の突撃で蹴散らせる。

「突撃せよ！」

巨大な戦斧を振って、ゴルトベルガーは先頭に立って駆けだした。寒空に怒号をあげて、兵たちが続く。鎖かたびらの鳴る音がいっせいに響いて、大気をざわめかせた。

丘の上から矢や石礫が飛んでくる。大きな丸太が斜面を転がってくる。矢を受けてうずくまる者や、丸太に吹き飛ばされる者もいたが、全体で見れば少数といってよかった。

時折、顔に飛んでくる石礫を籠手で防いで、ゴルトベルガーは斜面を駆けあがっていく。途中まで来たところで、不審に思った。

――いくら何でも抵抗が弱すぎる。

別働隊の苦戦ぶりから考えて、丘の上と森とで兵をわけたのだろうが、それにしても戦意に乏しい。降伏するつもりなら、こちらが姿を見せた時点で意思表示をしているはずだ。

考えている間も足は止めない。不意に、抵抗が止んだ。

ある可能性に思い至って、舌打ちをした。ゴルトベルガーは頂上にたどりつく。

そこにあるものを見たとき、彼の顔は冬の冷気以外のものによって凍りついた。

木の板や柵、幕舎の向こう側にあったのは、木や土、布などを使って人間らしく見せたものだった。おそらくここには、はじめから五十人にも満たない数の敵しかいなかったのだ。

獣のように吼《ほ》えると、ゴルトベルガーは目の前の柵を戦斧で打ち砕いた。偽物の幕営を駆け抜けて、丘の向こう側へと出る。

見下ろせば、数十人の敵兵が斜面を駆けおりていくところだった。

「絶対に逃がさん」

声と肩を震わせて、ゴルトベルガーは斜面を駆けおりる。次々と森に飛びこんでいくアトリーズ兵たちを追って、森の中に入った。彼の配下の兵士たちも主に続く。

ゴルトベルガーは兵たちに散開を命じた。森の中では固まっていない方がいい。彼らは森の中を進んだ。離れたところから聞こえてくる叫び声は別働隊のものだろう。

合流するべきか思案したとき、ゴルトベルガーは森の奥から煙が流れてくるのを見た。

――しまった。

森の中での火災ほど恐ろしいものはなく、それは冬でも変わらない。だが、ゴルトベルガーは火事を心配したのではない。アトリーズ軍の狙いに気づいたのだ。

「早く森から出ろ！」

各所から煙が流れこんでくる。敵は、こちらを煙攻めにするつもりなのだ。

そのころ、別働隊はすでに煙に巻かれ、混乱に陥っていた。火事と思いこんで騒ぎだし、味方にぶつかる者がいれば、煙に視界を奪われて木にぶつかる者も現れる。

部隊長たちは戦えと叫ぶが、兵たちは涙と鼻水と咳が止まらず戦いどころではない。次々に武器を放りだして、煙のない方へと駆けていく。しかし、数の多さが災いして、あちらこちらで兵士同士の衝突が発生した。

どうにか煙から飛びだした者は、森の中に潜んでいたアトリーズ兵たちに囲まれ、斬り伏せられた。サイモンの率いる傭兵たちが剣を振るってゴルトベルガー兵たちを突き倒し、アトリーズ兵たちも二人がかり、三人がかりで敵兵を葬り去っていく。

むろん抵抗し、アトリーズ兵を打ち倒す者もいたが、その数は敵よりずっと少なかった。冬の凍てついた大地が血で染まり、大気は死の声で満たされ、煙がそれらを覆っていく。

別働隊はいまなお数においてアトリーズ軍に勝っていたが、それを活かすことがまったくできなかった。丘の方へ逃げることができた者は、そのまま丘をのぼっていって森に戻らない。丘の上に戻ったゴルトベルガーも、自軍が打ち崩されるのを見ているしかなかった。

「一方的に……」

冷たさで弾力を失った唇を震わせて、ゴルトベルガーは呻《うめ》いた。いつのまにか彼は額から血を流していたが、そのことに気づく様子もない。

「とりたてて武勲のない、あの王子に……」

怒りの息を吐きだしたあと、ゴルトベルガーは兵たちに味方を助けるよう命じる。

だが、その両眼から憤怒と憎悪が消えることはなかった。

森の中では、ティグルが丘の上にいる敵の様子をうかがっていた。

「思ったより早く気づいたな……」

ゴルトベルガーが矢の届く距離まで近づいてきたら狙うつもりだったのだが、諦めた方がよさそうだ。粘っていると、煙が薄れて、別働隊が力を取り戻す恐れがある。

そばに控えていたラフィナックやアトリーズ兵たちとともに、森の中を走る。煙は来ない。そうなるように調整したからだ。煙を出したのは、食糧や燃料をほどこした村で引き替えにもらってきた木で、たっぷり水を含ませている。まず火事の心配はなかった。

やがて、味方の姿が見えてきた。その中にはガルイーニンもいる。

合流を果たし、おたがいの健闘を称えあっていると、二人の男が現れた。アトリーズと、カウニッツだ。二人は今朝、五百の兵を率いてこの地に駆けつけたのである。

「ティグルヴルムド卿、ありがとう。あなたのおかげだ」

「いえ、殿下が了承してくださったからこその勝利です」

感激した顔で手を取るアトリーズに、ティグルも笑顔で答える。

「それに、カウニッツ卿にも感謝します」

ティグルは禿頭の騎士に頭を下げた。森の中で煙を使うことを提案したのは彼だ。ティグルとしては、冬眠中の獣や木々で休んでいる鳥に申し訳なく思えたのと、木々を燻してしまうことから気が進まなかったのだが、煙のおかげでこちらの負傷者はかなり減っていた。

「いえ、私はたいしたことをしておりません」

カウニッツは頭《かぶり》を振った。

ティグルが重視したのは、三つ。相手から冷静さを奪うこと。この数なら勝てると相手に思わせること。こちらが勝ちすぎないことだ。

ハノーヴァを発つ時点で、ティグルはアトリーズに頼んで、ゴルトベルガーと領地が接している土豪のもとへ使者を送った。それからゴルトベルガー領内に二百の兵で入り、村々に食糧などを実際にほどこし、可能な範囲で野盗も蹴散らした。

それから、この丘と森を戦場に選んで移動し、敵を誘いだしたのだ。

ゴルトベルガーは自身の名誉のためにアトリーズ軍を討たねばと思い、相手が二百なら一千の兵で勝てると考え、まんまと乗ってしまった。しかも彼は兵を二つにわけ、自身の隊は丘を駆けのぼり、駆けくだって隊列を乱し、森の中では兵を散開させてしまうありさまだ。

このあと、彼が冷静さを取り戻し、兵を再編制したとしても、こちらの数は約七百である。勝算がないとはいえないが、分は悪い。彼はこちらを見送るだろう。

「兵たちは奮戦してくれたが、これでゴルトベルガーへの打撃になったのだろうか」

「もちろんです」

アトリーズの質問に、カウニッツが答える。

「我々が打ち倒した敵の数は、二百に満たないぐらいでしょう。ですが、これまでに充分な武勲を築きあげてきたゴルトベルガーを、殿下が退けたのです。それも敵地で」

狼の子が熊の脚に噛《か》みついてみせたようなものだとカウニッツは説明して、横で聞いていたティグルたちを驚かせた。

「今後、ゴルトベルガーの発言力はいくらか弱まるでしょう。そうなれば、土豪たちはレーヴェレンス家を中心にまとまると思われます。むろん、ゴルトベルガーは名誉挽回のために動くでしょうから気をつける必要がありますが……」

そこまで言って、カウニッツは首を横に振った。

「まずはハノーヴァに凱旋し、殿下の勝利を祝いましょう」
その提案には、全員が賛成だった。

王家の勢力圏に向けて、アトリーズ軍は行軍を開始する。予想通り、ゴルトベルガー軍は追ってこなかった。

勝利の直後とあって兵たちの士気は高いが、当然ながら皆、疲労している。負傷者もいる。途中でカウニッツは休息を命じた。酒も、一杯だけ飲むことを許す。これは兵たちを統率するためというより、負傷者への配慮だった。

ティグルたちにも酒がまわってくる。喜んで受けとり、口を近づけた。

顔をしかめる。陶杯の縁が口につくかどうかというところで、ティグルは手を止めた。

これを飲んではいけないと、意識の片隅で警鐘が盛んに鳴っている。

理由はわからない。見た目も、匂いもとくにおかしなところはない。

だが、これは危険だ。恐ろしいものだ。

「ラフィナック、飲むな」

隣にいる年長の従者を、鋭い声で止める。いままさに陶杯を傾けようとしていたラフィナックは、訝しげな顔をしたものの、ティグルに従った。ガルイーニンもだ。

「どうしたんです、若。そんなにまずい酒だったんですか」

「いや、飲んでないが……」

どう説明したものか困って、唸る。ガルイーニンが冷静な口調で聞いた。

「見ただけで、ティグルヴルムド卿はこの酒を危険だと思われたのですか？」

そうだと答えることには抵抗があったが、その通りなので仕方なくうなずく。ガルイーニンはティグルの陶杯を一瞥《いちべつ》すると、ラフィナックに言った。

「ここはティグルヴルムド卿に従いましょう。何かが入っている様子もなく、匂いがおかしいわけでもないのに、飲まない方がいいと感じられたのです。耳を傾けるべきかと」

「直感というやつですかね、獣が毒餌を避けるような。まあ、若は獣みたいなところがありますからな。信じましょう」

やや愚痴っぽく言って、ラフィナックは残念そうに陶杯を逆さにする。

「すまないな。ハノーヴァに戻ったら、この埋めあわせはする」

申し訳なさそうに笑って、ティグルも同じようにした。そこへ、銀杯を手にしたアトリーズが現れる。ティグルに声をかけたところで、彼は顔をしかめた。

「ティグルヴルムド卿、どうした？　泥でも入ったのか？」

答えようとして、ティグルはおもわずアトリーズに歩み寄っていた。銀杯を持っている彼の手をつかむ。驚く王子に、懇願するように言った。

「殿下、飲んではいけません。危険です」

「どうしたのだ、突然……？」

その態度に、アトリーズは銀杯を見つめる。当然の質問だが、ティグルは答えに詰まった。直感などという不確かな言い方で従ってくれるのはラフィナックたちぐらいだ。

てきとうな嘘をついて納得させるべきだろうか。迷っていると、アトリーズはやんわりとティグルの手を離した。

「皆に振る舞っている酒は、ハノーヴァから運んできたものと、カウニッツが用意してくれたもの、そして近くの村で調達したものだ。私も、どの酒を飲むか直前まで決めていなかった。あなたはいったい何を警戒している？」

「説明はできません……。ただ、これは飲んではいけないと思うんです」

滅茶苦茶なことを言っていると思いながら、苦しげにティグルは言葉を紡いだ。アトリーズは戸惑《とまど》った顔をしたあと、確認するように問いかける。

「あなたはすでに酔っているわけではないんだな。皆の喜びに水を差すとわかってもいる」

「はい」と、答えると、アトリーズはうなずいた。

「わかった。これは、皆の見ていないところで捨てることにしよう。ところで、説明はできないと言ったが、見れば飲んではいけないかどうかわかるのか？」

アトリーズの言葉に、周囲を見回す。しかし、ほとんどの者はすでに陶杯を空にしていた。

ごくわずかな者たちが、惜しむようにちびちびと飲んでいるぐらいだ。

ティグルは目を細めて彼らが酒を飲むさまをじっと見つめる。「ものほしそうに見ているみたいですよ」と、横からラフィナックが言ったが、放っておくわけにはいかない。

「ひとりだけ、います」

ティグルがその兵士を指で示すと、アトリーズはまっすぐ彼のところに歩いていった。何ごとかを話して、彼から陶杯を受けとる。ティグルたちのところへ戻ってきた。

「つきあってくれ。すべての兵を見る。あとで、酒の入っていた袋も見てもらうぞ」

驚きつつも、ティグルはアトリーズに従った。もっとも、酒を残している者は数えるほどしか残っていない。王子と並んで歩きながら、ティグルは気になって尋ねた。

「殿下は、どうして私の言葉を信じてくださるのですか」

「そうだな。あなたはこのような嘘をつかないだろうというのがひとつ」

前を向いたまま、アトリーズは続ける。

「もうひとつは、あなたに不思議なところがあるからだ。私には見えないものが、あなたには見えたのかもしれない」

買いかぶりですよ。そんな言葉が浮かんだが、口から出ることはなかった。黒弓の力を不思議なものではないと強弁することは、さすがにできない。

休息が終わり、ティグルによる確認を終えた兵士たちが次々に行軍を開始する。途中からは酒を飲み終えていない者などいないといってよく、二人の作業は徒労といってよかった。

兵たちの確認が終わったら、次は酒を入れていたものを見る。ほとんどの酒は、羊の胃袋でつくった水筒に入っていた。それ以外には小さな樽がひとつ。瓶はない。

水筒を逆さにして、こぼれでた一滴や二滴を丹念に観察する。

――殿下は毒の可能性を考えているんだろうか。

それなら、このような地道な作業を続けるのも納得できる。

酒に毒が入っていたかもしれないなどと、言えるはずがない。

兵たちは混乱するだろうし、カウニッツや近隣の村に疑いの目を向けることになりかねないからだ。それに、ハノーヴァにどのような形で伝わるかわかったものではない。

ティグルが危険だと思った水筒は二つあった。これでだいたい陶杯三十杯分らしい。

ようやく作業が終わったと思ったそのとき、離れたところから叫び声があがった。

ティグルたちは顔を見合わせ、声のした方へ駆けだす。後方にいる兵たちのところだ。

隊列を崩して、三人の兵が暴れているのが見えた。剣を振りまわしてまわりにいる者たちに斬りつけ、あるいは襲いかかって組みついている。その足下には何人かが倒れていた。

突然のことに他の兵たちは驚き、武器や盾で身を守りながら遠巻きにしている。

「まさか、人狼なのか……？」

アトリーズの顔が蒼白になる。三人の兵の動きは、そうとしか思えなかった。

──そうだとすれば、もう助からないじゃないか。

ようやく他の兵たちが彼らを取り囲み、武器を叩き落としておさえつけた。だが、三人は一向におとなしくなる様子がない。唸り声をあげてもがいている。

兵士たちは一言も発さず、不安と恐怖の眼差しを三人に向けていた。ついさきほどまで隣を歩いていた戦友がこうなってしまったことの衝撃が、言葉を奪ったのだ。ティグルたちが駆けつけてきたことに気づいても、途方に暮れた顔でこちらを見るだけだ。

「何があったのか」

問いかけるアトリーズの声が震えている。ひとりの兵士が途切れ途切れに答えた。

「わかりません……。さっきまで普通に話していたのに、急に黙ったかと思うと、叫んで剣を抜いて……。前や隣にいる者に斬りつけたんです」

アトリーズは小さくうなずくと、ティグルにだけ届くていどの小声で聞いてきた。

「あの酒だと思うか……」

うなずく。それ以外に考えられなかった。ティグルは兵たちと同じものを食べていたが、危険を感じたのは、さきほど振る舞われた酒以外にない。

「しかし、こんなに早く効果が出るものなんでしょうか」

「ひとによって差があるんだろう。あの酒は、もっと多くの兵が飲んでいるはずだからな」

暗澹《あんたん》たる気分がティグルたちを包む。兵たちの中に、人狼になってしまう者がいる。それがわかっていても、何もできない。

「殿下……」と、兵士のひとりがすがるような目でアトリーズを見る。

「こいつら、どうしましょうか」

人狼になった者を治す手立ては見つかっていない。加えてこの三人は、戦友を殺害してしまっている。拘束してハノーヴァまで連れていくには、危険すぎる。

アトリーズは強く目をつぶった。この場はカウニッツに任せることもできるだろう。実質的な指揮官は彼なのだから。だが、金髪の王子はそうしなかった。

「彼らは味方を殺した。その罪を問う。ただ、遺品は持ち帰ってやろう」

人狼になった兵たちは縛られ、おさえつけられて、首を落とされた。ティグルたちはそれを見届けたあと、死体を埋葬する。気が滅入《めい》る作業だった。

作業を終えたアトリーズ軍は、カウニッツの指揮の下、徐々に隊列を整える。

ほどなく、森を抜けた。

この戦いにおけるアトリーズ軍の死者は三十ほどだ。一方、ゴルトベルガー軍の死者はその六倍を超えた。大勝といってよい。

だが、ハノーヴァに向かって進む兵たちの表情は、灰色の空よりも暗いものだった。

4　示されるもの

ハノーヴァの町に帰還したアトリーズ軍は、歓声でもって迎えられた。王子であるアトリーズが、土豪《レンツヘル》と戦って武勲をたてたのだ。町が熱気と喧噪《けんそう》に包まれるのも当然だった。

戦後処理も一段落して幾日かが過ぎたある日の昼ごろ、ティグルはアトリーズとラフィナック、ガルイーニンとともに、屋敷の一室にいた。扉には内側から閂をかけて、誰も入ってこられないようにしている。ちなみにティグルは黒弓を背負っていた。

四人はテーブルを囲んでいる。そこには羊の胃袋の水筒が二つ置かれていた。

「カウニッツから報告があった。あの戦に参加した者のうち、十人が姿を消した」

重苦しい声でアトリーズが告げる。その十人は、まず間違いなく人狼《ヴェアヴォルフ》になったのだろう。これまでの犠牲者とまったく同じように突然、町からいなくなったからだ。

「ティグルヴルムド卿、礼を言う。あのとき止めてくれなければ、私もそうなっていた」

「いいえ、私の方こそ申し訳ありません……」

ティグルは力なく謝罪した。予期していたこととはいえ、ともに戦った者たちが人狼になったのかと思うと、憤《いきどお》りと悲しさを覚える。もっと早く気づいていればと思った。

そんなティグルの内心を察したかのように、アトリーズは微笑を浮かべた。

「気持ちはわかる。だが、私を含めた多くの者を助けたことを、誇ってくれ」

「ありがとうございます」

ティグルはテーブルの上に視線を移す。この二つの水筒は、兵士たちを人狼化させた酒が入っていたものだ。

水筒のひとつをおさえつけ、用意していた短剣で縦に切り裂いた。大きく広げる。内側に何か手がかりがないかと思っての行動だったが、その考えは的中した。ある箇所に文字のようなものが書かれている。

「これは古いジスタート語ですな。チェル？　いや、チィル、ノァ、フ……？」

首をひねるガルイーニンの隣で、ティグルはもうひとつの水筒も切り裂いてみる。やはり同じ箇所に文字が書かれていた。ただし、こちらは古いブリューヌ語だ。

「ティル……ナ……ティル＝ナ＝ファ？」

つぶやいてみて、ティグルは驚愕に息を呑んだ。アトリーズが不思議そうに尋ねる。

「ティル＝ナ＝ファとは何だ？　聞いたことがあるような気もするが……」

「ブリューヌと、それからジスタートで信仰されている神々の一柱なのですが、唯一、忌まれている女神でもあります」

緊張と不安が胸の奥でもたげてくるのを、ティグルは感じていた。恐ろしいものを見るような目で、テーブルの上の水筒を見る。

ティル＝ナ＝ファの名が、どうしてザクスタンの水筒の内側に刻まれているのか。

「そういえば教わったことがあるな。十柱の神々の中で一柱だけ、話題にしてはならぬ女神がいると。夜と闇と死の女神だったか」

考え深げな顔で、アトリーズが切り裂かれた水筒に視線を向ける。

「ずいぶん手間のかかることをするが、つまりその女神を奉じる者たちの仕業ということか。しかも、その連中は人間を人狼に変えてしまう酒をつくることができる……おとぎ話に出てくる怪物のようだな」

アトリーズは比喩表現のつもりで怪物と言ったのだろうが、その言葉からティグルたちが思い浮かべたのは、ズメイたちの姿だった。ようやく、あの魔物の手の内をつかんだのだ。

「しかし、何だって女神の名を書いたんでじょうな。書かなければわからないでしょうに」

しげしげと胃袋を見つめて、ラフィナックが純粋な疑問を述べる。

「おそらく呪術的なものだろう。いまはもう伝わっていないが、はるか昔には『力』を持った文字があったと聞いている。その文字を刻んだ剣は、鉄より頑丈になったそうだ」

「そうかもしれませんね」と、ティグルは控えめに同意した。たしかに魔物ならば、そういう力を使ってもおかしくはない。何しろズメイは死体を乗っ取って操っている。

「では、この酒がつくられているところを調べて、おさえてしまえば人狼の問題は解決するということですな」

場をなごませようとしてか、ラフィナックが明るい口調で言って、皆を見回す。アトリーズが腕組みをして首を横に振った。

「その通りだが、これを手がかりにするのはまず不可能だ。水筒を空にするか、切り裂くかしなければ文字が確認できないし、羊の胃袋の水筒などありふれているからな。それに、我が国ではそれこそ町ごとに麦酒《ビエレ》がつくられていると言ってもいい」

「ですが、酒か水筒が原因だとわかったのは大きな前進です。この二つを管理すれば、人狼になる者を減らしていくことができます」

ティグルが前向きに言うと、アトリーズは口元に笑みをにじませてうなずいた。

「そうだな。土豪たちにも急いで伝えよう。それから、ラフィナックの言ったように、どれだけ時間がかかっても、どこでつくられたのかを突き止める。根を断たねば」

その言葉に、ティグルたちは強い意志をこめてうなずき返した。

こうして新たな調べものがはじまった。

地道な作業だったが、これによって人狼の問題の解決に近づくかもしれないと思えば、熱も入るというものだ。ティグルたちも手伝って、作業を進めていった。

アウグスト王がアトリーズの屋敷に姿を見せたのは、息子がハノーヴァに凱旋してから七日後の昼過ぎである。人狼の原因がわかった日からは四日が過ぎていた。

アトリーズは二人の従者とともに父を出迎え、応接室に案内しようとした。

だが、アウグスト王は「ここでよい」と、屋敷の扉をくぐってすぐの広間で足を止め、戦についての報告だけを求めた。

アトリーズは前のように膝をついて、今度の戦について話す。嬉しさから、声が弾んだ。

「謀略を用いてゴルトベルガーに噛《か》みついたか。おまえの考えたものではあるまい」

「はい。私の客人であるティグルヴルムド卿の案によるものです」

父を前にしても、自分の手柄にしようとしないあたりが、この王子の為人《ひととなり》だった。だが、アウグストはそのようなことには興味がないとばかりに話を先に進める。

「戦って、どう思った。土豪たちは話の通じない者ばかりだと思ったのではないか」

アトリーズの顔が強張《こわば》った。たしかにゴルトベルガーに対する怒りはなおくすぶっている。しかし、そのことを言えば、父は土豪たちの勢力圏に軍を進めるかもしれなかった。

「そうは思いませぬ。ますます話をする必要性を――」

「ならば、近日中に土豪と交渉しろ」

息子の言葉を遮《さえぎ》って、アウグストは言い放った。

「殴られたら殴り返すと考えられるようになったのはいいが、頬の痣は消えぬ。冬も永遠ではない。交渉がいやだというのであれば、この町に閉じこもっていろ」

「かしこまりました。ただちに相手を選定します」

アトリーズはいっそう深く頭を下げる。冬も永遠ではない。おそらく、これが最後の機会だということだ。父は勝利の余勢が残っているうちに、軍を動かしたいのだろう。

さらに、アトリーズは人狼の問題についても報告する。酒が原因かもしれないと述べ、ティル＝ナ＝ファについても言及すると、アウグスト王は小さくうなずいた。

「こちらでも調べさせておくが、おまえは引き続き調査を進めよ」

その声音《こわね》は変わらず冷厳だったが、アトリーズはあたたかみのようなものを感じた。

国王が歩き去って、アトリーズは立ちあがる。難しい表情でつぶやいた。

「ティグルヴルムド卿に、もう一度頼らせてもらおう……」

失敗はできない。足早に歩きだした。

†

灰色の空の下、二頭の馬が小高い丘の斜面を並んで駆けている。

馬には、それぞれ娘が乗っていた。ミラとオルガだ。どちらが先に丘の上につけるか競っているのだった。

野盗の討伐を終えた帰りで、もう遠くにソルマンニの城壁も見えている。最後の休息をとったとき、オルガが「手合わせをしたい」と言ってきたのだ。

ミラも馬術には自信があったのだが、騎馬の民だけあってオルガの手綱さばきは見事なものだった。一度離されると、もうその差を縮めることはできず、追いすがるのがやっとだ。

丘の上に先についたのは、オルガだった。

「おめでとう」

わずかに遅れて丘の上についたミラが素直に賞賛すると、オルガは黙りこくってうつむき、背を向ける。二人は馬の汗を拭《ふ》いてやり、それから自分たちも上着を脱いで汗を拭いた。

丘の上を吹き抜ける風は冷たく、ふつうならすぐに身体を冷やしてしまうところだが、ミラには寒さから身を守ってくれるラヴィアスがある。自分とオルガ、それから二頭の馬ぐらいならラヴィアスの力で守ることができた。

「リュドミラは――」

馬のたてがみを指で梳《す》きながら、オルガが聞いてきた。彼女はミラのことをそう呼ぶ。一度、愛称でかまわないと言ってみたのだが、オルガは首を横に振った。

「わたしは、あなたと対等ではないから」

戦姫としての役目を投げだした自分を、同列に考えることはできないということらしい。その頑なさにミラは苦笑したが、彼女が考えを変えるまで待つことにした。

「理想の王、統治者とは、どのようなものだと思う?」

この疑問を、今日までにいったい何度投げかけられただろうか。ミラは彼女とともに考え、さまざまな答えを出していたが、オルガの中ではいまだに結論が出ていないようだった。

「以前にも言ったけれど、理想の戦姫像は、戦姫としての務めを果たしながら自分で考えるしかないと思うわ」

戦姫になる前のミラには、スヴェトラーナという理想の戦姫の形がすでにあった。

何かと大胆な行動を起こしては臣下たちを悩ませてはいたものの、母は立派な戦姫であり、統治者であったとミラは思っている。

母のような戦姫になろうとしても意味がないとわかったのは、つい最近だ。だが、それは母をずっと見てきたからこそ考えられることでもあった。

オルガは黙って丘のふもとに広がる森を眺めている。ミラは続けた。

「ひとつ助言できるとしたら、戦姫ではない自分を見てくれるひとと出会うことね」

「あの、ティグル……ヴル、ヴルル……」

ティグルヴルムドという名を、上手く言えないらしい。ミラはくすりと笑った。

「ティグルでいいわよ。あなたはいい印象を持てないでしょうけれど、機会があったらティグルと話してみてほしいわ。彼なら、あなたの疑問に答えられるかもしれない」

「でも、あのひとは王でも統治者でもない。いずれはブリューヌ貴族として爵位と領地を継ぐのだとしても」

「あなたの言うことはわかるわ。でも、私はティグルのおかげで、母と自分が違うことに気づけたの。私は母のようになれない。それは当然のことよね。歩いてきた道が違うんだから。いつか戦姫でなくなるときまで、私は理想の戦姫を考え、描いていくと思う」

「少し、考えてみる」

オルガは地面に置いていた小さな斧を肩に担いだ。彼女の竜具《ヴィラルト》ムマだ。彼女を戦姫であると認めているこの竜具こそが、もっとも彼女に期待しているに違いなかった。


ソルマンニに帰還したミラとオルガは、さっそくヴァルトラウテに結果を報告した。

今回、ミラたちは二十人前後で構成された野盗の集団を三つ、掃討した。

驚くべき速さであり、手際のよさだったが、ミラに言わせれば二人も戦姫がいるのだから、それぐらい当然というところだ。ヴァルトラウテは満足そうにうなずいた。

「これからも君たちにお願いしたいところだが、兵たちから緊張感が失われそうだね」

侍女が三人分の紅茶《チャイ》と、菓子を盛った皿、ジャムを置いて退出する。

「ところで、ゴルトベルガーがアトリーズ王子と戦って敗れたと聞いたんだが……」

ヴァルトラウテの問いかけに、ミラはうなずいた。つい、彼女のそばにバルムンクがないか確認してしまう。

「知ってるわ。多少はね」

多少どころか、ティグルから聞いてかなり詳しく知っている。加えて、戦が終わったあと、ゴルトベルガーの領地に偵察を出していた。全貌をつかんでいると言っていい。

知っていることの半分ぐらいを、ミラは彼女に説明した。それだけでも、ヴァルトラウテには充分すぎるだろう。彼女は紅茶を手に、感心した声をあげた。

「あのアトリがね……。よほど優秀な部下がついたかな」

「殿下の軍才ではないと、どうして言えるの？」

「アトリにはこういう発想はできない。つきあいが長いからわかる。おそらくカウニッツでもない。となると、君の大切なティグルヴルムド＝ヴォルンかな？」

「そうかもしれないわね」

ミラはとぼけた。その反応に満足したように、ヴァルトラウテはくすりと笑う。

「この話を聞けてよかった。実は今朝、殿下から使者が来てね。私と話をしたいと。ゴルトベルガーに勝って調子に乗ったのかと思っていたが、そういうわけじゃなさそうだ」

「王子殿下が話を、ね。見当はついてるの？」

余裕を持ったヴァルトラウテの態度から、そう考えてミラは尋ねる。

「ありそうなのは、諸侯となって従え、あるいは結婚しろ、というところだが」

「結婚……？」

ミラは目を丸くした。オルガもだ。ヴァルトラウテは肩をすくめる。

「四年前に求婚されて、そのときは断ったんだが、その後も何度かそれらしい言葉をいただいているんだ。まあ、即断はよくないな。殿下と話をすることが決まったら、そのときはいっしょに来てくれ。君の仲間たちを連れてきてもらうから」

「ありがとう」

嬉しさに表情を緩ませて、ミラは感謝を述べた。

「わたしも行きたい」

オルガの発言に、ヴァルトラウテは意外そうな表情をつくる。

「君がこんなことに興味を示すとはね。わかった。連れていこう」

話は終わり、二人の戦姫はヴァルトラウテの執務室をあとにした。

オルガとわかれたミラは、湯浴みと着替え、簡単な食事をすませて自分の部屋に入る。

テーブルの上に、羊皮紙の束が置かれていた。人狼に関する記録だ。ヴァルトラウテが用意してくれたもので、野盗の討伐に行く前のものより羊皮紙が二枚ばかり追加されていた。

――たぶん、今回もめぼしい発見はないんでしょうけれど……。

それでも、羊皮紙が増えているということは、被害が出続けているということだ。ミラは羊皮紙の束を手にとり、ソファに腰を下ろした。

何枚目かに目を通したところで、オルガがやってきた。手に書物らしきものを持っている。

「退屈だから、いっしょにいていい？」

よく意味がわからなかったが、断るつもりはないので彼女を招き入れた。

オルガはミラの隣に座る。テーブルに目をやって少しがっかりした表情になったのは、紅茶や焼き菓子が目当てだったのかもしれない。

もう少ししたら休憩にしようと考えながら、ミラはオルガに聞いた。

「それ、何の本？」

珍しいと思った。彼女が書物に興味を持ったところなど、今日までに見たことがない。

「歴史書。ヴァルトラウテから借りた」

難問に直面したような顔で、オルガは答える。たどたどしい説明によると、理想の統治者の姿を、国の成り立ちが書かれたものから考えようとしたらしい。

「なるほどね。いいんじゃないかしら」

ミラはザクスタンの歴史についてあまり詳しくないが、歴史書ならば名君や善き王の逸話がいくつか載っていそうなものだ。オルガにとって参考になる記述もあるかもしれない。

問題があるとすれば、彼女がどのていどザクスタン語が読めるのかということだろう。

案の定というべきか、四半刻にすら満たない時間で、彼女は退屈しはじめた。断片的には読めるようだが、かえって疲れるらしい。

彼女が歴史書をテーブルに置いてぼんやりしはじめたので、ミラは侍女を呼んで紅茶と焼き菓子を用意してもらう。それから、ふとテーブルの上の歴史書を見た。

――歴史書なら、バルムンクについて何か書いてあるかもしれない。

初代国王グリモワルドが振るっていたとされる宝剣なのだ。記述を信用するかどうかは、読んでから判断すればいい。オルガに断って、ミラは歴史書を手にとった。

開いてみると、自分にも理解できる簡単な言い回しが多く、難しい言葉や古い言葉、特定の単語などには注釈がついている。ヴァルトラウテがこの書物を選んだわけと、彼女の気遣いがよくわかった。宝剣の記述をさがして、ミラは適当にめくっていく。

さっそくひとつ見つけた。山を拠点にした邪教徒の集団との戦いの話だ。邪教徒たちは人狼を操って町や村を襲い、グリモワルドが宝剣を手に、彼らを討伐したと書かれている。かなり細かいところまで書かれているので、まったくの作り話というわけではなさそうだ。

ある言葉を目にして、ミラの呼吸が止まった。

『グングニル。おそらく槍の名』

我々はグングニルと名づけた。山の中で戦ったときの、ズメイの言葉を思いだす。

魔物が昔から存在するのは間違いない。ムオジネルで戦ったルサルカは、百年前にひとりの戦姫と戦って、封印されていたのだ。

あらためて、ミラはその記述を丹念に読みこむ。

グングニルは、邪教徒たちの統率者である大神官と呼ばれる者が手にしていたらしい。大神官はグリモワルドに討たれたが、グングニルがどうなったのかは書かれていない。

――これで充分よ。

歴史書を手に、ミラは立ちあがる。てのひらにうっすらと汗をかいていた。

うとうとしているオルガに外套《がいとう》をかけ、歴史書を小脇に抱えて部屋を出る。足早にヴァルトラウテの執務室へ急いだ。

扉を叩き、返事を待つのももどかしく思いながら、中へ足を踏みいれる。

「ちょうどよかった」と、ヴァルトラウテは小さく息を吐いた。

「ついさきほど、アトリから手紙が届いた。目を通したんだが……」

羊皮紙を手にしているレーヴェレンス家当主の顔は、深刻なものとなっていた。

†

ハノーヴァとソルマンニの中間に、ミンダという木のまばらに生えた草原がある。レーヴェレンス家の領地の東端だ。

アトリーズとヴァルトラウテの話しあいは、そこで行われた。ヴァルトラウテの屋敷にアトリーズの手紙が届いてから、七日が過ぎている。

空は灰色で、風は冷たい。太陽は中天のはるか手前、雲と雲の隙間に覗いていたが、その光は非常に遠慮がちだった。

おたがいの立場を考えて、それぞれ護衛の兵を用意しようという取り決めをかわしていたのだが、アトリーズが連れてきたのはティグル、ラフィナック、ガルイーニンの三人だった。ヴァルトラウテの方はというと、ミラとオルガの二人だけである。

これは、ティグルたちとミラを再会させるというヴァルトラウテの提案をアトリーズが受け入れたもので、それなら護衛はこの三人だけでいいという判断になったのだった。ヴァルトラウテの方は、この二人以上の護衛などいるわけがないという理由である。

元気なミラの姿を見て、真っ先に口を開いたのはガルイーニンだった。

「リュドミラ様、ご無事で何よりです」

「心配かけたわね、ガルイーニン。あなたも無事でよかったわ」

ミラは初老の騎士にいたわりの言葉をかける。ガルイーニンは濡れた目元を拭《ぬぐ》った。

ティグルとミラは笑顔をかわしあう。ラフィナックは感心した顔でオルガを見た。

そして、アトリーズとヴァルトラウテが向かいあう。まずヴァルトラウテが口を開いた。

「こういうときの護衛には、百人の精鋭を連れてくるものだと思うが」

「戦姫だから二人でいいというのもどうかと思うが」

アトリーズも負けじと言い返す。ティグルは手紙を通してミラとオルガに了解をとり、アトリーズに彼女が戦姫であることを話していた。

アトリーズとヴァルトラウテはおたがいを呆れた顔で見つめたあと、どちらからともなく表情を緩める。不毛な争いよりも、話を進めることを優先したようだった。

「よく来てくれた、アトリーズ＝アウグスト＝フォン＝ロートシルト」

「こちらこそ会えて嬉しいよ、ヴァルトラウテ＝フォン＝レーヴェレンス。さっそく本題に入るが、王家に従う諸侯の一員になってもらえないか」

「それが先か。君らしい」

ヴァルトラウテは皮肉げな笑みを浮かべた。

「あいにくだが、レーヴェレンス家は土豪として問題なく過ごすことができている。王家との交流は今後も続けるが、庇護《ひご》は必要ないどころか、むしろ邪魔だ」

「いずれ確実にやってくる嵐に、何の対策もしないつもりか。家ごと吹き飛ばされるぞ」

「土豪は団結できる。それに、嵐のときは王家も我々に力を貸せばいい。違うかな」

「団結できず、力を借りる暇もなく滅んだものがどれだけいると思っている」

アトリーズは苛立《いらだ》ちも露《あら》わに、ヴァルトラウテを見据える。ヴァルトラウテは涼しげな笑みを浮かべながら、腰に差した剣の柄頭を指でもてあそんでいた。

二人の話しあいを傍から見ながら、ティグルとミラはどうしたものかという顔を見合わせている。中途半端に口を挟んでいい雰囲気ではなく、二人の話に耳を傾けるしかなかった。

「陛下は、冬が終わる前に土豪を攻め滅ぼすとおっしゃった。いましかないんだ。頼む」

アトリーズの懇願を、ヴァルトラウテはそっけなくはねのけた。

「戦うというならば、受けて立つまでだ。戦を厭う年齢でもない。君もそうだろう」

「いや……」と、アトリーズは急に静かになって、首を横に振る。

「私は戦を厭う」

ヴァルトラウテがわずかに眉をひそめた。二人の間にぎこちない空気が漂う。

ほろ苦い笑みを、アトリーズは浮かべた。

「先日、私がゴルトベルガーと戦ったことは知っているな？　ことの発端も」

それがどうしたのかという顔で答えるヴァルトラウテに、アトリーズはうなずいた。

「ゴルトベルガーが、王家の領内にある三つの村を焼き払ったことだろう」

「私の屋敷に報告が届けられ、どのように対応すべきかとなったとき、部下のひとりは相手の村を焼くべきだと言った。こちらがやられた数よりも、ひとつ多く。私は代案が思い浮かばず、反対することができなかった……。いや、違うな」

頭を振って、アトリーズは言い直した。

「焼いてやりたいと、まったく思わなかったわけじゃない。こちらは村が焼かれ、多くの民が殺されたんだ。やり返して何が悪い。だが、いざ決断するとなると、ためらった」

肩越しに、アトリーズはティグルを振り返る。その瞳には感謝の気持ちが浮かんでいた。

金髪の王子はヴァルトラウテに向き直る。

「ティグルヴルムド卿には本当に感謝している。彼のおかげで、私は村を焼かずにすんだ。知恵を絞れば、そういう考えも出てくるのだとわかった。だが――」

話すうちに熱を帯びてきたのか、アトリーズの表情が凛としたものになった。

「村を焼かないだけでは、まだ足りない。ゴルトベルガーとの戦いで、我が軍は三十人ほどの死者を出した。ゴルトベルガーは二百足らずの死者を出しただろうと、部下が言っていた。合計すれば、だいたい二百三十。小さな村の住人の数がこんなものだろう。一度の戦で、ひとつの村をつくれる数の人間が消えたんだ」

「だから、戦を厭うと?」

ヴァルトラウテが尋ねる。アトリーズはうなずいた。

「こんな世の中だ。どこかで戦わなければならないときは出てくるだろう。村を焼くときも、大量の死者を出すときもあるだろう。それでも、私はできるかぎり戦を避けたい。君はアスヴァールに赴いて、見たものを私に詳しく話してくれただろう」

さらに言い募《つの》ろうとするアトリーズを、ヴァルトラウテは手で制した。

「君の気持ちはよくわかった。その誠意は本物だろうことも。むしろ、もう少し腹芸を覚えた方がいいと言いたくなるね」

「使えないわけじゃない。使う機会が少ないだけだ」

「そのあたりは、やはり王子様ということかな」

揶揄するように笑ったヴァルトラウテだが、すぐに笑みを消して真面目な顔になる。

「答えは保留にさせてほしい。レーヴェレンスは、これでも王家並みに古い家柄だ。それだけ土豪をやっていながら、他のものになるのは容易じゃない」

「わかった……」

ことがことだけに、アトリーズもこの場での回答を求めていたわけではないのだろう。熱を帯びた息を吐きだして、うなずいた。

「しかし、こう言っては失礼だが意外だった。私はまた求婚でもされるのかと思ったよ」

冗談めかした口調でヴァルトラウテが言うと、アトリーズは胸をそらして応じる。

「もちろん諦めてはいない。覚悟していてくれ」

「馬鹿なことばかり言ってないで、さっさと次の話に移ろうか」

ヴァルトラウテはそっけなく受け流した。二人は次の話しあいに移る。

ティグルとミラがそれぞれ進みでて、抱えていた地図や筆、羊皮紙の束などを地面に並べていった。オルガやラフィナックたちも歩いてくる。

「先日、手紙で伝えたが、人間が人狼になる原因がわかった。奇妙な酒だ」

「あの手紙を見たときはこちらも驚いた。想像もしなかったよ。――ありがとう」

ヴァルトラウテは、素直に頭を下げる。アトリーズは筆を手にとった。

「とはいえ、大元をおさえなければ解決には至らないからな。わかりやすく人狼酒と呼ぶが、それがつくられたと思われるところを、陛下のご助力もあって四つまで絞りこんだ」

地面に広げた地図の上に、アトリーズは四つの丸を書きこむ。

「虱潰しにすると時間がかかる。ここからさらに絞りこみたいんだが……」

そのとき、アトリーズは彼女が熱心に地図を見つめていることに気づいた。顔をあげたヴァルトラウテの目には真剣な輝きがある。

「ひとつ聞いてほしい話がある。リュドミラ殿が我が国の歴史書を読んでいて、人狼に関係しているかもしれない箇所を見つけたんだ」

ヴァルトラウテは、その歴史書を持ってきていた。初代国王グリモワルドが邪教徒と戦った逸話の箇所を見せる。その逸話自体はアトリーズも知っていた。

「こういったことに詳しい学者の何人かに聞いてみたら、場所こそはっきりしないが、たしかにあったことだそうだ。ここだろうと思うところを三つ挙げてもらった。かなり時間がかかったので、君たちに手紙で伝える余裕はなかったが……」

ヴァルトラウテも筆を手にとり、地図に丸を書いていく。そのうちのひとつが、アトリーズが書いた丸と重なった。

「まさかとは思ったが、ランメルスベルク鉱山か……！」

驚きの叫び声を、アトリーズが発した。ヴァルトラウテも皮肉げな笑みを湛《たた》えている。

「たしかにここなら、そのようなことが行われていたとしてもおかしくないな」

「その鉱山で何があったんですか？」

　代表してティグルが二人に聞いた。王子と豪族は顔を見合わせる。何か言いかけたヴァルトラウテを手で制して、アトリーズが口を開いた。

「私が話そう。半年前のことだ。ランメルスベルク鉱山に邪教徒の一団が潜んでいるという知らせが、王宮に届いた。私は討伐を命じられ、レーヴェレンスに協力を要請した。鉱山は王家の領内にあるが、レーヴェレンス領にも接しているからな。邪教徒は一掃したんだが……」

「半年前というと、人狼の問題が出始めたといわれるころですな」

　ガルイーニンの言葉に、アトリーズはうなずいた。

「おそらく生き残りがいたんだろう。とにかくわかった以上、こうしてはいられないな」

　そう言って勢いよく立ちあがろうとしたアトリーズの外套を、ヴァルトラウテは容赦なくつかんで引きずり倒した。地面に倒れた王子を、彼女は冷たく見下ろす。

「私が行ってくる。君はハノーヴァで報告を待つといい」

「冗談じゃない」

　アトリーズはすばやく身体を起こして、ヴァルトラウテを睨《にら》みつけた。

「人狼のことは我が国の問題だ。私は王子として解決する義務がある」

「本当に君は自分を大事にしないね」

　これ見よがしに、ヴァルトラウテは呆れてみせる。

「何が待ちかまえているかもわからないのに、ろくに剣も扱えない君が行っても、何の役にも立たないよ。まだ王都に行って陛下に泣きつく方が現実的だ」

「じゃあ、君はどうなんだ。君に何かあったら、レーヴェレンスはどうなる」

「私にはバルムンクがある」

地面に座る際に外した宝剣を、彼女は軽く叩いてみせた。

「邪教徒の残党が出てきたとしても、斬り捨ててみせる。君は何もできないだろう」

それまで黙っていたミラが口を挟んだのは、そのときだった。

「ひとついいかしら」

ヴァルトラウテは興味深げに、アトリーズは戸惑《とまど》った顔でティグルを見つめる。

「さっきの話だと、その鉱山は王家の領内にあるんでしょう。それなら殿下に来てもらった方がいいんじゃない？　鉱山にいる者たちに離れてもらう必要があるんだから」

アトリーズが目を輝かせ、対照的にヴァルトラウテは渋面《じゅうめん》をつくった。たしかに土豪のヴァルトラウテでは、鉱山にいる者たちも従おうとしないだろう。

レーヴェレンス家の当主は鋭い目で王子を睨むと、静かに恫喝《どうかつ》した。

「町から絶対に動かないこと。それが嫌だというなら、縛りあげてここに置いていく」

「約束しよう。君の足手まといにはなりたくないからな」

ヴァルトラウテはわかっていないと言いたげに肩を落とした。それから、恨めしそうな目をミラに向ける。それに対して、青い髪の戦姫はやや意地の悪い笑みを返した。

「わざと言ったのか……？」

ヴァルトラウテはようやくそのことに気づく。ミラは「当然でしょ」と、答えた。

「あなた、あの鉱山が関わっているかもしれないってわかってから、おかしかったもの。事情を聞こうとまでは思わないけれど、ひとりで行くつもりだったんでしょう」

「かなわないな……」

ため息をついて、ヴァルトラウテは立ちあがる。後頭部で結んでいる赤い髪が揺れた。

「いまさら確認するまでもないが、君たちも来るんだね？」

「私とティグルはね。殿下は、ガルイーニンとラフィナックについていてもらえばいいわ」

「あの、戦姫さま。勝手に私たちの行動を決められても困ります」

不穏な台詞を聞いたラフィナックが、慌てて口を挟む。その肩を、ティグルが叩いた。

「すまん、ラフィナック」

「若、それは謝罪の言葉であって、危険な場所に行くときの挨拶ではないんですよ」

たっぷり皮肉をふりかけた言葉を返してから、ラフィナックは肩をすくめた。

「仕方ありません。その代わり、殿下にお願いしてご褒美を弾んでもらってくださいな」

「もちろん約束しよう」

アトリーズは即答した。

ミラは、さきほどから黙っているオルガに視線を向ける。何を言うべきか、迷った。

戦姫なのだから、オルガが戦力になるのは間違いない。

しかし、彼女はこの件に何の関わりもない。魔物の存在を知ったのもつい最近だ。そんな少女を、魔物が潜んでいるだろう場所へ連れていくのは、さすがにためらわれた。

「わたしも行く」

だが、オルガはミラほどには迷わなかった。愛想のない表情と、雲ひとつない蒼空の瞳をミラに向けて、手を差しだす。「いいの?」と、尋ねるミラに、こう答えた。

「仲良しだから」

ミラは微笑を浮かべてオルガの手をとる。「よろしく」と、返した。


ランメルスベルクに行くことを決めたとはいえ、もともと話しあいのために来たのだ。旅の支度など誰もできていなかった。

「ソルマンニで必要なものをそろえよう。あの鉱山に行くなら、ハノーヴァからだろうとソルマンニからだろうと、たいして変わらない」

ヴァルトラウテが提案し、反対する者はいなかったので、一同は馬上のひととなってミンダを去る。西へ馬を進めた。

出発してほどなくオルガが馬を寄せてきたのを、ティグルは不思議そうな顔で見つめた。彼女はてっきりミラかヴァルトラウテの隣にいるものと思っていたからだ。

冬の風に薄紅色の髪を揺らしながら、オルガはティグルを見上げる。

「話して」

何のことだろうと首をひねりかけて、思いだした。

「戦姫たちのことか？」

確認するように尋ねると、オルガはうなずいた。

「そうだな……。もちろん話をさせてもらうが、先に君の話を聞かせてもらっていいか」

子供扱いにならないように気をつけて、ティグルは言った。

「何か気になることがあるの？」

「君のことが気になる。ミラと仲良くしてくれているだろう。だから、俺も君と仲良くなりたいんだ。はじめて会ったときは本当に申し訳なかったが」

それはティグルの本心だ。

オルガは首をかしげる。迷うというよりも、焦らすように、たっぷり十を数えるほど待たせてから「わかった」と、言った。

中天に達した太陽が、珍しく雲間から顔を覗かせる。弱々しい陽光を浴びながら、自分が戦姫となった日から今日までのことを、オルガは話した。

「そういうことだったのか……」

興味本位というわけではないだろうと思っていたが、想像よりも深刻だった。

虚空に白い息を吐きだして、ティグルは遠くにそびえる山の連なりに視線を向ける。頭の中で言葉をまとめていった。

「それじゃ約束通り、俺の知っている戦姫の話をさせてもらう。最初は、ポリーシャを治めるソフィーヤ＝オベルタスだ」

ソフィーは、ミラの次に出会った戦姫だ。ティグルの知っている当代の戦姫の中で、唯一の年長者でもある。オルガがうなずくのを確認して、言葉を続けた。

「戦姫になる前のソフィーは、市井の民として町で暮らしながら、遠くの世界を見てみたいという思いを抱いて過ごしていたらしい。戦姫になった彼女は、自分に何ができるのかを考え続けて、知らない世界を訪れ、多くのものを見聞きして、己《おのれ》の公国を豊かにしようと決めた」

自分の説明で、彼女たちの抱いている思いがオルガに伝わるだろうか。

不安はあるが、こうして話しはじめた以上、最後まで言うしかない。

「次は、オステローデを治めるミリッツァ＝グリンカだ。戦姫になる前のミリッツァは薬師だったそうだ。戦姫になってからも彼女は薬を持ち歩いていて、そのおかげで助けられた」

視線を巡らせる。ミラは、自分たちから離れたところでガルイーニンと話していた。気を利かせてくれたのだろう。この距離ならエレンのことを口にしても聞こえないはずだ。

「ライトメリッツを治めるエレオノーラ＝ヴィルターリアには、もう会っているんだったな。戦姫になる前のエレンは傭兵だった。彼女と話すと、その考え方や戦い方には傭兵時代に培ったものが多くあるのがわかる。彼女の副官を務めているリムアリーシャという女性は、傭兵時代からのつきあいだそうだ」

最後に、ミラについて触れる。なるべくよけいな感情を入れてしまわないように。

「ミラといっしょに生活していたんだから、俺が何か言う必要はないのかもしれないが……。戦姫になる前のことを、俺はミラからたくさん聞いている。彼女のそばにいると、そのときに育んだものを、いまの統治に活かしているのがわかってくる」

ひとつ例を挙げるならば、ミラがオルミュッツの城下の町に建設しようとしている劇場だ。ティグルがその構想をはじめて聞いたのは三年前だったが、それ以前から彼女が考えていたのは知っている。

「長々とした話になったが、俺が言いたいのは、何かになるときに、それまで自分を育んできたものを捨てる必要はないってことだ。むしろ積極的に使っていこう」

「わたしが、騎馬の民として生きてきたこと？」

首をかしげるオルガに、ティグルはうなずいた。

「俺が生まれ育ったアルサスは、地図で見れば小さい。でも、実際に馬を走らせてみれば、端から端までは何日もかかる。ただの村だって、ひとつひとつ見ていけば違いがある。草原も、森も、山も。騎馬の民は、季節ごとに広大な草原の中を移動するらしいが、そうなのか？」

オルガは無言でうなずいた。どこか茫洋《ぼうよう》とした顔つきなのは、ティグルの言葉を精一杯理解しようと努めているからだろうか。

「以前、オルミュッツで会った騎馬の民から、そういう話を聞いて不思議に思ったんだ。その草原にはわかりやすい柵も、方角を示すための標識や立て札もないと。それなのに、彼らはちゃんと同じところを回るらしい。目印もないのに、どうしてわかるんだろうって」

「目印はある」と、オルガは首を横に振った。

「空を飛ぶ鳥、遠くに見える山、太陽や月の動き、草の色と匂い、それらがわたしたちに教えてくれる。それに、狩りのために何度も馬を走らせていれば、目と鼻と肌が覚える」

苦笑する。彼女の言うことがわかるからだ。柵も立て札もない山や森の中で、狩人として自在に動きまわるには、そうしたものを覚えて頭の中に地図を描いていくしかない。

「ブレストだったか、偉そうなもの言いになるが、君は自分の領地をまだ知らない。だから尻込みしてしまっている。まず、ブレストに詳しい騎馬の民を相談役にするのはどうかな」

「知人を重要な地位に就けるのはよくないと、父も祖父も言っていた」

オルガはいずれ族長になるものとして育てられている。公私混同に近い真似《まね》をしてはならないと、文字通り幼いころから叩きこまれていたのだろう。

「それじゃ、ブレストがどういうところかを知りながら統治していくのはどうだろう」

オルガは蒼空の瞳でじっとティグルを見つめる。意味がわからないと言いたいらしい。

「いま、君は言っただろう。目印のない広大な草原にある多くのものを、何度も馬を走らせて覚えていくと」

「わたしの一族はそう。湖の近くで暮らす者たちなどは動かないが」

「そのやり方に倣って、公国中を自分の目で見てまわりながら、戦姫として公宮に指示を出したり、報告を受けたりすればいいんじゃないか。君が自分の公国と向きあって、少しずつでも自分のものにしていく必要はあるからな」

オルガはすぐには言葉を返さず、戸惑ったように視線をさまよわせた。

「そんなやり方をしていいのか」

「もちろん問題点もある。重要な報告ほど、まず公宮に届けられるものだから、そうした知らせが君のもとに届くのに時間がかかる。それに、君の方からこまめに公宮に連絡をとらなかったら、公宮が君の位置をつかめなくなる恐れがあるな」

「でも、そのやり方をとれば、わたしは公国を見てまわりながら……公国を自分のものとしながら、戦姫としての務めを果たせる」

少しずつ理解し、納得しているらしい。オルガは考えを整理するように、前を向いた。

「草原に隅々まで目を光らせずともいいように、まずは全体をつかめばいいんだ。馬に乗って主要な街道を走って、重要な都市や町を自分の目で見る。そのあとに地図を見てみたら、自分の頭の中にも地図が浮かぶようになる」

ティグルの言葉は、実体験からくるものだ。狩人としてアルサスの森や山を駆けまわったこの若者は、領主の屋敷に代々伝わっていた地図の細かいところを数多く修正している。父のウルスはおおいに喜び、ティグルは誇らしげな気分になったものだった。

「さっきも話した通り、俺が会ってきた戦姫たちのやり方はばらばらだ。だから、戦姫らしさとか、そういうものはないんだと思う。君らしいやり方でやっていけばいいんじゃないか」

「わたしらしいやり方……」

オルガは肩に担いでいる竜具に視線を向けた。羅轟《らごう》ムマは静かに沈黙している。

ソルマンニで必要なものを買ったティグルたちは、ランメルスベルクに向かって出発した。

街道を行く彼らの後ろ姿を、じっと見ていた者がいる。

ゴルトベルガーがひそかに放った斥候《せっこう》だった。

「王子と会談したと思ったら、連れだってお出かけか。これだからレーヴェレンスは――」

信用ならないという言葉を、口の中で溶かす。その目は剣呑《けんのん》な輝きを放っていた。

5　妖気の巨人

　九頭の馬が、街道を北へと進んでいる。七頭にはそれぞれひとが乗っており、ひとの乗っていない二頭の背には荷物が多く積まれていた。

　ティグルたちだ。ソルマンニを発ってから三日が過ぎていた。遠くには、目的地であるランメルスベルク鉱山が見える。「明日には着くだろう」と、アトリーズは言った。

　日が沈む前に、ティグルたちは小さな町に入った。

　ここから鉱山までは歩いて半日ほどで行けるため、鉱山に用事がある者たちがよく立ち寄るのだという。アトリーズとヴァルトラウテも、半年前にこの町を訪れたことがあったそうだ。

　一同は宿屋に泊まり、数日ぶりに馬も休ませた。大部屋を二つ借りて、男女でわける。

　夕食をすませて皆が部屋に戻り、しばらく過ぎたころ、黒弓を磨いていたティグルは、ふと手を止めてアトリーズに話しかけた。

「殿下、ひとつお願いしたいことがあるのですが」

　そのとき、アトリーズは考えごとにふけるように、天井から吊り下がっているランプをぼんやりと眺めていた。声をかけられて我に返り、ティグルに笑顔を向ける。

「すまない。何かな」

「半年前にランメルスベルクで何があったのか、話していただくことはできませんか」

彼の目を見て、率直に頼みこんだ。

あの山は敵地なのだ。どんなことでもいいから知っておきたかった。

アトリーズはためらう様子を見せたが、それはほとんど一瞬のことだった。

「そうだな……。あなたたちに何も話さないというのは、卑怯だろうな」

自分に言い聞かせるようにつぶやくと、あらためてアトリーズは当時の出来事を話した。

当初、アウグスト王は邪教徒討伐をレーヴェレンスとアトリーズに命じたのだが、王の従弟であるクルトが王子の補佐を願いでた。

クルトは三十一歳。中肉中背ながら引き締まった身体つきをしており、剣の技量も優れている。アトリーズとは十以上も年齢が離れていたが、二人は気が合った。

クルトならばいいだろうと、アウグスト王も許可した。

おまえは、もの覚えはいいんだ。俺のやることをよく見て覚えろ。

クルトはアトリーズにそう言いながら、兵の選抜から編制、武器や食糧、燃料の用意などを手際よくすませた。兵たちもクルトを信頼しているのが、その態度から見てとれた。

「レーヴェレンスとの交渉は私に任せてくれたが、私に役目を果たさせようというクルト叔父の気遣いだったんだろう」

ランメルスベルク鉱山に着いたアトリーズたちは、まず邪教徒について調べまわった。

邪教徒たちは五、六十人ほどの集団だった。ザクスタン人だけでなく、アスヴァール人やブリューヌ人、ジスタート人にムオジネル人までいた。彼らが鉱山の周辺の町や村を襲い、残虐な儀式を行わなければ、せいぜい野盗くずれとしか思われなかっただろう。

戦いは、邪教徒たちが坑道の奥に逃げこんだため、そこで行われた。

邪教徒たちは坑道を知り尽くし、隠し通路までつくっていたが、クルトと、ヴァルトラウテの父であるヴァイカークの指揮、ヴァルトラウテの勇戦によって戦いは勝利に終わり、捕らえられた者たちはことごとく首をはねられた。

「そう、そこまではよかったんだ……」

邪教徒との戦いを終えた翌日、アトリーズはクルトにある話を持ちかけられた。

もう一度、坑道に潜ろうというのだ。邪教徒たちがつくっていた隠し通路の奥に。

「実はな、あの坑道に宝剣バルムンクがあると聞いたんだ」

そう言ったときのクルトの目が異様な輝きを放っていたのを、アトリーズは覚えている。邪教徒と戦う以前の彼は、覇気に満ちてはいても、これほど欲望をむきだしにはしなかった。

「宝剣なんて、ただの伝説じゃないか」

アトリーズはそう言ったが、クルトは引き下がらなかった。

ついには自分ひとりででも行くと言いだしたので、アトリーズは従うことにした。置いていかれるのが嫌だったのではなく、叔父が心配だったのだ。

クルトは一振りの剣だけを持って、坑道に入っていった。アトリーズは剣とランプを手に、彼についていった。驚くことに、クルトは明かりもなしに先へ先へと進んでいった。

そうして奥にたどりついたとき、アトリーズたちは地面に半ば埋まっている宝剣を見つけたのだ。だが、アトリーズは宝剣よりも、それを見て奇怪な笑い声をあげている叔父の方が気になって仕方がなかった。

ともかくランプを地面に置いて、バルムンクを掘りだそうとしたのだが、理解の追いつかない出来事が起きた。クルトが突然剣を抜き放ったかと思うと、宝剣に触るなと吼《ほ》えたのだ。

叔父の目に宿った狂的な輝きに身の危険を感じて、アトリーズはおもわず持っていた剣をかまえる。ヴァルトラウテとヴァイカークが現れたのは、そのときだった。

呆然とするアトリーズに、クルトは容赦なく斬りつけてきた。剣を飛ばされ、手が痺れる。クルトが再び剣を振りあげるのが見えて、避けられないことを悟った。

黒い影が視界に飛びこんでくる。それが何かを確認する間もなく、突き飛ばされた。

地面に転がったアトリーズが見たものは、クルトに斬られたヴァイカークの後ろ姿だった。かばわれたのだと理解するまでに、一呼吸分の時間が必要だった。

クルトはヴァルトラウテにも斬りつけ、彼女の剣を弾きとばした。ヴァルトラウテが地面に倒れる。アトリーズは叔父を止めようと組みついたが、呆気《あっけ》なく振り払われた。

直後、ヴァルトラウテが宝剣を鞘から抜いて立ち上がり、叔父を斬った。

「いまから思うと、叔父は……クルトは人狼《ヴェアヴォルフ》になっていたような気がする。症状は違うが、あれはまったくの別人だった。何かに乗っ取られたかと思うぐらいに」

そのときのことを思いだしているのか、アトリーズの顔は青ざめ、声は震えている。

ありえない話じゃないなと、ティグルは思った。時期を考えれば、人狼酒はすでに完成している。どこかで飲んでしまったのかもしれない。

だが、それを口にするべきではなかった。クルトはすでに死んでいるのだから。

ティグルは礼を言って、深く頭を下げた。

「ありがとうございます、殿下」

「いまの私の話が、少しでもあなたたちの助けになれば嬉しい」

アトリーズがいくらか強張《こわば》った笑みを返してくる。思いだすのもつらかったのだろう。

「ところで殿下、ヴァルトラウテ殿には会ってこないんですか？」

沈みがちな雰囲気を打ち消すように、ラフィナックが聞いた。不意打ちをくらって、アトリーズは見事なまでにうろたえる。その頬は赤く染まっていた。

「別に、とくに言うことなんて……」

「恐れながら、言えるときに言っておいた方がよいものもございます」

そう控えめに言ったのはガルイーニンだった。アトリーズは宙に視線をさまよわせたが、決意を固めたように立ちあがった。

「少し風にあたってくる」

彼を見送ったあと、ティグルはガルイーニンに視線を向ける。

「ガルイーニン卿、今回はすみません」

この初老の騎士は、ミラのそばにいたかったはずだ。だが、彼女がそれぞれの役割を決めたとき、ガルイーニンは黙ってそれに従った。ティグルが意見を出せば、ミラは聞いただろう。しかし、ティグルも何も言わなかった。それが最善だと考えたからだ。

「リュドミラ様が万全の状態で戦いに臨まれることが、私の望みですから」

ガルイーニンは穏やかに笑って首を横に振る。

「ただ、ティグルヴルムド卿が本当に申し訳ないと思ってくださるならですが、オルミユッツに戻ったとき、私が紹介する縁談を受けていただけますか？」

ティグルは目を丸くする。ラフィナックは吹きだした。

「な、何ですか、それは……」

「いえ、あなたとリュドミラ様に必要なのは危機感ではないかと、ふと思いまして」

ガルイーニンはすました顔で答えた。


アトリーズは、暗い廊下を歩いて女性たちの部屋へ向かっていた。

だが、彼はすぐに引き返し、まったく違う廊下を歩いて戻ってくる。すでに三回、この行為を繰り返していた。ヴァルトラウテに何を言えばいいのか、まとまらないのだ。

四回目をはじめようとしたときだった。

「何をやっているんだ、君は」

呆れた声がアトリーズの耳朶《じだ》を打った。びくりと身体を震わせて振り返れば、夜着に外套《がいとう》を羽織《はお》り、左手にバルムンクを持ったヴァルトラウテが立っている。

「ああ、その、君に話があって来たんだ」

本人を前にして、アトリーズは急速に落ち着きを取り戻した。

二人は廊下を歩き、角に来たところで足を止める。

ヴァルトラウテは穏やかな表情で聞いた。

「何の用かな。明日には鉱山に着くだろう。早く休むべきなんじゃないか」

「わかった、手短にすませよう。ミンダでは言いそびれたが、私は君のことが――」

「これから危険に飛びこもうという身でする話ではないね」

アトリーズの言葉を遮《さえぎ》って、ヴァルトラウテは首を横に振る。

「おたがいの立場を考えろと何度も言っているのに、どうして私にこだわる」

「ならば立場だけで話そうか」

逃がさないというふうに、アトリーズは一歩踏みだした。

「私たちは、いまの状態から変わっていかなければならないんだ。君とならそれができる。君もそのことをわかっているはずだ」

「王家に膝をつきたくないという父の遺志を……」

「遺志を継ぐことは大切だ。だが、君はヴァルトラウテであって、ヴァイカーク卿じゃない」

アトリーズが鋭く言葉を返すと、ヴァルトラウテは肩をすくめた。

「いっそ、力ずくでねじ伏せてみたらどうだ」

ヴァルトラウテの瞳が、挑発するような艶めいた輝きを帯びる。アトリーズが呆気にとられた顔になったのはほんの一瞬で、彼は真面目な表情をつくると、さらに一歩、前に出た。両手を伸ばしてヴァルトラウテを抱きしめる。今度は彼女が驚く番だった。

「無防備だな。私に斬られるかもしれないぞ。君のよき友人だったクルトみたいに」

「本当にその気なら、何も言わずにそうしているだろう。君はそういうひとだ」

アトリーズにそっけなく言葉を返されて、ヴァルトラウテは押し黙る。彼女はバルムンク以外に短剣も隠し持っていたが、そのどちらにも触れようとしなかった。

アトリーズは言葉を続ける。

「半年前、クルトは私に言った。もし自分に何かあったとしても、それによって考えを曲げるなと。邪教徒と戦う直前のことだ。もちろん、彼は未来が見えていたわけじゃない。ただ、かなりの危険があるだろうと考え、覚悟していたんだ」

「その友人の言葉に従うと？」

「君は、ヴァイカーク卿の言葉に従っているだろう」

苦しまぎれの挑発は、あっさりやりこめられた。ヴァルトラウテは再び口をつぐむ。自分を抱きしめる二本の腕は、細いながらもたくましい。密着した身体から、彼の熱を感じる。

「彼の死を忘れることはできない。君が父親のことを忘れられないように。その上で、私は君とともに歩みたいんだ。この国の未来のために」

アトリーズが言い終えた直後、ヴァルトラウテは小さくため息をついた。彼の腕をやんわりと引き剥がす。

「私はレーヴェレンス家だけで手一杯だよ」

そうして背を向けると、ヴァルトラウテは自分たちの部屋へ戻っていった。


ヴァルトラウテが部屋に戻ると、ミラとオルガが統治者のあるべき姿について話していた。ミンダを発ってから、オルガはそのことについて何か思いつくたびに、ミラや自分に相談するようになっている。

──そろそろ、彼女はジスタートに戻るかもしれないな。

それが当然なのだとわかっていながら、ヴァルトラウテは一抹《いちまつ》の寂しさを感じた。その思いは表に出さず、微笑を浮かべて二人の話に加わる。

いま、オルガがミラに相談しているのは、「自分が戦姫でなくなったらどうするか」というものだった。二年以上も己《おのれ》の公国から離れているのだから、そう考えるのも無理はない。

ミラの返答は明快だった。

「そうなったら騎馬の民に戻るんでしょう？　その立場から次の戦姫を補佐したり、助言をする立場におさまればいいと思うわ」

「あなたなら、そうする？」

「そうね。戦姫でなくなったとしても、私にとってオルミュッツが大切なものであることには変わりないもの。騎馬の民の立場から、ブレスト全体を考えるのは難しいでしょうけど」

その言葉に、オルガは思うところがあったようで、うつむいて考えこむ。

ヴァルトラウテもまた、顔には出さないものの動揺を感じていた。いまの言葉の何が引っかかったのか、自分でもよくわからない。だが、何かを刺激されたのはたしかだ。

ミラが不思議そうな顔を向けてくる。

ヴァルトラウテはすぐに笑顔をつくって、話題を変えた。

†

ランメルスベルク鉱山のふもとには、同じ名の町がある。

町としての大きさは中規模ながら、酒場や娼館、蒸気を使った浴場が多い。鉱夫たちを中心に生まれた町だからだ。雰囲気は猥雑《わいざつ》で、神殿にいる神官たちでさえ言葉遣いが荒っぽい。

この町で発言力が大きいのは鉱夫たちと、それから採掘に使う道具の整備所や、鉱山で採れる銀や銅の精錬所で働いている職人たちだ。鉱山から町に流れる川の管理は厳格をきわめ、水の汚染が発覚した際には彼らの要求で町の長が替わるほどだった。

「私の好みにはあまり合わない町ね」

町の長の屋敷へ向かう途中で、ミラがそんな感想を漏らす。

彼女の隣で、ティグルは迷子のように首を左右に振りながら、周囲を絶えず観察していた。

この町のいったい何が人狼酒をつくりだしているのか、それを見抜かなければならない。地道な作業になると思っていたのだが、意外にもすぐに判明した。

「――あれだな」

鉱山から流れてくる川だ。黒弓を持ったティグルの目には、明確に危険だと映る。

「上流へさかのぼるほど危険なように思える」

「当たり前のことすぎて、なんだか拍子抜けだな」

ヴァルトラウテが言った。だが、ティグルは首を横に振る。

「いや、あの鉱山そのものから悪意のようなものを感じるんだ。人間を人狼にしているものはおそらくそれだ」

黒弓に感謝する。どうして危険だとわかるのかは不明だが、おかげで人狼酒を飲まずにすんだし、ここまで来ることもできた。

——この弓は本当に何なのだろう。

そのような、普段は考えないことを考えてしまう。

——だが、俺はこの力を使いこなしたい。

それができなければ、ズメイと戦えない。ミラを支えることもできない。

王子が来たとあって、町の長はさほど待たせずにティグルたちを屋敷の中に通した。

アトリーズとヴァルトラウテだけが、応接室で長と会う。アトリーズは率直に、坑道に入りたいので、鉱夫たちを一時的に鉱山から避難させてほしいと告げた。

「何があったのですか、殿下。また宝剣でも見つかったとか？」

当初、町の長はアトリーズに非協力的な対応を見せた。

鉱夫たちには適切に休息を与えているのだから、それ以外のときはなるべく働かせたいというのが本音である。それに、採掘した銀や銅は毎月、王都へ送らなければならないのだから、彼もことさら意地の悪い対応をしているわけではない。

「半年前に、山の中に邪教徒たちが隠れ住んでいたことは覚えているだろう。その残党がいることがわかった。この町からハノーヴァに運ばれた酒の中に、毒が入っていたものがあったのだが、邪教徒たちが使っていたものと同じ毒だった」

混乱を避けるために人狼のことは伏せて、そのように説明する。

町の長の顔が青ざめた。邪教徒については、大がかりな討伐をしたというのが彼の認識だったので、終わったことだと思っていたのだ。

「そ、それは一刻も早く何とかしませんと……。兵をお出ししましょうか」

「いや、町の兵には、民を守るという役目を果たしてほしい。残党との戦いは私たちが引き受ける。そのためにここまで来たのだからな」

アトリーズの言葉に、町の長の目が懐疑的な色を帯びた。王子の戦士としての技量がたいしたものではないことを、彼は知っている。しかも、今回は兵も連れていない。

アトリーズは虚勢を張らず、隣にいるヴァルトラウテに視線を向けた。

「彼女の強さはよくわかっているだろう。それに、客室で待たせている者たちも一騎当千の強者揃いだ。邪教徒の数も多くないことはわかっているからな」

客室で待機しているティグルたちが聞けば呆れただろうが、ミラとオルガがいるのでまったくの嘘というわけではない。とにかく一時的に、坑道を無人にできればよいのだ。

町の長はヴァルトラウテに非友好的な目つきを向けたが、口に出しては何も言わなかった。

「かしこまりました。鉱夫たちにはすぐに指示を出しましょう」

「頼む。それから、城門を守る兵たちに命じて、この町から運びだされる酒をすべて没収するように。無茶な話ではあるが、どれが毒入りなのか、外から見ただけではわからないからな。他に、ここ最近で町の民や兵たちに何か異常が起きたという話はないか」

長の答えは、とくにそのような報告はないというものだった。

「慎重だな。それとも気づかれていないか」

「敵の狙いは、この国を混乱させ、私たちを争わせることだ。見つかる危険を考えて、自分の足下で騒ぎを起こさないのは納得できる」

長が坑道の地図を用意する。それを受けとると、二人は礼を言って応接室をあとにした。客室へ行き、待っていたティグルたちと話しあう。地図を見たミラが顔をしかめた。

「かなり掘り進められていて迷路のようね」

「二百年以上採掘されているからな」と、ヴァルトラウテ。

「人狼酒をつくった者が潜んでいるとしたら、坑道にあった隠し通路だと思う」

アトリーズは地図の一点を指で示した。

「半年前に表面はふさいだんだが、内部をしっかり埋めることはしなかった。こうなるとわかっていれば、そこまでやるべきだったな」

「そこを調べてみて、駄目なら山全体を見てまわるというところかしら」

首をかしげるミラに、アトリーズはうなずく。

「他に手はないと思っている」

そして、この屋敷でアトリーズとラフィナック、ガルイーニンは待機することとなった。

「リュドミラ様、くれぐれもお気をつけください。何かあれば、私は剣を折る覚悟ですので」

剣を折るというのは、騎士としての資格を返上するという意味だ。国を追放されるほどの罪を犯した騎士にしか命じられないものである。尋常でない覚悟だった。

「気をつけるわ。あなたを引退させるつもりは当分ないもの」

主従のやりとりを見て、ラフィナックもため息を吐きだした。

「ガルイーニン卿が納得してしまったら、私だけがわがままを言うわけにもいきませんな。いざとなれば、山を吹き飛ばしてでも戻ってきてくださいよ。帰ってきたら、血統を残すという大事な大事な大事な義務について、麦酒《ピエレ》を飲みながら明け方まで語りあいましょう」

ラフィナックの執拗なもの言いは、その場にいる若者たちの心を容赦なくえぐり抜いた。

なにしろブリューヌ貴族、ザクスタンの王子、ザクスタンの土豪《レンツヘル》という顔ぶれである。ジスタートの戦姫に血統は関係ないが、母と祖母、曾祖母が戦姫だったミラとしては意識せざるを得ない。平然としているのはオルガぐらいだ。

気まずい沈黙を破ったのは、アトリーズだった。ヴァルトラウテをまっすぐ見つめる。

「君を真っ先に出迎える役目だと思えば、まあ悪くはない。無事に帰ってきてくれ」

ヴァルトラウテは押し黙る。そこへ口を挟んだのはオルガだった。

「何か言うべきじゃないか」

少女の言葉までは無視できなかったらしい。バルムンクを手でいじりながら、仕方ないという顔で彼女はアトリーズに言った。

「本当にもの好きだね、君も」

「だから王子が務まるのさ」

ティグルとミラ、オルガ、ヴァルトラウテは屋敷を出る。鉱山に向かった。


鉱夫たちが避難して間もないだけに、鉱山の周辺には放り捨てられた道具が転がっている。ティグルたちはそれらを避けて歩きながら坂や梯子をのぼっていき、坑道の前に立った。横幅は充分にあり、大人が二人並んでも余裕がある。

「これなら、この長さのままでも問題なさそうね」

ミラが機嫌よさそうにラヴィアスの柄を叩いた。この竜具《ヴィラルト》は彼女の意志によってその長さを変えることができる。ヴァルトラウテがランプを二つ用意した。ひとつは自分が持ち、もうひとつはミラに渡す。

ミラとオルガを先頭に、四人は坑道に入った。十数歩も進むと外の明かりが届かなくなり、暗闇に包まれる。冷たい空気に重みが加わったように感じられた。四人分の足音と息遣いだけが響き、二つの明かりだけが暗闇をわずかに払う。

地図を持つティグルの言葉に従って、先へと進む。ふと、オルガが上を見上げた。

「坑道というのは、柱と梁で天井を支えるものなのか」

「そうだ。そうしなければ地面の重みで天井が縮んで、最終的には崩れるらしい」

ヴァルトラウテが答える。彼女は周囲を見回して、不満そうにつぶやいた。

「いまのところ敵らしきものの気配はないな」

「このあたりに何かが潜んでいたら、鉱夫たちに見つかっているだろう。まだ先だ」

ティグルが答える。ヴァルトラウテの声音《こわね》には、どこか焦りに近いものが含まれているように思えた。ここが因縁の場所だからだろう。

あと少しで隠し通路にたどりつくというところで、ミラとオルガが同時に足を止める。前方に複数の人影が見えた。

こちらに呼びかけてくることもなく、人影の集団は甲冑を鳴らして向かってくる。ランプの明かりに浮かびあがったのは、甲冑を着こみ、手斧と盾で武装をした者たちだった。その目は虚《うつ》ろで、感情らしきものがうかがえない。

「ここで正しかったようね！」

ミラとオルガが地面を蹴った。人狼化した兵たちを、槍で突き、斧で斬り伏せる。

オルガの戦士としての技量は見事なものだった。猛然と相手の懐へ飛びこんでいき、一撃で相手を打ち倒す。自分の間合いの狭さを承知しての戦い方だろうが、不思議と危なっかしさを感じない。

オルガが戦いやすくなるよう、ミラは相手の武器や盾を積極的に狙った。人狼化した兵たちは武器を恐れないが、一方で自分の武器を手放そうとしない。武器を狙って攻撃すれば、相手の体勢を崩しやすくなるのだ。

襲いかかってきた兵たちは十人ほどだったが、彼らは瞬く間に地面に倒れた。

「手伝うまでもなかったか」

後ろで様子を見ていたヴァルトラウテは、バルムンクから手を離しかける。状況によっては加勢しようと思っていたのだ。しかし、彼女は異変に気づいて宝剣を握り直した。

「まだ終わっていない」

ミラとオルガも異変に気づいた。警戒するように数歩下がる。

地面に倒れた兵たちが、何ごともなかったかのように起きあがった。

驚くべき光景が現れる。兵たちの顔が歪《ゆが》んだかと思うと、鼻と口が前に突きでたのだ。耳が大きくふくれあがりながら上へと伸びていき、顔といわず手といわず剛毛に覆われていく。指先からは白く鋭い爪が伸びた。

五つ数えるほどの時間はかからなかっただろう。二本の脚で立つ狼が、そこにいた。

人狼たちは、再びミラとオルガに襲いかかった。その動きはさきほどよりも速い。

ミラはすばやく身構えると、高速で突きを繰りだした。一体の人狼が目と喉と胸を一瞬で貫かれ、もんどりうって地面に倒れる。

その隣で、オルガも別の人狼の右腕を刎ねとばした。相手の動きが止まったところへ、容赦なく斧の厚い刃を叩きつける。その人狼は胸をえぐられて倒れ、起きあがってこなかった。

さらに人狼を三体ばかり葬り去ると、他の怪物たちは背を向けて逃げていった。足下に転がっている死体を見下ろして、オルガとヴァルトラウテが嘆息する。

「リュドミラ殿から話を聞いても信じきれなかったが……。魔物の仕業か、なるほど……。人狼酒を飲み続けると、いずれこうなるというわけか」

隠し通路の前にたどりつく。そこには洞窟を思わせる穴があり、瓦礫が転がっていた。

「やつは、この先にいる。いないとしても、何らかの手がかりはあるはずだ」

四人は穴の中へと入った。坑道と違って整備されていないため、天井は低く、床も平らではなく、幅も一定ではない。四人は一列になり、ミラが先頭に立ち、その次にランプを持ったティグルが続いた。

「やつらは夜目がきくのか。明かりも持たずに、よくまあこんな道を走れる」

ティグルが呆れまじりのため息をついた。オルガが言った。

「少しずつ下っているような気がするな」

「このあたりは前に来たときと変わらないな」

ヴァルトラウテが言った。

ほどなく、開けた場所に出た。町の広場ぐらいはありそうで、天井は高い。それまでとは異なる生暖かい空気が漂っており、ティグルたちは気を引き締めた。

「通路らしきものはないみたいだけど……」

ミラが首をかしげる。ヴァルトラウテが前に進みでた。

「ここは私に任せてくれ」

彼女は空間の中央に立つ。その場にしゃがみこむと、床に触れた。

「半年前に来たときは、このあたりにバルムンクが半分ほど埋まっていた。いまから考えると、あれは何かの処置だったんだろう」

ヴァルトラウテは立ちあがり、無造作にバルムンクを足下に突きたてた。くぐもった音が響いて、不自然に地面が崩れ、子供がもぐれそうなほどの深い穴が開く。

「鍵だったわけか。あとは掘り崩していけば……」

そのとき、オルガが彼女のそばまで歩いていく。

「わたしにやらせて」

ヴァルトラウテは顔に軽い驚きを浮かべる。一歩下がって、その場を譲った。

オルガは両手で竜具を握りしめて、振りあげる。そこで動きを止めた。

精神を集中しているようにも、刃を撃ちこむべき箇所をさがしているようにも見える。

その瞳が、一点を凝視する。気合いの叫びとともに、彼女は斧を振りおろした。轟音ととももに岩の破片が飛び散り、穴が大きく広げられる。

慎重に覗きこんでみると、穴は垂直ではなく、ゆるやかな傾斜をつくって下へ続いているようだった。大人がまっすぐ歩けるぐらいには、穴は大きい。

　再び一列になって、穴に潜る。ティグルは不安を覚えて深呼吸をした。幼いころ、母に聞かされた冥府の話を思いだす。雨風を逃れて洞窟にもぐった旅の吟遊詩人《ミネストレーリ》が、下へと続く穴を見つけて、好奇心からどこまでも進んでいき、死者の国にたどりつくというものだ。

「全員いるか？」

　おもわず聞いてしまう。間を置いて、ひとつひとつ返事がきた。

「一本道なのだからはぐれようがない」

　苦笑するオルガに、ミラが真面目な口調で応じた。

「でも、気をつけた方がいいわ。知らないうちに仲間と離れていることがあるもの」

　さらに歩いて、開けた場所に出た。

　一同は息を吞んだ。巨大な空洞の中に、古びた建物がそびえたっている。慎重に近づき、ランプで照らしながら観察してみると、どうやら神殿のようだった。

「よくまあ、こんなところにこんなものをつくったな……」

　ティグルが感心と呆れまじりのため息をつく。

　神殿の柱を見上げて、ヴァルトラウテが冷静に言った。

「他に出入り口があるんだろう。私たちが通ってきた道では、このような石材を運べない」

「しかし、山の中を掘り抜いてまでこのような神殿を建てた理由は何だろう。途方もない労力が必要だったと思うが」

オルガが訝《いぶか》しげに首をかしげる。そのとき、ミラが声をあげた。

「壁に文字のようなものが刻まれてるわ。これはジスタート語……？」

「ブリューヌ語もある……」

ティグルは呆然として、壁に刻まれている文字を見つめた。一部が薄れたり、欠けたりしていてわかりづらかったが、『すべては女神のために』と読める。

「ザクスタン語もあるな。『地上はひとのものにあらず』か……」

ヴァルトラウテが冷静に文字を読みあげた。しかし、その顔には不安が浮かんでいる。

「ひとのものにあらず。つまり、魔物とやらのものだと言いたいのかな」

ヴァルトラウテが吐き捨てた。

「大昔からそんな戯れ言を唱え続けて、いまだに実現できていないというわけか」

ティグルとミラは、無言で視線をかわす。

戦姫と魔物、そして魔弾の王の持つ因縁とは、そういうことなのか。地上を我がものにしようとする魔物を、魔弾の王と戦姫たちは退けてきたのか。

「でも、連中はどうやって地上を手に入れようというのかしら。まさか本当に人間を殺し尽くすなんて真似《まね》ができるとは思えないけれど」

「わからないが、これまで戦ってきたやつらのことを考えても、俺たちの想像もできないような手があるかもしれないな……」

神殿の入り口に、ティグルは視線を向ける。

四人は武器をかまえ、慎重な足取りで中に入った。ランプの明かりが、床に転がっている割れた皿や椀を映しだす。いずれも古く、乾いていた。

「――来たか」

声のした方を四人は見る。一段高いところに、ズメイの姿があった。魔物のまわりには人狼化した兵士や、人間の姿の兵士たちがたたずんでいる。

ティグルは眉をひそめた。兵士たちの足下に、赤黒い線が引かれている。何か大きな模様を床に描いているようだ。それを見た瞬間、ティグルは不吉な予感を覚えた。

ヴァルトラウテが怒りに燃えた目でズメイを睨《にら》み、前に進みでる。

「貴様の目的は何だ！　どうしてこのようなことをする！」

「死だ」

かつてティグルに問われたときと同じ答えを、ズメイは口にした。

「ただ貴様たちの死を望む」

ティグルは黒弓を握りしめる。怒りだけでなく、さきほどから奇妙な息苦しさを感じる。暗闇に包まれた空間にいるからなのか。

「この建物の壁に書かれているものは、いったい何だ」

ティグルは呼吸を整えながら、問いただす。

「この地上が、おまえたちのものだとでもいうのか」

「そうだ」

当たり前のことを問われたかのような態度で、ズメイは答えた。

「我々に与えられるはずだったものだ。それが覆された。だから、手に入れる」

ヴァルトラウテが眉をひそめた。

「どうやって？」

「手段はいくつかあるが、そのひとつはこれだ」

ズメイが右手を掲げる。兵士たちの足下に描かれた模様が、紫色の不気味な光を放った。

兵士たちに異変が起きる。ある者の首から上は狼のそれに変化し、ある者の頭部からは角が生えた。背中から翼を生やした者もいる。

凄絶《せいぜつ》な光景にティグルたちは目を見開き、息を呑んだ。

「何をしたの」

ミラがズメイを睨みつける。ズメイは淡々と答えた。

「この世ならざる者たちが人間を喰らったのだ」

ヴァルトラウテが「そうか」と、声をあげる。

「妖精が、人間を山に連れてくる。金や銀があるとだまして。怪物に人間を喰わせるために。古いおとぎ話だと思っていたが、貴様は過去にもそういうことをやったのだな」

「伝承、伝説、おとぎ話か……」

感心したように、ズメイはつぶやいた。

「なるほど。関心を持ったことはなかったが、存外馬鹿にできぬものだ」

その言葉は、ヴァルトラウテの推測を肯定するものだった。

地面が大きく揺れた。紫の光を放つ模様の中から、巨大な腕が現れる。青い雷光を帯びて。大気を震わせて、一体の巨人が現れた。その体長は四十チェート（約四メートル）はあるだろうか。半裸で、腰に布を巻きつけているだけの姿だ。顔は逆立つ白髪と髭《ひげ》に覆われ、厚い胸板を持ち、腕と脚は太い。右手には鈍色の手袋をしていた。

ズメイはミラを一瞥《いちべつ》すると、巨人に合図を送る。

巨人が咆哮《ほうこう》をあげる。人狼化した兵たちも。彼らはティグルたちに襲いかかった。

「行くわよ！」

ミラはラヴィアスをかまえて怪物たちを迎え撃つ。オルガとヴァルトラウテが続いた。

ティグルは黒弓に矢をつがえ、怪物と化した人間たちに向けて放った。いまはミラのために道を切り開くときだ。

ヴァルトラウテは一片のためらいもなく、兵たちを斬り捨てていく。その技量の高さと躊躇のなさに、ティグルは驚かされた。だが、これなら彼女への援護は不要だろう。自分は、ミラとオルガの戦いを援護することに集中できる。

巨人が拳に稲妻をまとわせて、殴りつけてくる。ラヴィアスで受けとめようとしていたミラは、とっさの判断で横へ跳躍した。巨大な拳が地面を穿《うが》ち、雷光をまき散らす。

「雷神ソルのようだ」

ヴァルトラウテが戦慄のつぶやきを漏らした。斬りつけようにも、巨人は身体全体に雷光をまとっている。容易に接近できなかった。

「──静かなる世界《アーイズビルク》よ！」

ミラが竜技で地面を凍りつかせる。紫色の光を放つ模様も凍てついて、光が失われた。巨人の足下も冷気に巻きこまれたのだが、怪物は平然と氷を蹴立てて前進する。そこへオルガが跳躍して竜具を叩きつけた。

だが、巨人は素手でオルガの一撃を受けとめた。それどころか、斧の刃をつかんでオルガごと地面に叩きつける。続けて、巨人の拳がオルガに振りおろされた。

「──牙崩の壱《アジンクリーク》」

拳が迫っても、オルガは冷静だった。竜具を右から左へ薙《な》ぎ払う。斧の刃が上下に伸びて、鋸状に変形した。あたかも竜の牙のように。

金属的な響きが大気を震わせる。巨人の拳は、竜具に弾き返された。

オルガは目を瞠《みは》る。巨人の手袋には、わずかな傷もつかなかったのだ。

ミラが巨人に突きかかる。だが、それはオルガを助けるための牽制だった。それを悟ったのだろう、巨人は小うるさげに槍の穂先を拳ではねのける。その間にオルガは地面を転がって身体を起こし、怪物から距離をとった。

「驚いた」

オルガの両目が大きく見開かれている。

「大きな岩だって粉々にできるのに」

「人間の尺度ではかるべきじゃないわ。私ひとりでも、あなたひとりでも無理だと思う」

ミラのその言葉で、オルガは理解したようだった。二人は左右から巨人を攻めたてる。しかし、巨人は両手で彼女たちをあしらった。暗がりに包まれた空間であることが、ミラたちを不利な状況に追いこんでいる。巨人は夜目がきくのか、こちらを正確に見つけだしてくる。

ふと、ミラは視線を巡らせてズメイの姿をさがした。ズメイは変わらず、空洞の奥にたたずんで、戦いを見つめている。

――どういうことかしら。

自分たちを倒すなら、いまが好機ではないか。どうして動こうとしないのか。

巨人が、てのひらから雷光を放った。不意を打たれて、ミラは呆然と立ちつくす。

そのとき、オルガが竜技で土の壁をつくって防ぎ止めた。

土の壁は砕け散り、オルガも身体の数ヵ所に火傷を負ったが、彼女はまっすぐ立って巨人を見据えている。

「――ムマ」

呼吸を整えながら、オルガは己の竜具に呼びかける。

「いままで、わたしはあなたのことをどう思えばいいのか、わからなかった」

自分には過ぎた力だと思っていた。戦姫にふさわしくない自分には。

どうして自分から離れないのか。疎ましく思ったこともある。

「身勝手だとわかっている。でも、わたしはあなたの力がほしい」

守りたいものがある。力になりたいひとがいる。

竜具が、薄紅色の光をまとった。光は柄を通してオルガの身体に流れていく。

「――爪砕の肆《チェートノーグ》」

オルガが地を蹴った。その動きはさきほどまでよりも速く、力強い。

巨人は拳で迎え撃つ。オルガは斧を叩きつけた。

雷光が飛散し、衝撃に圧されて両者は後退する。そして、間髪を容れずに動いた。

巨人の拳を、オルガは斧で弾き返す。巨人の身体がぐらつき、よろめく。そして、オルガは巨人の足下に潜りこんだ。巨人の足首を切り裂いて、転倒させる。雷光が彼女を襲ったが、オルガの身体を包む薄紅色の光が、彼女を守った。

だが、オルガの攻勢もそこまでだった。巨人がオルガを蹴りとばす。

立ちあがると、巨人は地面に描かれた模様を力強く踏みつけた。すると、怪物が身体に負っている傷が急速にふさがっていく。

歓喜の咆哮とともに、巨人は雷光をまき散らした。

ミラとオルガは竜具で、ティグルもとっさに『力』をまとった矢を放って相殺したが、ヴァルトラウテは雷光に貫かれ、その場に倒れる。

やむを得ず、ミラは竜技を放った。

「――空さえ穿ち凍てつかせよ《シエロ・ザム・カファ》！」

ラヴィアスから放たれた冷気が長大な氷の槍をつくりだして、巨人に襲いかかる。だが、巨人は手袋をはめた手で氷の槍を殴りつけ、吹き飛ばした。

ティグルは黒弓に矢をつがえ、弓弦《ゆづる》を引き絞る。ミラのラヴィアスと、オルガのムマからそれぞれ白い輝きと薄紅色の輝きが螺旋を描いて流れこんできた。身体中に重圧がのしかかるが、それすらティグルは頼もしく感じた。

だが、必殺のはずの一撃は、巨人を傷つけはしたものの、すぐに再生されてしまう。

「何てやつだ……」

ティグルは呻《うめ》いた。この巨人の強さは、ルサルカやレーシー、トルバランに劣らない。いったい、どうやって勝てばいいのか。

ふと、己の腰を見る。黒い鏃《やじり》の入った皮袋を。

この鏃については、魔弾の王に関わるものだということ以外、何もわかっていない。

だが、魔弾の王が戦友に残していったのだ。何らかの力を秘めているかもしれない。

──何だってやってやる。

黒い鏃を取りだして握りしめる。

鏃のみでは矢たりえない。大雑把にいっても軸となる矢柄、軌道を安定させる矢羽がいる。

だが、手持ちの矢から鏃を抜いている余裕はないし、差せば安定するものでもない。

黒い鏃を掲げて、ティグルはミラに叫んだ。

「頼む！　矢を作ってくれ！」

他の者にはわからなかっただろうが、ミラにはそれだけで伝わった。ラヴィアスから放たれた冷気が、ティグルの手元へと吸いこまれていく。

氷の軸を持った黒い矢が、ティグルのてのひらに生まれた。氷の矢羽もあるのは、ミラなりの励ましかもしれない。

ティグルはその矢を黒弓につがえ、狙いをさだめた。弓弦を引き絞る。

放った。矢は巨人の額に吸いこまれていき、轟音とともに首から上を吹き飛ばす。

血の代わりに、黒い霧のようなものが噴きあがった。

そして、巨人の身体は砂か何かでできていたかのように、急速に溶け崩れていく。

ミラは周囲を見回して、ズメイの姿をさがした。だが、魔物の姿はどこにもない。

「逃げた……？」

ますます意味がわからなかった。それとも自分たちを侮っているのか。

そのとき、地面に亀裂が走った。巨人との戦いで地盤が脆《もろ》くなっていたところに、ティグルの一撃が衝撃を与えたのだ。

亀裂が一気に広がっていく。そうして次の瞬間、地面が陥没した。

いくつかの叫び声と悲鳴があがり、四人は暗闇の中へと落下していった。

†

優しい声で呼びかけられて、ティグルは目を覚ました。意識を失っていたらしい。

視界は薄闇に包まれている。目の前にミラの顔があった。

「だいじょうぶ？　痛いところはない？」

ティグルは身体を起こそうとして、身体中が悲鳴を発していることに気づいた。だが、強がって笑顔をつくる。よけいな心配をさせたくはなかった。

「俺は平気だ。君の方こそ、どうなんだ？」

少しずつ、思いだしてきた。自分の矢によって地面が崩れ、落ちて気を失ったのだ。黒弓はしっかり左手に握りしめていた。そのことに安心しながらティグルは立ちあがって、周囲を見回す。二つの竜具が光を放って、明かりの役割を果たしていた。

「私は無事よ。でも、ヴァルトラウテが負傷したわ」

その言葉にヴァルトラウテを見ると、彼女は服の端を裂いてつくったらしい間に合わせの包帯で、左腕を吊っていた。

「だいじょうぶか」

「利き腕じゃなかったのが幸いだ」

平然としているが、その顔は青く、声にも痛みに耐えている節がある。

――ラフィナックたちを連れてこなくてよかった。

声には出さず、ティグルはそう思った。

「それにしても、ここはどこなんだ？」

ティグルは首をひねる。落盤が起きたということは、自分たちが戦っていた場所の真下に、この空洞があったということだ。それとも洞窟が下の方に延びていたということなのか。

ふと、自分の左手にある黒弓を見つめる。弓がほのかに熱を帯びていた。

――俺の身体の熱じゃない。いったいどうしたんだ。

この黒弓が不思議な力を持っている以上、何が起きてもおかしくはない。しかし、さきほどまでは何もなかったのだ。黒い鏃を使ったからか。

「こちらに何かある」

不意に、オルガが声をあげた。ティグルたちはそちらに視線を向ける。ミラが竜具を高くかざした。浮かびあがったものに、全員が息を呑む。

それは二十アルシン（約二十メートル）はあるだろう巨大な女性の像だった。女性はほとんど裸に近い姿で、わずかな布をまとい、獣の背に腰を下ろしている。その獣は黒い竜だった。

――夢で見た像だ……。

思い出せなかった夢の内容を、ティグルは思い出していた。思えば、ここは夢で見たあの空間によく似ている。離れたところにいたヴァルトラウテが、驚きの声を発した。

「ティル＝ナ＝ファではないか……」

その言葉に、ティグルとミラはぎょっとした顔で彼女を見る。

「知っているのか？」

その反応にヴァルトラウテは訝しげな表情をしたが、うなずいて説明した。

「ブリューヌやジスタートで信仰されている女神だろう。昔、私の父が調べていたことがあった。その理由は聞けずじまいだったが」

「つまり、この場所こそがティル＝ナ＝ファの信徒たち……邪教徒たちの本拠地だったというわけか。まさかザクスタンにつくるなんて……」

ヴァルトラウテが冷静な口調で言う。

「どうやって、ここから出る？」

四人は顔を見合わせた。オルガが言った。

「どこかに、洞窟に戻れる通路か階段があるのでは」

「いや」と、ヴァルトラウテが首を横に振る。

「もしかしたらあったかもしれないが、崩れた地面といっしょに吹き飛ばされたみたいだ」

「ここから出られないということ？」

オルガが乾いた声を発する。その隣で、ミラが得心したようにうなずいた。

「ズメイが姿を消したのは私たちがここから抜けだせないと悟ったからだったのね」

ティグルは呻いた。

「人狼になる原因は突きとめた。恐ろしい巨人も倒した。それでも最後はズメイに負けるというのか」

「そうなると、まずいな」

ヴァルトラウテが難しい表情をつくった。

「私たちが戻らなかったら、アトリたちが動いてくれるはずだが……。見つけてもらえずにここで死ぬということもあり得る」

「そんなことはさせない」

力強く宣言したのは、ティグルだった。

「この黒弓の力で、岩盤に穴を開ける。ここには二人の戦姫がいる。できるはずだ」

「でも、失敗すればそれこそ天井や壁が崩れて、わたしたちは埋まってしまう。それよりは、わたしやリュドミラの竜技で少しずつ掘り進めていけばいいのでは」

「それは無理みたいね」

そう言ったのはミラだ。

「私も考えてみたのだけど、竜具の力がおさえられている。ズメイの仕業か、それとも……」

ミラはティル＝ナ＝ファの像を見上げる。この空間自体に何かあるのだとしても、ミラはおかしいと思えなかった。ジスタート人であればこそ、ティル＝ナ＝ファによい印象を抱くことなど、できるはずがない。

ティグルも同じように女神の像を見上げていたが、若者の瞳には不安と疑念が揺れている。

――俺の黒弓は、この女神に関係があるんだろうか。

夢のことを思いだすと、そうとしか思えない。それに、はじめてこの弓の『力』を引きだしたとき、ティグルの意識に語りかけてきた声は女性のものだった。

――あれはティル＝ナ＝ファなのか。

左手から伝わってくる弓の感触が恐ろしいもののように思えてきた。魔物に通じるから、ミラとともに戦えるからと、ティグルは黒弓の力をよいものだと考えてきたが、まったく違うものだったのではないか。

――でも……。そうだとしても、俺はこの弓の力を使う。

ここにいるひとたちを、死なせたくないから。

ひとつ気になるのは、竜具の力がおさえられているというミラの言葉だ。その状態で、この黒弓の力を発揮できるのか。

ティグルは左手の甲を傷つける。オルガとヴァルトラウテが驚いて何かを言いかけたが、ミラが制した。ティグルは矢をつがえて、深く呼吸をする。

ラヴィアスとムマから、それぞれ『力』が一筋の輝きとなって流れこんできた。不思議と、普段感じる重圧はない。

――俺の血を持っていけ。

声に出さず、ティグルは黒弓に訴えかける。それによって『力』を引きだせるのなら。

刹那、黒弓が生きもののように脈動したような気が、ティグルはした。黒い霧のようなものが弓幹からあふれて、ティグルの左手にまとわりつく。

全身を寒気が貫いた。血どころか、身体中の熱を、活力をえぐりとるように持っていかれる感覚がティグルを襲う。苦痛と恐怖の息が、口から漏れた。

だが、ティグルは黒弓を強く握りしめる。たしかに、黒弓から『力』が伝わってくる。自分が望んだ通りに。いいぞと、口の端を吊り上げて笑う。

ふと、視線を感じた。ミラたちではない。

奇妙な視線だった。すぐ近くから見ているようにも、はるか遠くから見ているようにも感じられる。下から見上げているようにも、上から見下ろしているようにも。春のぬくもりのように温かく、冬の風のように冷たかった。黒弓に血を吸わせたせいで、疲れているのだろうか。

──何を望むの？

意識の奥底から、声が語りかけてきた。この弓に隠されていた力を教えてくれた声だ。

──想い人のために命をなげうつことを望むの？

違うと、ティグルは歯を食いしばりながら心の中で答える。

──未来をつかむことだ。

弓弦を充分に引きしぼって、狙いを定める。女神像の右側の壁。おそらくそこが、もっとも岩盤が薄い箇所だ。なぜだか、それがわかった。女神が教えてくれたのだろうか。

そのとき、ティグルは黒弓につがえている矢の鏃に目を留めた。いつのまにか、黒い鏃に変わっている。巨人に放ったあと、回収しなかったのに。

──だが、これなら。

矢から指を離す。放たれた矢はまっすぐ飛んで、壁に突き立った。

尋常でない轟音が暗闇に包まれた空間を激しく揺らす。オルガとミラなどはおたがいを支えなければ立っていられないほどの震動だった。岩盤から灰色の煙が立ちのぼる。十を数えるほどの時間が過ぎて、ようやく震えは止まった。

ティグルは力尽きて、その場に倒れた。ミラがティグルの名を叫んで、駆け寄る。地面に膝をついて若者を抱き起こした。

「だい、じょうぶ……」

ティグルは喘ぐように声を発して、ミラの手を握った。

「ただ、少しだけ……」

「わかってるわ。ゆっくり休んで」

ミラが無理に笑顔をつくって言うと、ティグルは目を閉じた。すぐに寝息をたてはじめる。

ミラは真剣な表情でティグルの様子をうかがったが、本当に眠っただけだと悟って、安堵《あんど》の息をついた。顔をあげて、彼女はティグルが矢を射放ったところを見つめる。

ミラの顔が強張った。すさまじい一撃であったというのに、そこには小さな穴しか開いていなかったのだ。ティグルの身体を横たえて、ミラは穴に駆け寄る。穴の大きさは、せいぜい握り拳を通すのが精一杯というところだ。覗きこむと、外の明かりは見えるものの、岩盤自体の厚さも思い知らされた。

この岩盤を、自分の竜技で吹き飛ばせるだろうか。そう考えたとき、ミラの肩に何かがこぼれ落ちてきた。指で擦りとってみると、それは岩盤の粉塵だった。いまのティグルの一撃で、この巨大な空洞全体に亀裂が走ったようだった。

──急がないと。

竜具に力が戻ってきているのは、手に伝わってくる感覚でわかる。ティグルの放った矢は、おそらくここに仕掛けられていた竜具の力を弱める何かを吹き飛ばしたのだ。

だから、今度は自分がティグルの力になるのだ。

そう決意をして、ラヴィアスをかまえたときだった。

「わたしがやる」

竜具である斧を肩に担いで、オルガが進みでた。ミラを見上げて、彼女は言った。

「あなたには、この穴のまわりを除いた壁や天井を凍りつかせてほしい。わたしがこの穴を押し広げても、すぐには崩れずにすむように」

それからオルガはティグルを振り返る。

「すごいひと。あなたが好きになるのもわかる。こんなところで死なせたくない」

「ありがとう。でもね──」

礼を言ったが、ミラはそれだけではすませたくなかった。

「ティグルは、こんなものじゃないわ」

オルガは小さな穴を正面から見据える。

ヴァルトラウテは、彼女の背中を無言でじっと見つめていた。

──戦姫として目覚めたんだね。

人狼に、巨人。あのような恐ろしい怪物と戦うなど、彼女も自分と同じくはじめてだったはずだ。だが、不甲斐なかった自分とは違い、見事な戦いぶりだった。

迷いのない小さな背中に、嬉しさと、寂しさを同時に感じる。

はじめて会ったときの、道に迷った子羊のような少女はもういない。

——私も、逃げるのはよそう。

ここから出ることができたら、前へ踏みだそうと決意する。

そうしなければ、彼女と対等な友人にはなれない。

ミラが天井と壁を凍りつかせる。オルガは深く息を吸い、吐きだした。ムマの柄が伸びる。

オルガは小さな両手で、しっかりと柄を握りしめた。

気合いの叫びとともに、右から左へ斧を振り抜く。すさまじい破壊音を響かせて、穴を中心に巨大な亀裂が横に走った。間髪を容れず、オルガは左から右へ、斧を薙ぎ払う。斧を通して伝わってくる手応えが、薄紅色の髪の戦姫に確信を抱かせる。

「——破壊の伍《ドラクジルニエ》」

その瞬間、斧の刃が並外れて大きくなる。オルガはムマを振りあげて、岩盤に叩きつけた。

直後、穴が広がるように岩盤が破壊されていく。

オルガが小さく息を吐きだし、彼女の手にある斧が元の形に戻る。

彼女の目の前には、人間が楽に通れるほどの穴ができていた。

「すごいわね……」

ミラが感嘆のつぶやきを漏らす。それから、彼女は気になったことをオルガに尋ねた。

「戦姫の身で、こういうことを聞くべきではないと思うんだけど……。あなたの竜具は何を操るの？　土の力？」

そう思ったのは、予想していたよりも天井や壁に衝撃が広がらなかったからだ。はたしてオルガはこくりとうなずいた。

「そうだけど、いままで頼ったことがなかったから、よくは知らない」

「そう。それなら竜具と仲良くして、少しずつ知っていくといいわ」

ミラは表情を緩めた。オルガは不思議そうに首をかしげる。

「気にならないのか？」

「そりゃあ気になるわよ。でもね――」と、しかつめらしい顔をして、ミラは続けた。

「もしもあなたが戦姫で在り続けようとするなら、私とあなたは友人だけど競争相手ということになるの。たぶん、騎馬の民の間でもあるでしょう？　それなりに仲のよい家同士なのに、利害がぶつかってしまって、しかもなかなか譲れないようなことがね」

思いあたるところがあったのだろう、オルガはうつむいた。

「難しいな……」

しかし、オルガは雑念を払うように首を横に振る。

「でも、わたしが戦姫となって経験するたくさんのことが、いつか戦姫でなくなったとき、騎馬の民に返せる」

オルガは顔をあげて、前を見つめる。ミラと並んで。

大きな穴の先に、冬の空が見えた。ここよりははるかに明るい灰色の空が。

そして、声が聞こえた。男の声だ。

ミラたちは反射的にびくりとしたが、何度も呼びかけてくるその声を聞いて、相手が誰なのかを悟った。笑みが浮かぶ。

ほどなく、穴の先に人影が現れる。アトリーズとラフィナック、ガルイーニンだ。

「無事だったんだな」

穴を通って入ってきた三人を、ミラたちは笑顔で迎えた。

「待っているという約束だったろう」

そう言ったヴァルトラウテに、アトリーズは呆れた顔で応じる。

「鉱山全体が揺れるような、すさまじい音を聞いた。おとなしくしていろという方が無理だ」

「坑道には入らなかったんですから、褒めてほしいですな。落盤が怖かったからというのもありますが」

ラフィナックが気を失っているティグルを背負いながら、軽口を叩く。

その横では、ミラがオルガに手を差しのべていた。ガルイーニンも手伝い、オルガは左右から支えられる。実際、彼女は疲れきっていた。

七人は穴から出る。冷たい空気が心地よかった。

†

レーヴェレンス領を目指して、冬の荒野を進む軍勢がある。

六千の歩兵で構成されたゴルトベルガー軍だ。総指揮官はむろんゴルトベルガーである。

雪こそ降っていないが、風は強く、半球形の兜の下の顔はいずれも赤い。外套を二重に羽織っている者もいるほどだ。先頭を行くゴルトベルガーは馬に乗っていたが、彼だけは冷気に顔を叩かれても平然としていた。獅子のたてがみを思わせる白髪が風に踊っている。

三日前、彼は主だった者を集め、レーヴェレンスを攻めることを告げた。

「レーヴェレンスの当主は、やはり王家と共謀していたことがわかった。遠からず王家の下僕となって、この地に攻めてくるだろう。ゆえに先手を打つ。いま、当主のヴァルトラウテはアトリーズ王子と行動をともにしており、領地にいない。この機を逃すことはできぬ」

同時に、ゴルトベルガーはハノーヴァにも使者を出している。

使者の口上は、次のようなものだった。

「レーヴェレンスのヴァルトラウテが、アトリーズ王子をランメルスベルクにて殺害した。急ぎ、かの鉱山へ向かわれよ。私は王家に対する忠義を持たぬが、王子とは再び戦場で相見えたかったと思っている。かくなる上はレーヴェレンスを討伐して土豪の矜恃を示そう」

　根拠なしのでたらめというわけではない。ゴルトベルガーは以前からヴァルトラウテの動向をさぐっていたのだが、彼女がアトリーズと会談し、その後、王子とともにランメルスベルクに向かったことを、斥候《せっこう》からの報告で確認している。

「王子とレーヴェレンスが鉱山のふもとの町に入った日、鉱山ですさまじい音がしたのです。落雷どころではない、山が吹き飛んだのかと思いました。町は騒然としております」

　その報告から、彼はヴァルトラウテによる王子殺害をでっちあげた。そして、義憤によってレーヴェレンスを討つというわけだった。

　ぬけぬけと、とはこのことだが、王家の介入を防ぐためと思えば、ゴルトベルガーもこのていどのことは言ってのけるのだ。

　また、彼は他の土豪たちにも働きかけている。レーヴェレンス領を切りとって、自分たちで分けあおうではないかと。すでにホフマンなどからは好意的な返事をもらっていた。彼もいまごろ兵を率いて、レーヴェレンスを目指しているはずだ。

　もともと王家とも交流を持つレーヴェレンス家を、彼らは警戒していた。だが、単独で戦いを仕掛けるには、相手は大きすぎる。ゴルトベルガーが動くなら勝機はあると考えたのだ。

――レーヴェレンスの領地の半分でも手に入れば……。

土豪としてのゴルトベルガーの地位は、不動のものとなる。他の土豪たちは彼に従い、王家も認めざるを得なくなるだろう。

以前からゴルトベルガーはそのように考え、レーヴェレンスを狙っていた。だが、土豪同士でむやみに争えば、王家を利するだけである。無傷で手に入れるのは不可能だとしても、なるべく流血をおさえて手に入れなければならない。

その機会が、ようやく訪れたのだ。ヴァルトラウテが無事だとしても、すぐに自分の領地に戻ってくることはできないだろう。早期に決着をつけるべきだった。

「ゴルトベルガーは王と対等である土豪だ。王に膝をつく諸侯ではない」

その信念のもと、ゴルトベルガーはレーヴェレンスの領内に侵入を果たした。

「村や町は放っておけ。城砦に立てこもる兵たちもだ。我々はソルマンニを目指す」

ゴルトベルガー軍は、まさに脇目も振らず、レーヴェレンス領を一直線に突き進む。そうして三日後には、ソルマンニに迫った。

ソルマンニの町はすべての城門を閉ざして、徹底抗戦のかまえをとっている。ヴァルトラウテが不在だというのに兵の士気は高く、彼らの喊声《かんせい》はゴルトベルガー軍にも劣らなかった。

「虚勢を張っているのだろう。一息に潰せ」

幕営《ばくえい》の設置をすませたあと、ゴルトベルガーはけしかけるような口調で命令を下す。短期間のうちに、この町を攻め落とさなければならない。使者を出しているとはいえ、王家の軍勢がいつ動くかわからないからだ。

兵たちは長い板を何十枚もわたして濠を渡り、城壁に梯子をかける。

もちろんソルマンニの守備兵たちがおとなしく見ているわけはなく、矢の雨を浴びせ、石を落とし、熱湯をまいてきた。油を詰めた袋をいくつも板の上に投げ落としてから、火のついた松明を大量にばらまくと、板が次々に燃えだす。ゴルトベルガー兵たちは濠の中に落ちた。

「意外に手こずる……」

そう思いながらも、ゴルトベルガーは自軍の優勢を確信していた。敵兵の動きから、その数がこちらよりはるかに少ないのを見抜いたのだ。おそらく二千に満たないだろう。いまは士気の高さで補っているが、ヴァルトラウテがいない以上、長く続くものではない。

ゴルトベルガーは兵たちに命じて、口での攻撃も行った。兵たちはヴァルトラウテを陣頭に立たせろと叫んだり、他の地も攻められているので援軍は来ないぞと煽《あお》る。

そのうちに日が暮れてきたので、ゴルトベルガーは兵を引かせた。

彼は上機嫌で兵たちを激励し、夜襲を警戒しつつ、ゆっくり休むようにと伝える。それなりに損害は出たが、予想していたほどのものではない。数の差が現れている。

――明日には落とせる。

そうしてゴルトベルガーは朝を迎えたのだが、従者から驚くべき報告を受けた。

「城壁に、ヴァルトラウテが立っています」

ゴルトベルガーは外套も羽織らず、巨大な戦斧だけをつかんで幕舎を飛びだした。兵たちに動揺を見せぬよう、走りだしこそしなかったが、どうしても早足になる。

城壁の前に立って、仰ぎ見る。目を瞠《みは》った。

たしかにそこにはヴァルトラウテが立っている。甲冑をまとい、赤い髪を風になびかせて。

「ゴルトベルガー、話がしたい」

呼びかけられて、ゴルトベルガーはうなずくしかなかった。


城門から出てきたヴァルトラウテには、同行者がいた。アトリーズだ。

ゴルトベルガーが敗北を悟ったのは、このときかもしれない。だが、彼は胸を張って、傲然とかまえていた。

町を囲む濠のそばで、ゴルトベルガーはヴァルトラウテたちと向かいあう。

「いつ戻ってきた……」

「昨夜だよ。友人に、馬の目利きが優れている子がいてね。馬を片っ端から乗り捨てて、ここまで駆けてきた。もちろん、ここに着く前に伝令は出していたが」

ゴルトベルガーは唸った。だが、彼はまだ動揺をおさえることができた。

「俺と、何の話をしようというのだ。この町を攻めた理由でも聞こうというわけか」

「それについては後まわしだ。──私は、王家に従って諸侯の列に加わることを決めた」

ゴルトベルガーの巨躯《きょく》がよろめく。その言葉が彼に与えた衝撃は、尋常でなかった。

「なぜ、だ……？」

土豪の戦士の声が震える。愕然《がくぜん》とした顔で、ゴルトベルガーは問いただした。

「貴様の父は、王家の者に殺されたのだろう。その仇にくだるというのか。土豪としての誇りはどこへいった。それとも、王子にほだされたのか」

最後の問いかけは、アトリーズを見ながらのものだ。

「一国の王たらんとする者が土豪ならば、誰と組むのも自由だろう。土豪だから土豪と組まなければならない、という道理はない」

涼しげな顔でそう言ってから、ヴァルトラウテは首を横に振った。

「似合わないことを言うものではないな。父の遺志に従い、レーヴェレンスにとっての最善を考えて、そう決めた」

その答えに、ゴルトベルガーは太い眉を動かす。ヴァルトラウテは言葉を続けた。

「父は、レーヴェレンスを頼むと言った」

土豪として生きろと言っていたわけではない。そのことに、ようやく気づいた。

気づかせてくれたのは、青い髪の戦姫の言葉だった。

「王子殿下は、レーヴェレンスが諸侯になることを承認してくださった。これがどういう意味を持つか、わかるだろう」

ゴルトベルガーは息を呑む。すなわち、レーヴェレンス領は王家の勢力圏ということだ。

「近日中に、王家の軍がここへ来る。引け、ゴルトベルガー」

言うべきことは言ったというふうに、ヴァルトラウテはゴルトベルガーに背を向ける。アトリーズもだ。

ゴルトベルガーは一言も発せずに、二人を見送った。

土豪の時代が終わることを、このとき彼は感じとったかもしれない。もはや土豪だけでは、何をどうやろうと王家に対抗することはできない。少しずつ呑みこまれていくだろう。

いずれは、土豪という者たちがかつて存在したと言われるようになる。

しばらくの間、ゴルトベルガーはその場に立ちつくしていた。

だが、やがてソルマンニに背を向け、従者を呼んで撤退を命じた。

その顔が赤いのは、冬の風のせいばかりではなかった。

†

鉱山の奥深くにあるティル＝ナ＝ファの像の前に、ズメイは立っていた。

冷たく沈殿した大気の中で、魔物は微動だにせず女神の像を見つめている。仮面をつけているために表情はわからなかったが、たとえ仮面を外しても、その内心をうかがうことはできなかっただろう。ズメイの感情が、この身体に反映されることはないのだから。

——そのはずだが。

異界から現れた巨人とティグルたちの戦いを見守りながら、ズメイは何度か力を行使することを考えた。ミラやオルガの動きに隙を見いだして、グングニルを手元に呼びだそうとした。

身体が抵抗してくることは、一切なかった。

そのことが、かえって疑念を呼んだ。この身体にはわからないことが多い。

何をすれば抵抗してくるのか。それがわかるまでは、やはり戦いは控えるべきだ。

——バーバ＝ヤガーも動きだすようだ。信用する気はないが、時間は稼げるだろう。

不意に、ズメイの背後の空気が音もなく動いた。

振り向かずとも気配でわかる。ひとりの小柄な老人が立っている。外に通じている穴から入ってきたのでは、もちろんない。空間を歪めて、そこに現れたのだ。

「ムオジネル、ジスタート、アスヴァールと来て、ザクスタンか。ご苦労なことだな」

老人の声は淡々として、責めるようなものではない。

だが、ズメイはかすかな不快感をそそられた。

「何の用だ、ドレカヴァク」

それが老人の名だ。ズメイやバーバ＝ヤガーと同様に、魔物であった。

「ひとつ釘を刺しておこうと思ってな」

ドレカヴァクの目が赤い輝きを放つ。それだけで周囲の大気が暗く濁った。

「ブリューヌは私が滅ぼす。羽虫のようにあちらこちらを飛びまわっているおまえには、首を突っこまないでもらいたい」

「テナルディエの下で人間のふりをしているのが、それほど楽しいか」

口にしてから、自分がドレカヴァクを挑発したことにズメイは驚いた。言われた方は眉ひとつ動かすことなく、静かな口調で答える。

「あの男には野心があり、力がある。ブリューヌを焼き尽くすだけの力がな。人間同士を殺しあわせ、屍山血河で大地を埋めることについては、おぬしと考えは変わらぬよ。ただ、ひとつ気になっていることがある」

一拍の間を置いて、ズメイは「何だ」と、短く尋ねた。ドレカヴァクの目が輝きを増す。

「最後に自分だけが女神のそばにおればよい。そう思っているのではないか、おぬし」

「なぜ、そう思う」

「ここぞというところで手を抜いている。そう見える」

「買いかぶりすぎだ」

ズメイはドレカヴァクを振り返る。仮面を外すと、長い黒髪が広がった。

「死体に頼らねば何の力も持てぬ。それが私だ。とくに、この身体は具合がよくない。私の意志によらず、動きが止まる」

ドレカヴァクは黙ってズメイを見つめる。その言葉の真偽をはかろうとするかのように。

不意に、老人の姿がかき消えた。去ったのだ。

ズメイは仮面をかぶり直す。声には出さず、つぶやいた。

——先日はバーバ＝ヤガー。今日はドレカヴァク。三柱も滅びて、さすがに焦ったか。

しばらくは様子を見よう。こちらも身体を安定させるための時間は必要だ。ドレカヴァクがどのように動くとしても、ブリューヌにはコシチェイもいる。すべてを上手く進めることなどできるはずがない。

ほどなく、ズメイの姿もかき消えた。

女神の像は静かに暗闇を見下ろしている。

†

ザイアン＝テナルディエがネメタクムの地に帰還したのは、冬の半ばのことだった。

アスヴァールからの距離を考えると、遅くなったどころではない。飛竜《ヴィーフル》がまっすぐ飛んでいれば、十日とかからず帰り着くことができたはずなのだから。

どうしてこれほど時間がかかったのかといえば、飛竜が気ままに飛びまわったからというだけではない。ザイアンがあちらこちらに寄り道をしたからだ。いまごろになって、父に怒られるのが怖くなったのである。

「俺はたしかに父上の命に背《そむ》いてネメタクムを飛びだした。だが、アスヴァールで立派に武勲をたてた。ギネヴィア王女からお褒めの言葉もいただき、褒美も授かった。名門テナルディエ家の嫡男《ちゃくなん》として務めを果たしたのだ。顔に傷を負ってもいないし、腕や指を失ってもいない。うん、だいじょうぶだ。父上を説得できる材料は山のようにある。何も問題ないぞ！」

そう何度も自分に言い聞かせたのだが、そのたびに怒りの形相になった父の姿が浮かんで、なけなしの勇気を粉砕した。竜と向きあうよりもはるかに恐ろしい。

父であるテナルディエ公爵は苛烈《かれつ》な気性の持ち主で、失態を犯した者や命令に背いた者には容赦しなかった。自ら鞭を振るって、そうした者たちの背中を叩く光景を、少年だったころのザイアンは目にしている。背中の肉がえぐれて血が飛び散るさまは、凄惨《せいさん》の一言に尽きた。

「落ち着け、俺は父上の息子だ。まさか、いくら何でも、そんなことをするはずがない。せいぜいお説教ぐらいだ。スティードだって俺をかばってくれる。たぶん……」

スティードというのはテナルディエ公爵の腹心で、信頼の厚い騎士だ。

そんなふうに父におびえたザイアンは、進路を飛竜に任せて寄り道を繰り返した。一ヵ所に長く滞在しなかったのは、飛竜の存在を恐れられたからである。

村長を名のる男が一頭の羊を連れてきて、これでどうか帰っていただけませんかと怯えながら懇願してきたら、さすがのザイアンもはねのけることはできなかった。羊じゃなくておまえを飛竜に喰わせてやろうかと思いはしたが。

ともかくそのような経緯で、ザイアンはネメタクムに帰ってきたのだった。

飛竜の巨躯は目立つ。屋敷のそばに降りたったザイアンのそばに、領民たちが集まった。

「ザイアンさま、よくぞご無事で！」

「お帰りになって何よりです！」

「この日をどんなに待ち望んだことか！」

予想だにしない歓迎ぶりに、ザイアンは口元が緩むのをおさえられなかった。

「あ、ああ。出迎え、ご苦労である」

飛竜から下りて、らしくもなく彼らにねぎらいの言葉をかけたが、聞こえてきたいくつかの単語から事情を察して、たちまち憮然《ぶぜん》とした。

――父上のことか……。

ザイアンが姿を消してから、テナルディエ公爵の機嫌が目に見えて悪くなり、日ごとに気が短くなっていたらしい。些細《ささい》なことでも怒鳴られるようになっていたため、領民たちはザイアンの帰還を待ち望んでいたのだ。

また、飛竜で飛び立ってやろうか。

そんな考えが浮かぶ。彼らが父の怒りを買うならば、いい気味だ。ザイアンは領民を大切に思ったことなどない。斬り捨てても、放っておけば新しい者がどこからかやってくる。

――だが、この騒ぎようでは、もう父上の耳に入っているかもしれんな。

上空で旋回する飛竜の姿を見た時点で、報告に向かった可能性が大きい。ここで飛び立ってしまえば、父の怒りは自分にも向くだろう。

――俺はこんなやつらとは違う！

父から逃げては、この領民たちと同じになってしまう。それだけは御免だ。

飛竜をその場に残し、ザイアンは彼らを振り切るように、屋敷へと入った。まっすぐ父の部屋へ行こうとしていたのに、その足は玄関を抜けた広間で止まる。

侍女のアルエットが立っていた。ただひとり、飛竜の世話を嫌がらずに務めている娘だ。

「お帰りなさいませ。ご無事で何よりです」

「おう……」

うやうやしく頭を下げるアルエットに、ザイアンはぶっきらぼうな返事をする。

アルエットが見て見ぬふりをしてくれなければ、ザイアンはネメタクムを抜けだせなかった。だから彼女には感謝している。しかし、礼の言葉を言うのは恥ずかしかった。

顔をあげたアルエットを見て、ザイアンは眉を動かした。彼女の左頬が赤く腫れている。

怒りがこみあげた。この娘は何か不始末をしでかして、父に折檻《せっかん》されたのだ。

この瞬間、ザイアンの意識から恐怖が消えた。早足で父の部屋へ向かう。見張りに立っていた者たちが、脇に退くほどの怒りようだった。

　扉を叩き、返事を聞いて勢いよく押し開ける。椅子に座っている父を見て、大声をあげた。

「父上、ひとつお伺いしたいことがあります！」

　テナルディエはわずかに顔をしかめたが、無言で息子を促す。このとき、ザイアンは旅装を解いておらず、髪は乱れ、顔は旅塵にまみれていたのだが、そのような息子を前にして、落ち着き払って話を聞こうとするあたりは、さすがに公爵家の当主というべきかもしれない。

「私のところの侍女がどのような粗相《そそう》をして父上の機嫌を損ねたのかは知りませんが……」

「何のことだ」

　冷静な口調で聞かれて、ザイアンは言葉に詰まった。次いで、当惑した。

　国王や他の諸侯に対しては必要に応じて腹芸も使う父だが、自分に対してとぼけるような真似はしない。政治的な質問でもしないかぎり。

　そして、一介の侍女のことがそのような質問であるはずがない。

「あのアルエットという娘のことではないでしょうか、閣下」

　テナルディエのそばに控えていた騎士のスティードが、そっと耳打ちする。それから、彼はザイアンに向き直ると、丁重に一礼した。

「ザイアンさま、申しあげたいことは数多くありますが、まずは疑問にお答えいたします。アルエットのことでしたら、あの娘はロバを厩舎へ入れる際の誘導に失敗してはねられ、顔をぶつけたのです」

「ど、どうして、おまえがそんなことを知っている……？」

ザイアンは声を震わせ、うろたえた。スティードはたしかに有能な男だが、侍女ひとりの行動までいちいち把握しているはずがない。はたして、スティードは当然のように言った。

「アルエットの動向には、とくに気を払っておりました。ザイアンさまが旅に出られるのを手伝ったものと思っていましたから」

ザイアンは呻いた。手伝わせなくてよかった。

スティードはさらに続けた。

「それに、あの娘はこの四月半もの間、飛竜の厩舎の掃除を欠かしませんでした。ザイアンさまがいつ帰ってこられてもいいようにと。その点は評価しております」

ザイアンは呆然として、その場に立ちつくした。

いつ戻るともしれない自分と飛竜を、待っていてくれた者がいたのだ。

あるいは義務感からかもしれない。だが、父を恐れての行動でないのはたしかだった。

胸が熱くなる。いまの思いを表現する言葉が見つからない。

もどかしい思いを抱えていると、低い声がザイアンの鼓膜に届いた。

「さて、ザイアンよ。聞きたいことがわかったからには……私と話そうか」

もどかしい思いは瞬時に吹き飛んだ。父が笑みを浮かべて自分を見ている。獲物を見つけた獣でも、これほど獰猛《どうもう》な面構えにはならないだろうというほどの凶悪さであった。

「ち、父上、旅装も解かずにまいりましたのは、ぶ、無礼の極みで――」

「いいから座れ。旅装も解かずに駆けこんでくるぐらい、元気が有り余っているのだろう」

テナルディエ公爵が空いている椅子を指で示す。逃げられないと悟ったザイアンは、スティードに視線で助けを求めた。公爵家に忠実な騎士は冷ややかな視線を返してきた。

「ザイアンさま、申しあげたいことが数多くあると、言ったはずです」

「おまえが旅に出たのは、秋のはじめだったな。長い話になりそうだから、葡萄酒《ヴィノー》を持ってこさせよう。飛竜のことは、その侍女に任せておけばよいのだろう。ドレカヴァクもいる」

反論できなかった。厩舎の掃除はザイアンではできない。

ドレカヴァクはテナルディエに仕えている老占い師だ。テナルディエのもとに地竜《スロー》と飛竜を連れてきたのは、彼だった。むろん竜を従える術も心得ている。

父の目は竜のように爛々《らんらん》と輝き、その姿は何倍にも大きく見える。

ザイアンは観念した。

エピローグ

ゴルトベルガーとの戦いから十日が過ぎた。

ハノーヴァにある屋敷の応接室で、アトリーズはアウグスト王と対峙している。この部屋には椅子もソファもあるのだが、父が座ろうとしなかったので、息子も立っていた。

「おまえがここまでやれるとは思っていなかった。やらせるつもりもなかった」

アウグスト王は不機嫌そうに言った。アトリーズは気圧されないよう腹に力を入れる。

「陛下は、本当に土豪《レンツヘル》たちを攻め滅ぼすつもりだったのですか」

アウグストは答えない。その沈黙は肯定だった。アトリーズは続けて聞いた。

「それは、土豪たちの恨みや敵意をご自分が引き受けるためでしょうか」

「恨みなど知ったことではない。王としての判断だ」

「わかりました」

アトリーズは深く頭を下げる。顔をあげたとき、彼の両眼には決意が宿っていた。

「陛下、ひとつお願いがございます」

「レーヴェレンス家の当主との結婚を許せとでも言う気か？」

機先を制されて、アトリーズはおもわず息を呑む。だが、懸命に身体を奮いたたせた。

「人狼《ヴェアヴォルフ》化の一件については、すでにご報告した通りです。ティル＝ナ＝ファという異国の女神を奉ずる者たちがランメルスベルク鉱山に隠れ潜み、怪しげな酒をひそかに兵たちの間に流していました」

「聞いている。ブリューヌ人とジスタート人の力を借りて殲滅《せんめつ》したとな」

「レーヴェレンス家の力も借りました。彼女がいなければ、我々はいまだに人狼化に悩まされていたでしょう」

アウグスト王は答えない。沈黙に促されて、アトリーズは続ける。

「陛下、このことを大々的に発表するべきです。我々を分裂させようとしたものがいた。我々は力を合わせてこれを退けたと」

熱意から頬を紅潮させて、アトリーズは言い募《つの》る。

「その上で、レーヴェレンスを王家の一員として迎えいれれば、彼らも安心するでしょう。戦を避けて土豪たちを諸侯とするためには……」

「貴族諸侯はレーヴェレンスをどう見るか、考えたことはあるか。あの娘にはすでにバルムンクを与えている。その上、さらに厚遇しようというなら、あの娘も、おまえも、悪意の渦に呑みこまれることになるぞ。その覚悟はできているのか」

「誰かが、規範とならなければなりません」

アウグスト王の視線にひるまず、アトリーズは言った。

「父上の懸念は、それだけではないでしょう。今日までの間に、親や兄弟を土豪との戦いで失った者は数多くいるでしょう。土豪たちも同じだと思います。彼らの不満をも、我々は引き受けなければならない。ですが、さきほども申しあげた通り、私とヴァルトラウテは、力を合わせることができた。相手を認める寛容さを、私たちが示します」

アウグストは無表情で息子を見つめた。

「ことが起こったとき、自分の手で始末をつけることができるか」

厳しい視線が、アトリーズを見据える。誰かがアトリーズの寛容さを侮って叛乱を起こしたときに、自分で対処できるかと、王は問うていた。

「やります」

アトリーズは父の視線を受けとめて答える。

そうして父と子の会話は終わった。


国王と王子が話しているころ、ティグルの部屋には、ティグルとミラ、オルガ、ラフィナックとガルイーニンが集まっていた。テーブルにはミラの淹れた紅茶《チャイ》が人数分置かれている。

「オルガのおかげで助かったわね」

ミラがオルガの髪を優しく撫《な》でる。ランメルスベルク鉱山から脱出したあと、ティグルたちはソルマンニの町から来たという伝令の報告を受けた。

　この状況でソルマンニを長く空けることについて懸念を抱いたヴァルトラウテは、要所に伝令の待機所を設置し、少しでも早く知らせを受けとることができるようにしていたのだ。伝令が乗る馬を選んだのは、オルガだった。

「これで、王都にある王宮の書庫を殿下に調べてもらうことはできそうね」

　紅茶を飲みながら、ミラが安堵《あんど》の息をついた。これでようやく、魔弾の王の手がかりを調べられるのだ。

「レーヴェレンス家に残っている記録も見せてもらう許可を取りつけたし、何か見つかるといいわね」

「そのことで話があるんだが」

　ティグルが一同を見回す。黒弓がティル＝ナ＝ファと関係があるだろうことを話した。

「そういえば、あのティル＝ナ＝ファの像は不愉快だったわ」

　ミラの言葉に、ティグルとオルガは首をかしげる。

「何が？」

「黒い竜をお尻に敷いていたでしょ。従えているようで……」

　ミラの言葉に、ティグルはなるほどと納得した。ジスタートの始祖は、黒竜の化身を称していた。生粋のジスタート人であるミラには、それが不満らしい。一方、オルガは騎馬の民だからなのか、それほど気にしていないようだった。

「それから昨日、ヴァルトラウテからこれをもらったんだ」

ティグルは腰から下げている皮袋から、あるものを取りだしてミラに見せた。

それは黒い鏃《やじり》だった。だが、アスヴァールで手に入れたものとは形が違う。こちらは丸くふくらんでおり、先端に鋭い棘のようなものが生えている。

「ティル＝ナ＝ファの像があったところに落ちていたらしい。俺のものだと思って拾っておいたそうだ」

ティグルとミラは、薄気味悪いものを見るような目で鏃を見つめた。形こそ違うが、まとっている雰囲気はブルガスの地で手に入れたものとまったく同じだ。手ざわりも、光沢も。

ちなみに、岩盤を貫いた黒い鏃も、いつのまにか手元に戻っていた。

「あの場所は崩れて埋まってしまったのよね？」

確認するようにミラが言った。ティグルはうなずく。

「ヴァルトラウテの話だと、そうだったな。鉱山そのものの採掘作業もしばらく止めて、様子を見るそうだ。掘りだすことは無理だろうな」

「人狼の一件も、これで解決したことになるのか」

オルガが言った。人間を人狼に変えるものは、ズメイの力によってではなく、あの場所でつくりだされたのだろうというのがミラとオルガ、ヴァルトラウテの見解だった。竜具《ヴィラルト》が力を発揮できなかったように、あの空間はあまりに異質であったのだと。

「あと、もうひとつ」

ややあって、ティグルはおもいきったように切りだした。

「ヴァルトラウテには秘密にしておいてほしいんだが」

そう前置きをしてから、本題に入る。

「岩盤に穴を開けたあと、俺は気を失ったが、そのときに夢を見た」

奇妙な夢だった。左手に黒弓を持った黒い影が、あの女神像の前に立っていた。そして、その影は右手に宝剣バルムンクを持っていたのだ。

「そいつは何かをつぶやいていた。夢の話だからよく聞きとれなかったというのもおかしな言い方だが……。バルムンクを封印しようとしていたようなんだ」

「封印？」

ミラとオルガが目を丸くする。たしかにこれは、ヴァルトラウテには聞かせられない話だ。

「何のために？」

「わからない」

ティグルは首を横に振った。ブリューヌ王国のデュランダル、アスヴァール王国のカリバーンと同じく、バルムンクもまた魔物と戦える貴重な武器に違いない。それをどうして封印しようとしていたのか。魔弾の王は、魔物の敵ではないのか。

「魔弾の王についてはもちろん引き続き調べていくが、同時に俺はティル＝ナ＝ファについても調べたいと思う」

「それはブリューヌに帰るということ？」

ミラが不安を青い瞳に湛《たた》えて身を乗りだす。ティグルの返事は歯切れが悪いものだった。

「俺がブリューヌで調べて、ミラにはジスタートで調べてもらった方がいいとは思うんだが」

ただし、ティグルはブリューヌにおいて信用がない。故郷の人々やロラン、ファーロン王などはティグルを信頼してくれていると思うが、それ以外の者には、弓以外に取り柄のない田舎貴族と思われているだろう。

そんな男が、よりにもよってティル＝ナ＝ファについて調べたいなどといったら、どのような反応をされるか、容易に想像がつく。

「まあ、何日か考えてみる。いますぐ結論を出さなければならないわけじゃない」

ところが、呑気にかまえていることはできなくなった。その日の夜、屋敷を訪れたヴァルトラウテが、驚くべきことをティグルたちに告げたのだ。

「ナヴァール城砦を知っているかな」

ティグルはうなずいた。ブリューヌの西方国境を守る城砦で、黒騎士ロランが団長を務めるナヴァール騎士団が守っている。ザクスタン軍やアスヴァール軍を幾度となく退けた、鉄壁といってよい城砦だった。

「その城砦から三日前、火の手があがっているのが確認されたらしい。他言無用のこととなっているが、ブリューヌ人のあなたには伝えるべきかと思ってね」

ティグルは息を呑んだ。いったい誰がナヴァール城砦を襲ったのか。

「我々ではない」と、ヴァルトラウテは首を横に振った。

「おそらく、アスヴァールでもない。内乱が終わったばかりで、他国に戦を仕掛ける余裕などあるはずがないからね。まして、我が国を攻めるならともかく、恩のあるブリューヌを敵にまわして彼らに何の利益がある」

言われてみれば、その通りだ。では、どの国がナヴァール城砦を襲ったのか。

ジスタートやムオジネルではない。遠すぎるし、彼らにとって何の利益もない。

では、ただの失火か。

いずれにせよ、ロランのことが気になる。城砦へ向かうことを、ティグルは決意した。

ヴァルトラウテにその旨を告げると、彼女はうなずいた。

「では、明日までに準備をすませるといい。こちらも馬や必要なものを用意させてもらう。続報が届いたら、伝えることも約束しよう。私たちとしても、あの城砦にはいろいろな意味で注目しているからね」

ありがとうございますと、ティグルは礼を言った。

「それから、これは王子殿下からの伝言だが、困ったときにはいつでも頼ってほしい、とのことだ。私もだが、彼はあなたにずいぶんと借りをつくったと思っている」

「俺は、俺のやりたいようにやっただけです」

ティグルが答えると、ヴァルトラウテは、彼女には珍しい、意地の悪い笑みを見せた。

「そうだな。だが、覚えておくといい。異国の人間の口添えが、有利に働くことがないともかぎらないからね」

ヴァルトラウテの視線が、ティグルの後ろにいるミラに向けられる。その意味を悟って、二人はそろって頬を染めた。

「オルガはどうする？」

気を取り直して、ティグルは薄紅色の髪の戦姫に尋ねる。

「いっしょに行く」と、オルガは即答した。

「ここまで来たのだから、寄り道をしてもいいと思う」

「それじゃ、いっしょに行くか」

ティグルは彼女と握手をかわした。小さいが、しっかりした意志と力を感じる手だ。

「もうひとつ、いっしょに行く理由があった」と、思いだしたように彼女は付け加える。

「あなたとも、仲良しだから」

若者と戦姫は、笑顔をかわしあった。

ソフィーヤ＝オベルタスは、アスヴァール王国の王都コルチェスターで冬を過ごしている。彼女は多忙だった。アスヴァール島にいる諸侯や有力者が、ひっきりなしに彼女を訪ねてくるのだ。すでに十日先まで予定が埋まっているほどである。

ソフィーとジスタートにしてみれば、これこそ望んでいたものだったが、対応には気をつけなければならなかった。ギネヴィアに従って戦った者と、中立を宣言していた者、ジャーメイン王子の下で戦い、最後には降伏した者を同列に扱うわけにはいかない。

とはいえ、敗者を粗末に扱うような真似《まね》もできない。ソフィーの気質に合わないというのもあるが、このような人物が奮起して、将来重要な地位に就くことがあるからだ。

ソフィーは彼らの話を聞いて、場合によってはギネヴィアや、彼女の側近であるウィルへの紹介状をしたためたり、問題にならないていどの援助を約束したりした。

もちろん話の合間に情報収集をすることも忘れない。新たにギネヴィアに登用された者たちの出身や人柄、諸侯同士の関係の変化、ザカリアス王の健康状態、地方の動向など、つかんでおくべきことは山のようにあった。

「船と船乗りはボンネル殿に、兵たちのことは各部隊の隊長に任せて正解だったわ。わたくしひとりで何もかもをやろうとしたら、体力も時間も足りないもの」

そう言いながらも数日ごとに出される報告書には目を通し、指示を出すソフィーだった。ときどきミラたちのことを思いだしては、無事を祈る。彼女たちはザクスタンのどのあたりにいるだろうか。王都には着いたのか。何か面倒なことに巻きこまれてはいないか。

「巻きこまれていそうな気はするけど、ミラならだいじょうぶね。ティグルもいるし」

そんなふうに冬を過ごしていたソフィーのところへ、ある日、ひとりの男が訪ねてきた。

長弓使いのハミッシュである。アスヴァールの第二王子エリオットの部下だったが、エリオットが死んでからはギネヴィアの下で戦い、武勲をたてていた。ティグルと親しく、ソフィーも紹介されて会ったことがある。実直な男だという印象を抱いた。

「あの方がわたくしを訪ねてくるなんて、はじめてね。何があったのかしら」

不思議に思いながらも、ソフィーは予定を変更して、先に彼と会うことにした。

応接室に通されたハミッシュは、恐縮するようにたくましい身体を縮めてソファに座る。長弓に習熟した彼は、左腕が右腕よりも太い。侍女が二人分の紅茶《チャイ》を置いて下がるのを待って、向かい側に座っているソフィーに頭を下げた。

「突然の来訪にもかかわらず時間を割いていただいたこと、感謝いたします」

「おおげさですわ、ハミッシュ卿。あなたのご活躍はティグルヴルムド卿から聞いています。戦友が訪ねてきたとなれば、迎えるのは当然のことです」

「活躍などと言われるほどのことは……。いえ、ありがとうございます」

否定するよりも、素直に賞賛を受けた方がいいと考え直したのだろう、ハミッシュは苦笑を浮かべつつ、礼を述べる。挨拶ていどに紅茶に口をつけると、すぐに本題に入った。

「実は、ジスタート人の娘を拾ったというか、助けたのです」

「助けたというと、その娘は何かの事故に遭うか、何者かに襲われたのですか？」

ただごとではない。ソフィーも真剣な表情になって耳を傾ける。

「襲われたようです。ひと月ほど前になりますか、このコルチェスターの西に流れている川のそばで倒れているのを、連れが見つけました。赤い髪をした若い娘で、右腕を斬り落とされていて肘から先がなく、服もぼろぼろで、ひどいものでした……」

ハミッシュはその娘を、王都にある自分の屋敷へ運んだ。娘の顔は血の気を失って白く、呼吸も途切れ途切れで、助からないものと思われた。だが、ハミッシュの連れが夜となく昼となく献身的に世話をして、彼女は一命を取り留めたのだ。

「ハミッシュ卿。あなたのおっしゃる『連れ』とは、どなたですか」

ソフィーが聞くと、ハミッシュは眉間に皺《しわ》を寄せた。

「言わなくてはなりませんか」

「名を明かしたくないのであれば、無理にとは。ただ、わたくしはその方にお礼を言いたいのです。国を同じくするひとを助けてくれたのですから」

そのジスタート人がどのような事情でそこにいたのかはわからないが、話の伝わり方によっては外交問題になりかねない。お礼を言いたいというのは本心だった。

ハミッシュは視線をさまよわせると、硬い表情でソフィーを見据えた。

「戦姫殿、くれぐれも他言無用のこととしていただきたい。そのジスタート人を助けたのは、シャルロットといいます。先の戦でバルベルデの町を守っていたロシュ卿の娘です」

「そういうことですか……」

沈痛な表情でソフィーはうなずく。ハミッシュが敵将の娘を引き取ったという話は、ティグルから聞いていた。ハミッシュは話を続ける。

「父親の死を知ってから、シャルロットはずっとふさぎこんでいました。こちらの話は聞いてくれるのですが、自分から口を開くことはなく、部屋に閉じこもってばかりで……。ですが、その娘を助けてからは、何としてでも死なせまいと必死でした」

そこまで言って、ハミッシュは口調を申し訳なさそうなものに変えた。

「あの子は、見返りを求めて娘を助けたわけではありません。また、私や戦姫殿は、あの子にとって先の戦を思い起こさせる存在なのです。戦姫殿の気持ちは嬉しいのですが……」

「わかりました。彼女には会わずにおきましょう。代わりに、お礼の品を贈りますので、預かっていただけませんか。いつか、彼女の傷が癒えたころに渡してもらえればと」

「ご配慮、ありがとうございます」

「当然のことです。ところで、そのジスタート人の娘は何という名ですか」

何気ない質問だったが、ハミッシュは太い首をひねった。

「それが、娘は記憶を失っているらしく、何もわからないというのです。素性がわかるようなものも身につけておりませんでした。ただ、珍しいことに瞳の色が左右で違っていまして、そのことから千華燈瞳《フェアリス》と呼んでいます」

「千華燈瞳……」

「聞き慣れない言葉でしょう。私もシャルロットから教えてもらうまで知りませんでした」

「わたくしもはじめて聞きました。我が国では、そのような瞳の持ち主を異彩虹瞳《ラズィーリス》と呼んでいますわ。地方によっては吉兆の印であるともいわれています」

にこやかに答えながら、ソフィーは異彩虹瞳の戦姫を思い浮かべる。彼女の存在を知らなければ、もっと驚いていただろう。それほど珍しいのだ。

「ハミッシュ卿、わたくしにここまで話してくださったことは嬉しいのですが、何か事情があるのでしたら、そのことも教えていただけませんか」

穏やかな表情で、ソフィーは聞いた。ひと月ほど前に娘を助けたと、彼は言った。ならば、もっと早く知らせてくれてもよさそうなものだ。責めるつもりはないが、気になった。

ハミッシュは苦しげな顔で、両手を膝の上に置く。

「戦姫殿、悪いのはすべて私だ。実のところ、あなたに報告するつもりはなかったのです。千華燈瞳と出会って、シャルロットは前を向くようになった。ジスタート語など知らなかったあの子が、彼女の言葉を理解しようと努め、笑いあうようになった」

その光景はハミッシュにとっても救いだった。彼が強く望みながらできなかったことを、記憶のないジスタート人の娘はかなえてくれたのだ。

「千華燈瞳の普段の言葉遣いはたどたどしいのですが、急に明晰な口調で話すこともあるという具合で、私はそれを理由に、いつか記憶が戻るだろう、戻ったら報告しようと自分に言い聞かせていました。ところが昨日、シャルロットが私に言ったのです」

「――その子をジスタートに帰してあげたい、ですか？」

推測してソフィーが言うと、ハミッシュは大きな身体を揺らしてうなずいた。

「我ながら情けない話です。自分のことばかり考えて、千華燈瞳のことなど何も考えていなかったのですから」

すべてを話し終えて、ハミッシュは口を閉じる。

二人の間に横たわった沈黙を、ソフィーは微笑でもって吹き払った。

「あらためてお礼を申しあげますわ、ハミッシュ卿。あなたはご自分が悪いとおっしゃいましたが、そんなことはありません。その娘――フェアリスに友達をつくってくださいました。すぐに彼女をここへ連れてきていたら、そうはならなかったでしょう」

「ですが、それは……」

「わたくしも、ここ最近はなかなか時間がとれない身です。フェアリスを引き取っても、すぐに向きあうのは難しかったと思います。そこでお願いがあるのですが、フェアリスを春まで預かってもらうことはできますか？　どうせ冬の間は船を出せませんから」

あっけらかんとしたソフィーの言葉に、ハミッシュは目を丸くする。何度か瞬きして気を取り直すと、戸惑《とまど》いつつもうなずいてみせた。

「そ、そうですな……。おっしゃる通り、北の海域は荒れていますから」

「お願いします。それから、近いうちにフェアリスに会わせてもらえますか。わたくしも彼女と話をしてみたいので」

「わかりました。明日、連れてきましょう」

笑顔で請け負って、ハミッシュが背もたれに寄りかかる。大きく息を吐きだした。

「戦姫殿、本当に助かりました。ご面倒をおかけした」

「こちらこそ。ところで、このような話をしたあとに聞くことではないのかもしれませんが、ハミッシュ卿は今後、どうなさるつもりですか？」

ソフィーの知るところでは、ハミッシュはギネヴィアから距離を置いているという。長弓兵部隊の指揮官となるよう求められたが、答えを保留していると聞いていた。

そもそもハミッシュがギネヴィアに従ったのは、エリオット王子がジャーメイン王子に暗殺されたと信じたからだ。戦功を認められ、王女に賞賛されればもちろん嬉しいが、それによって忠誠の対象をあっさり乗り換えられるほど器用な人間ではなかった。

「実は、長弓でもってギネヴィア殿下のお役に立たないかと誘われています」

太い首を叩きながら、ハミッシュは口元に笑みを浮かべる。

「殿下のことはもちろん尊敬していますが、何と言ったらいいか、私のような者には計り知れない方です。それゆえ迷っていたのですが……。戦姫殿と話して、決心がつきました。私もシャルロットのように前を向くべきなのでしょう」

「ええ。ティグルヴルムド卿も喜ぶと思います」

ソフィーも微笑で応じた。内心でそっと安堵《あんど》の息をつく。

もしもハミッシュが曖昧《あいまい》な態度を見せていたら、説得するつもりだった。

シャルロットに罪はないが、彼女は敗軍の将の娘だ。そのような娘を保護した者が、次代の女王たるギネヴィアに従わない姿勢を見せるというのは、あまりよろしくない。ギネヴィアは気にしないかもしれないが、彼女に仕える者たちは違う反応を見せるだろう。

シャルロットのためにも、よかったとソフィーは思った。

「ティグルヴルムド卿、ですか……」

ハミッシュの顔に重い後悔がにじむ。

「彼は、不甲斐なかった私を許してくれるでしょうか」

「不甲斐なかったとは、どういうことでしょう？」

いくつかそれらしい噂は聞いていたが、ソフィーはあえて尋ねる。ハミッシュに、自分の言葉で言わせなければ意味のないことだった。

緑柱石の瞳に促されたかのように、ハミッシュは口を開いた。

「バルベルデを攻めたとき、私はロシュ卿と戦うことから逃げたのです。私こそが先頭に立って進み、彼を討ちとるべきであったのに。それに、ロシュ卿の死を知った私は、真っ先にシャルロットのもとへ向かった。戦は終わっていなかったのに」

拳を固く握りしめて、ハミッシュは悔恨の言葉を紡ぐ。

一呼吸分の間を置いて、ソフィーは優しく微笑んだ。

「あなたがシャルロットを保護できたことを、ティグルヴルムド卿は喜んでいましたわ」

「彼は、そういうひとでしたな」

目元に浮かんだものを拭《ぬぐ》って、ハミッシュはうなずいた。

話を終えて、彼はソファから立ちあがる。

「ずいぶんと時間をとらせてしまったが、おかげで助かりました、戦姫殿」

「気になさらないで。わたくしも有意義な時間を過ごせました」

そう答えたソフィーの顔を、ハミッシュはじっと見つめた。不思議そうにソフィーが首をかしげると、頬を赤く染めて慌てて目をそらす。見とれていたらしい。

——そういえば、以前に会ったときもわたくしの容姿を褒めてくださったわね。

社交辞令も含めて褒められるのが日常茶飯事なので、まったく気に留めなかった。

ハミッシュとともに、廊下に出る。そのとき、思いだしたように彼は言った。

「戦姫殿は、タラードという男をご存じですか？　ジャーメイン王子に仕えていた者です」

唐突な問いかけだったが、ソフィーはすぐに記憶からその名を引きだすことができた。

「ええ、覚えています。――恐ろしい男でしたわ」

ソフィーの声には微量の緊張が含まれていたかもしれない。

タラードは二度、ソフィーの前に現れている。一度目はジスタート軍がデュリスの港町を目指していたとき、ジャーメイン軍の将として堂々と現れ、矢を射放ってきた。

二度目はマリアヨの海戦だ。多数の弓兵をそろえた船を何隻も用意して、ジスタート軍に襲いかかってきた。いずれもティグルがいなかったら、どうなっていたかわからない。

「あの男が姿を消したという話を聞きました。戦が終わってしばらくの間は、王都にいたそうですが。ジスタート軍に何をするとも思えませんが、一応話しておこうと」

「貴重な情報をありがとうございます」

心からの感謝の言葉を述べて、ソフィーはハミッシュを見送る。そのあと、彼女は応接室に戻るのではなく、廊下を歩いてバルコニーに向かった。

バルコニーからは、灰色の雲に覆われた冬の空と、黒みがかった海が見える。

胸の奥に、小さな暗雲が渦を巻きはじめている。

ギネヴィアとウィルがタラードの軍才を評価して、何らかの地位を提示したという話は聞いている。ハミッシュの話が正しければ、タラードはそれを拒んだということだ。

この国を去って、どこへ行こうというのか。何を求めているのか。

もしかしたら、彼は再び敵となって、自分たちの前に現れるのかもしれない。

「考えすぎよ」

ソフィーは首を横に振って、考えを追い払おうとする。

しかし、一度生まれた不安は根を張ったかのように、彼女の顔を曇らせていた。

あとがき

みんな、健康には気をつけようね。お兄さんとの約束だよ。

ラフな挨拶ではじまりましたが、前巻から五ヵ月ぶりですね、お待たせいたしました。はじめての方ははじめまして。川口士《かわぐちつかさ》です。『魔弾の王と凍漣の雪姫《ミーチェリア》』五巻をお届けします。

まずは一ヵ月延期してしまったことをお詫びします。秋の終わりの健康診断でちょっとよくない数字が出てしまったもので、ばたばたしていたらね……。申し訳ありませんでした。なお精密検査の結果は白だったので、次は問題なくお届けできそうです。

さて、ムオジネルからはじまり逆時計回りに世界を巡りつつあるティグルたちですが、今回は森と山の王国ザクスタンを訪れます。

最年少の戦姫オルガをはじめとするさまざまなひととの出会いや、魔物との激突、王国内部における戦いと、ティグルたちの活躍を楽しんでいただければと。

それからこの五巻と同日発売で、ティグルとリムアリーシャの織り成す冒険譚、瀬尾《せお》つかささんと八坂《やさか》ミナトさんによる『魔弾の王と聖泉の双紋剣《カルンウェナン》』二巻が発売します。一巻を買ってくださった皆さま、原作者としてこの場でお礼を申しあげます。ありがとうございます。

この二巻も楽しい上に先が気になる作品に仕上がっていますので、興味を持たれたらぜひ。

そして、こちらもお待たせしました。

kakao《カカオ》さんの手による『魔弾の王と凍漣の雪姫』コミカライズが、二月一日から、ニコニコ静画内「水曜日はまったりダッシュエックスコミック」にて、ついにはじまりました。漫画の中で戦い、笑い、再会を喜ぶティグルとミラを、ぜひ見てください。

それでは謝辞《しゃじ》を。

オルガ、そしてティッタに加えて新キャラ二人を描いてくれた美弥月《みやつき》いつか様、ありがとうございました！　ティグルが膝枕される貴重なシーン、眼福でした。

編集H様および今回もチェック等々手伝ってくれたT澤さん、ありがとうございました！　いや本当に今回はもう健康面含めて色々とすみませんでした……。

それから、本書が書店に置かれるまでの各工程に携わった皆様にもこの場を借りてお礼を申しあげます。

最後に読者の皆様。毎度のことではありますが、ありがとうございました。次の舞台はブリューヌの予定です。ティグルたちを待つ物語を、ご期待ください。

雪のために冷気が忍びよってくる夜に　　川口　士

ティグルとリュドミラの新たなる物語
待望のコミカライズ

待っているわ
あなたの矢が
あの蒼氷星《シズリート》に
届くのを
presented by
kakao
魔弾の王と凍漣の雪姫
「ニコニコ静画」内
「水曜日はまったりダッシュエックスコミック」
にて連載中

雷鳴轟く嵐の夜、朽ち果てた城砦に集まりし
旅人たちの愛憎と惨劇の一夜
魔弾の王と凍漣の雪姫の川口士が挑む新境地！
著　川口士　挿画　八坂ミナト
黒獅子城奇譚
好評発売中

帝国を出奔した皇子と訳ありなヤンデレ聖女の
旅の目的は――
川口士が贈る異色なファンタジー冒険譚！
著 川口士 挿画 kakao 世界設定 志瑞祐
帝剣のパラベラム
好評発売中

ダッシュエックス文庫

魔弾の王と凍漣《ミーチェリア》の雪姫5

川口 士

2020年2月26日 第1刷発行

★定価はカバーに表示してあります

発行者 北畠輝幸
発行所 株式会社 集英社
〒101−8050 東京都千代田区一ツ橋2−5−10
03(3230)6229(編集)
03(3230)6393(販売/書店専用) 03(3230)6080(読者係)
印刷所 図書印刷株式会社

ISBN978-4-08-631351-3 C0193